SEELENFRAKTUR

Shirin Vorsmann

SEELENFRAKTUR

ROMAN

SCHWARZKOPF & SCHWARZKOPF

Sektion 1.0

amANdA

Insanity – a perfectly rational
adjustment to an insane world.

Ronald D. Laing

Auszug aus der »Berliner Zeitung« vom 18.11.2013

GROSSFLÄCHIGER BRAND IN DER STOLLWITZ-KLINIK FORDERT EIN TODESOPFER

Berlin-Weißensee: In der Berliner Stollwitz-Klinik für Psychiatrie, Psychotherapie und Psychosomatik ereignete sich gestern in den frühen Abendstunden ein Brand mit bisher ungeklärter Ursache. Bei Eintreffen der Feuerwehr standen die gesamten Räumlichkeiten der ärztlichen Direktion in Flammen. Die Löscharbeiten dauerten bis in die Nacht und im Behandlungsraum der Klinikleitung wurde eine bisher nicht identifizierte Leiche geborgen. Es wird vermutet, dass es sich bei dem Opfer um Prof. Dr. Robert Schwarzenberg, den ärztlichen Direktor der Klinik, handelt. Zu diesem Zeitpunkt kann Brandstiftung in Tateinheit mit vorsätzlichem Mord nicht ausgeschlossen werden. Sachdienliche Hinweise nimmt die Berliner Mordkommission entgegen.

1

AUGUST 2013, STOLLWITZ-KLINIK FÜR PSYCHIATRIE, PSYCHOTHERAPIE UND PSYCHOSOMATIK, BERLIN-WEISSENSEE

»Na, dann wollen wir mal.« Der Psychiater lächelte ein mildes routiniertes Lächeln und nickte aufmunternd, während er die junge Frau, die ihm gegenüber saß, über den Rand seines dunkelbraunen Ray-Ban-Brillengestells musterte. In seinem Blick lag etwas Väterliches – zumindest empfand sie das so. Ob diese Interpretation tatsächlich stimmte oder Wunschdenken entsprungen war, wusste sie nicht, und sie hatte auch keine geistigen Kapazitäten frei, um darüber nachzudenken. Ihr letzter Nervenzusammenbruch lag nun vier Tage zurück, und diesmal war es so schlimm gewesen, dass Ana freiwillig beschlossen hatte, einen weiteren Fachmann zu konsultieren, um eine zweite Meinung einzuholen. Auch wenn sie sich nicht viel von diesem Gespräch erhoffte, hatte sie nicht mehr viel zu verlieren, und einen Versuch war es allemal wert.

Müde sah sie zum Fenster hinaus und ließ ihre blauen Augen für eine Weile in den sorgsam angelegten Gärten, die den weitläufigen Platz am Fuße des Hauptgebäudes der Klinik säumten, ruhen. Die Rosenbeete waren penibel gepflegt, und die akkurat in Form gestutzten Hecken schimmerten in einem satten, dunklen Grün. Ein junger Mann mit blonden Dreadlocks durchkreuzte ihr Blickfeld, und sein katatonischer Gang verriet mehr über seinen Zustand, als Ana wissen wollte.

Viele viele bunte Smarties, schoss es durch ihren Kopf, und ein eisiger Schauer kroch ihren Rücken hinab, als die stringente Stimme des Psychiaters ihre Aufmerksamkeit forderte. Er fuhr sich mit der Linken durch sein schütteres graubraunes Haar, während er mit der Rechten in Anas Krankenakte herumblätterte.

»Wo haben wir denn … aha!« Jetzt schnippte seine linke Hand mit den Fingern und er zog eine buschige Augenbraue hoch. »Diagnosen« las er laut vor, und Ana war nicht ganz sicher, ob er mit sich selbst sprach oder irgendeine Stellungnahme von ihr erwartete, als er fortfuhr: »Anorexie, Bulimie, Anpassungsstörung, depressive Episoden, selbstverletzendes Verhalten, Alkohol und multipler Substanzmittelmissbrauch …« Er hielt inne, entledigte sich seiner Brille und sah Ana ernst an. »Hab ich was vergessen, Frau Schapmann?«

Ana überlegte kurz und nickte. »Dissoziative Identitätsstörung«, murmelte sie. Es klang merkwürdig beiläufig und fügte sich wie ein weiteres bedeutungsloses Steinchen ins Mosaik ihres Geisteszustandes ein.

Der ICD-10 stellte eine wunderbare Möglichkeit dar, um Menschen in Schubladen zu packen. Für jede Schublade gab es ein passendes Schildchen, und für jedes Schildchen einen passenden Behandlungsplan und ein passendes Medikament. Manchmal (wenn man so richtig die Arschkarte gezogen hatte) passte man in mehrere Schubladen gleichzeitig. Dann wurde man mit mehreren Schildchen beklebt, bekam mehrere Behandlungspläne und … mehrere verschiedene Medikamente.

Viele viele bunte Smarties …

Ana schloss die Augen. Sie hatte seit Monaten kaum geschlafen, und die resultierende geistige Überlastung vernebelte die Realität und schien ihren kompletten Organismus lahmzulegen. Jeder Schritt war ein Kraftakt, und sie fühlte sich nicht wie eine achtundzwanzigjährige Frau in der Blüte ihres Lebens, sondern eher wie eine achtundachtzigjährige Schabracke mit Arterienverkalkung, Osteoporose und Alzheimer im Endstadium.

»Was nehmen Sie für Medikamente?«

Die schillernde Pracht von Anas Psychomosaik schien den Professor beeindruckt zu haben. Die routinierte Beiläufigkeit, die zu Anfang des Gespräches in seiner Stimme gelegen hatte, war verschwunden, und in seinem Blick lag ein Leuchten, das eine merkwürdige Mischung aus Interesse, Resignation und Mitgefühl verriet. Vielleicht war auch diese Interpretation reinem Wunschdenken entsprungen. Vielleicht handelte sich in Wahrheit nur um dieses Dollar-Noten-Leuchten, das jedem praktizierenden Weißkittel, der einen Privatpatienten mit einer Krankenakte, die so dick wie eine Ausgabe des Brockhaus anmutet, vor sich sitzen hat, geläufig sein dürfte.

»60 mg Fluoxetin, 54 mg Concerta und …«

»Concerta?« Der Professor ließ Ana nicht aussprechen und griff hektisch nach seiner Ray-Ban-Brille, um sie zielsicher auf seine Nasenspitze zurück zu befördern.

»Ja. Ich bin quasi 'n Junkie auf Rezept«, witzelte Ana, während sie ihre zitternden Hände in den Schoß sinken ließ.

»Sonst noch was? Irgendeine Bedarfsmedikation?«

»Sie meinen Tavor oder so was?«

Der Professor nickte.

»Vertrag ich nicht. Hab ich einmal genommen und bin mit 'nem Ruhepuls von hundertachtzig im Krankenhaus statt im Reich der Träume gelandet.«

»Irgendwelche Neuroleptika?«

»Seroquel. Manchmal.«

Die beiden schwiegen eine Weile und Ana wandte sich wieder den Rosenbeeten zu. Das Licht der schräg stehenden Sonne schien die Blüten mit einem feinen Goldstaub zu benetzen, und sie dachte für einen Moment lang an die Zeit zurück, in der es in ihrer Welt noch Farben gegeben hatte …

*

»Frau Schapmann?« Die tiefe Stimme des Professors kam von weither und brauchte eine Weile, ehe sie Ana aus ihrer Geistesabwesenheit reißen und in die Realität zurückbefördern konnte.

Seine Lippen umspielte ein verständnisvolles Lächeln, als er fortfuhr: »Wie fühlen Sie sich jetzt?«

Ana seufzte. Logisch – diese Frage stand noch aus. Sie war der Grundstein jeder Psychotherapiesitzung. Sie war der Heilige Gral des therapeutischen Gespräches. In Kombination mit diesem unverkennbaren weichgespülten Tonfall in der Stimme des Fragenden war sie so etwas wie der Schlachtruf des Therapeuten, das »Jetzt geht's los!« der Villa Ballerburg. Diese Frage hatte man im Blut, wenn man therapierte. Scheißegal, ob man als Klinikleiter hinter einem großen Eichenholzschreibtisch residierte oder als psychotherapeutischer Heilpraktiker in einer kleinen Hippie-Praxis irgendeinen New-Age-Shit verkaufte.

Ana hasste diese Frage, und auch wenn sie jedes Mal aufs Neue um eine möglichst höfliche und wahrheitsgemäße Antwort bemüht war, so war der Wie-fühlen-Sie-sich-jetzt?-Moment immer der Moment, in dem Ana am liebsten die Rollen getauscht hätte. Eigentlich fühlte sie sich nämlich mit dem Professor selbst auf Augenhöhe, und sie war sich sicher, dass sie sein Weltbild und die trügerische Sicherheit, in der Menschen wie er sich zu wiegen pflegten, innerhalb einer halben Stunde gehörig ins Wanken bringen könnte, wenn sie nur wollte. Dann würde sie hinter dem großen Eichenholzschreibtisch sitzen. Dann wäre sie in charge. Dann wäre sie diejenige, die ihr eigenes Leben scheinbar so sehr im Griff hat, dass sie all die anderen armen Seelen, denen der Plot ihrer Existenz entglitten war, dazu bewegen konnte, sich einmal komplett nackig zu machen. Dann wäre sie diejenige, die »Wie fühlen Sie sich jetzt?« fragen würde …

Aber ein Rollentausch fand nicht statt. Sie war das Opfer. Er hatte den Plan. So waren die Regeln. Punkt.

*

Ana kramte einen uralten Pfefferminzkaugummi aus der Hosentasche hervor, schob ihn sich in den Mund und seufzte, bevor sie kauend antwortete: »Ich fühle mich wie ein silberner Shelby GT-500, der mit Vollgas auf eine Betonmauer zurast. Von außen sieht die Karre aus wie neu und blitzt in der Sonne. Der Motor ist einwandfrei in Takt und schnurrt wie eine Raubkatze. Innen aber ist alles im Arsch: Die Sitzbezüge sind zerrissen und verdreckt, das Armaturenbrett ist zerkratzt, die Handbremse funktioniert nicht, und …« Ana hielt kurz inne und schloss die Augen, bevor sie fortfuhr. »Das Schlimmste ist, dass der Beifahrersitz keinen Airbag hat.« Ihre Lippen zitterten, und beinahe hätte sie sich an ihrem Kaugummi verschluckt, als der Professor seine Brille behutsam auf den Schreibtisch legte und sich die Augen rieb.

»Hat der Fahrersitz einen Airbag?«, fragte er schließlich, um sich keine fünf Sekunden später zu korrigieren: »Ich meine … haben *Sie* einen Airbag, Frau Schapmann?«

Ana sah ihn irritiert an und schüttelte den Kopf. »Ich brauche keinen.«

Der Professor zog eine Braue empor und räusperte sich bedeutungsschwanger. »Wenn Sie einen Airbag hätten, dann gäbe es den für den Beifahrersitz gratis dazu, denke ich.«

Die Aussage fiel wie ein tonnenschwerer Felsbrocken in den Kommunikationsfluss der beiden, und ein drückendes Schweigen senkte sich über dem Schreibtisch hinab, als Ana krampfhaft versuchte, die Bitterkeit, die in ihrer Kehle emporkroch, herunterzuschlucken, damit sie nicht bis zu ihrem Gehirn vordringen und sich schließlich als ratloser Tränenfluss auf ihren heißen Wangen manifestieren konnte.

Treffer versenkt!

Der Professor schwieg noch eine Weile, um seine Jackpot-Aussage gebührend nachwirken zu lassen. Eine Sitzung wie diese war ein Tanz auf dem Vulkan, und dieser Tanz erforderte seine volle Konzentration sowie seine uneingeschränkte Aufmerksamkeit. Er war angehalten, im richtigen Moment das Richtige zu sagen, im richtigen Moment zu schweigen, und vor allem durfte er niemals zu weit gehen. Er musste sich behutsam zu ihrer Grenze vortasten, durfte diese aber keinesfalls überschreiten. Der Professor wusste nicht, was diese junge Frau durchlitten hatte und welche Traumata sich hinter den Vorhängen ihrer dichten Wimpern verbargen, aber ihm war klar, dass es sich bei Ana Schapmann nicht um eine stereotype Lehrbuchpatientin handelte. Sie war kein Abfallprodukt der Überflussgesellschaft. Sie war keine Geschäftsfrau, die unter dem gesellschaftlichen Druck zusammenbrach, im zarten Alter von achtundzwanzig ihren ersten Herzinfarkt erlitt und anschließend mit schwerem Burnout-Syndrom für Monate in der Reha verschwand. Sie war keine Alkoholikern, die ihre Sucht erst in die Gosse und dann ins Krankenhaus befördert hatte, und sie war auch kein klassisches Opfer einer posttraumatischen Belastungsstörung. Hinter dem surreal anmutenden Diagnosekatalog von Ana Schapmann verbarg sich etwas, dem er sich nur mit äußerster Vorsicht nähern durfte, wenn er in der Lage sein wollte, ihr zu helfen. Sie ging am Ufer der Grenze spazieren und hopste barfuß durch die Gewässer des Jenseits, als wäre es das Normalste der Welt.

»Sie sind rhetorisch wirklich fit, Frau Schapmann. Die Geschichte mit dem Shelby … Hut ab!«, bemerkte er schließlich, um die Situation ein wenig zu entschärfen.

Ana zuckte die Achseln und ließ eine gigantische Kaugummiblase auf ihren Lippen zerplatzen. »Berufskrankheit«, entgegnete sie kühl.

»Sie schreiben?«

»Yepp.« Ana fuhr sich mit der rechten Hand durch ihr festes blondes Haar und schlug die Beine übereinander.

Der Professor nickte. »Litten Sie in der jüngeren Vergangenheit an irgendwelchen körperlichen Beschwerden, die nicht explizit von Ihrer nervlichen Verfassung herrührten? Irgendwelche Krankheiten? Krankenhausaufenthalte? Operationen?«

Anas Körper verkrampfte sich, und ihr Atem ging schnell und flach. Sie schüttelte energisch den Kopf und die Absätze ihrer schwarzen Lackschuhe trommelten nervös auf dem Parkettboden herum. »Ich war schwanger«, flüsterte sie schließlich. Es klang, als gäbe sie ein schreckliches Geheimnis preis.

»Heilige Scheiße!« Schwarzenberg sprach seine Gedanken nicht aus und sog die sauerstoffarme Heizungsluft in seine Lungen. Es roch nach einer Mischung aus Desinfektionsmittel und Antiquariat. Ana Schapmann kauerte auf dem violetten Patientensessel und klammerte sich mit ihren kleinen Händen an der Sessellehne fest. Ihre Körperhaltung erweckte den Eindruck, als würde sie in einer Achterbahn sitzen.

Ein Moment der Stille, als der Wagen den höchsten Punkt erreicht. Durch die Adern schießt pures Adrenalin, und der Körper verharrt in einer vollkommenen Schockstarre. Und dann … binnen einem einzigen Augenaufschlag entlädt sich die zum Zerreißen gespannte Luft in der Sinfonie eines gesichtslosen Panikorchesters und die Wagen donnern scheinbar haltlos in die Tiefe …

»Die Haut … die Haut ist wie graue Asche! G-r-a-u-e A-s-c-h-e! Kleines, lebloses, stinkendes Etwas mit einer grauen, ledrigen Aschehaut. Totgeburt! T-O-T-G-E-B-U-R-T!«, stammelte Ana, und in ihren Augen spiegelte sich der nackte Wahnsinn.

Dem Professor war klar, dass er das, was er mit seiner unverfänglichen Frage ins Rollen gebracht hatte, nicht würde aufhalten können. Ana hatte sich in Sekundenschnelle aus der Realität verabschiedet und befand sich längst in einer Welt, die sich dem Außen komplett verschloss. In ihrem inneren Gerichtssaal gab es nur aussichtslose Kämpfe und Verhandlungen, die nie endeten. In ihm vereinten sich Opfer und Täter in dem brüchigen Putz ihres zersplitterten Selbst, und Ana war gleichermaßen die Klägerin als auch die Angeklagte. Sie war Heilige und Hure in einer Person. Es gab einen Teil in ihrem Gehirn, der zwischen der inneren und äußeren Realität unterscheiden konnte. Einen Teil, der die verfeindeten Anteile ihrer Persönlichkeit dazu bringen konnte, miteinander zu interagieren. Irgendwo in den verwüsteten Tiefen ihres gestörten

Bewusstseins versteckte sich eine solche Ich-Instanz. Allerdings war die allwissende Essenz dessen, was wir als das »Selbst« bezeichnen, im Falle von Ana verkrüppelt und zurückgeblieben. Der Kern ihrer Seele durfte nur selten aus den pechschwarzen Höhlen, in denen er gefangen gehalten wurde, emporsteigen, um ein wenig Licht ins Dunkel zu bringen.

Als Schwarzenberg realisierte, dass die Augen hinter Anas geschlossenen Lidern zu flackern begannen, griff er ohne Zögern zum Telefon und rief in der geschlossenen Abteilung an, um einen neurologischen Supergau zu verhindern. Die intravenösen Sedativa hatte er in der Ambulanz nicht vorrätig und er hoffte, dass die diensthabende Stationsärztin schnell genug zur Stelle sein würde, um die glühenden Rezeptoren von Anas außer Kontrolle geratenem Hirnstoffwechsel vorübergehend schachmatt zu spritzen, bevor sie in Flammen aufgehen konnten.

2

WÜRFEL

Der Raum war viereckig und in klinischem Weiß gehalten. Drei der meterhohen Wände bestanden aus Milchglas, welches das gleißende Sonnenlicht brach und in einen aschfahlen Schimmer verwandelte. Die Außenwelt ließ sich nicht einmal erahnen. Bis vor einigen Sekunden hatte Ana noch angenommen, mutterseelenallein zu sein – allein im nebeligen Nichts ihrer Fantasie. Allein in ihrem kleinen, weißen Würfel. Dort, wo das Tränenmeer vereiste, damit sie auf ihm Schlittschuh laufen konnte. Dort, wo sie sich verstecken konnte, wenn die Flut des Jenseits das Ufer der Grenze überschwemmte. Dort, wo die Hölle eingefroren war.

»*Quadratisch. Praktisch. Kalt.*«

Doch als sie ihren Blick von dem surreal anmutenden Schattenspiel auf dem Milchglas löste und sich langsam umdrehte, um die vierte, großflächig verspiegelte Wand hinter sich zu fokussieren, packte sie ein atemloses Entsetzen. Ana war nicht allein! Ana war »allein zu zweit«, und sie wusste, was das bedeutete. Die Figur, die sich aus dem Spiegel schälte, war weit mehr als Anas Spiegelbild. Sie war die abgespaltene Personifikation ihres schlimmsten Albtraums. Sie war ihr zorniges Über-Ich. Sie war die Summe von bodenloser Misshandlung und jahrelanger emotionaler Folter, und sie war gekommen, um über Ana zu richten. In einem Prozess ohne Regeln, ohne Grenzen und ohne Entkommen.

»Brandstiftung in Tateinheit mit fahrlässiger Tötung in besonders schwerem Fall …«

Die wohlproportionierte Figur im Spiegel hielt die Anklageschrift in ihren dunkelrot lackierten, spitzen Fingern und lächelte ein abschätziges Lächeln.

»Bitte hör auf, Amanda!«

Ana sprach mehr zu sich selbst als zu der Spiegelfigur, und als sie ausatmete, realisierte sie die Kälte, die sich langsam, aber stetig in ihre Knochen schlich. Ihr Atem formte kleine Wölkchen, die in dem würfelförmigen Raum emporstiegen, bevor sie mit dem eisigen Milchglas der Wände verschmolzen.

Amanda – Ana hatte diesen Namen schon immer gehasst. Sie hasste ihn so sehr, dass sie fast ein Jahr dafür gekämpft hatte, dass dieser fürchterliche Name aus ihren Personalien getilgt wurde. Ein Jahr hatte es gedauert und zahllose, ermüdende Gespräche mit irgendwelchen Beamtenärschen erfordert, bis aus Ana Amanda Schapmann endlich Ana Schapmann geworden war. Doch ihre Bemühungen schienen vergeblich: Amanda ließ sich nicht so einfach abservieren. Amanda war gerissen, intelligent, und vor allem war sie beharrlich. Amanda kultivierte den Schrecken, und im Haus ihres überirdisch perfekten Körpers wohnte die Essenz des Bösen. Amanda war mit allen Wassern gewaschen, und sie würde Ana nicht in Ruhe lassen. Niemals!

*

»Weißt du was ich denke, A?« Ihre Stimme klang verhalten, fast bedächtig, und Ana spürte, wie sie am gesamten Körper eine Gänsehaut bekam.

»Du kannst froh sein, dass ES weg ist. Und vor allem kannst du froh sein, dass ES das Einzige ist, was du dir von ihm eingefangen hast!« Jetzt schwang ein Hauch von Abscheu in Amandas Stimme mit, und ihre Worte schossen wie Giftpfeile in Anas Brust und zwangen sie in die Knie. Eine alles überschattende Übelkeit überfiel sie, und ihr war, als müsse sie sich jeden Moment übergeben.

»Sein Name ist Aiden und wir haben uns geliebt«, keuchte sie, während sie verbissen gegen den Würgereiz ankämpfte.

»Ihr habt gefickt. Ihr habt gefickt wie tollwütige, räudige Hunde. Und deine Verantwortungslosigkeit wird nur noch von deiner

Dummheit übertroffen, A. Du weißt doch gar nicht, was Liebe ist. Dieser temporäre Parasit in deinem Körper ist aus purer Verzweiflung entstanden. Das hatte mit Liebe nichts zu tun.«

Amandas Stimme klang verächtlich, und ihre prallen, festen Brüste wurden von einem hohlen Lachen geschüttelt. Das Echo ihres Gelächters schlug Ana mit der Wucht eines Jahrhundertsturmes entgegen und sie hätte sich die Ohren zugehalten, wäre sie in der Lage dazu gewesen, ihre tauben Hände zu heben. Die Übelkeit wich einer Erschöpfung, die ihr alle Sinne nahm, und als sie langsam ihren Kopf hob, um Amandas Gesicht zu fixieren, fürchtete sie jeden Moment ohnmächtig zu werden. Das satte Moosgrün in Amandas Augen war verschwunden, und das schmutzige Grau, das nun ihre Iris einfärbte, erinnerte an kalte Asche.

Graue Asche … die Haut ist wie GRAUE ASCHE!

Ana kroch ein paar Meter auf den Spiegel zu und beobachtete, wie ihre Tränen auf dem Boden unter ihr gefroren. Hätte sie von ihrer Schwangerschaft gewusst, sie hätte ihr Leben geändert. Bei Gott, das hätte sie. Sie hätte den Wodka gegen Grünen Tee eingetauscht und die Aufputschmittel gegen Folsäuretabletten. Sie hätte das Rauchen aufgegeben, und sie hätte Aiden geheiratet. Und dann wäre sie dem Kind eine Mutter gewesen … eine Bilderbuchmutter. Sie hätte richtig gemacht, was ihre eigenen Eltern hoffnungslos versaut hatten. Sie hätte …

Amanda ließ Ana nicht zu Ende denken.

»Wenn du das Kind nicht verloren hättest, wäre es eine Missgeburt geworden, ein Freak. Körperlich entstellt und geistig zurückgeblieben. In einem drogenverseuchten Körper kann kein gesundes Kind heranwachsen, Ana. Das weißt du genauso gut wie ich.«

Wieder veränderte sich die Klangfarbe von Amandas Stimme, jetzt klang sie sanft, beinahe mütterlich und Ana begann zu wimmern. Die Zuckerbrot-und-Peitsche-Nummer beherrschte Amanda perfekt. Darin war sie geübt, weil sie wusste, dass Ambivalenz eine Waffe war, der Ana nichts entgegensetzen konnte. Erst setzte es ein paar Peitschenhiebe, dann warf man ein paar Krumen Zuckerbrot, und dann ging es von vorne los. Diese Prozedur wiederholte man so lange, bis man sein Ziel erreicht hatte.

»Du bist einfach nicht geschaffen für die Welt da draußen, A. Du verstehst die Welt nicht, und die Welt versteht dich nicht. Ich will dich nur beschützen. Bleib doch einfach hier. Bleib bei mir. Hier bist du sicher. Hier richtest du keinen Schaden an. Hier wirst du verstanden. Bleib hier, bevor alles, was du liebhast, stirbt ...«, säuselte Amanda, und in dem Moment, in dem Ana ihren Widerstand aufgeben und sich ein für alle Mal aus der Realität verabschieden wollte, wurde der anheimelnde Dunst der Resignation zerrissen von einem dumpfen Poltern.

Amanda fuhr herum und kniff die Augen zusammen. Die Silhouette, die sich auf der linken Milchglaswand abzeichnete, war schemenhaft und ließ keinerlei Rückschlüsse auf die Person auf der anderen Seite zu. Das Poltern entpuppte sich als ein Klopfen, und die gallertartige Vibration, die durch die eiskalte Wand lief, als eine zierliche Faust immer und immer wieder auf das zentimeterdicke Milchglas hinabsauste, ließ Ana erschauern.

»U-N-S-C-H-U-L-D-I-G!«

Die tiefe Männerstimme kam von weither, und die milchige Grenze zur Außenwelt verschluckte sowohl die Lautstärke als auch die Dringlichkeit der Aussage. Übrig blieb ein diffuses Nuscheln, welches meilenweit entfernt klang.

»Sie ist unschuldig!«

Das Hämmern an der Scheibe wurde intensiver und Anas Emotionen verhedderten sich in einer Mischung aus Panik, Irritation, Wut und allumfassender Ergriffenheit. Sie brauchte keine zehn Sekunden, um zu realisieren, wer dort draußen immer und immer wieder gegen die Scheibe hämmerte. Keine zehn Sekunden, und der Klang seiner Stimme war bis in die hintersten Verästelungen ihres Bewusstseins vorgedrungen, während die Wände des kubischen Raumes vibrierten.

Aiden.

Wie zur Hölle hatte er sie gefunden? Niemand hatte es jemals vermocht, auch nur in die Nähe ihres Würfels zu gelangen. Die Außenwelt war immer draußen geblieben, wenn Amanda erwachte. Wie zur Hölle war es möglich, dass Aiden nun auf der anderen Seite der Milchglasmauer stand und nach ihr rief? Ana überlegte verzweifelt, wie sie ihm verständlich machen konnte, dass er verschwinden musste. Aiden musste sich schleunigst vom Acker machen, wenn er überleben wollte. Ihr Mund war weit geöffnet, doch ihre Stimme versagte, und der Schrei, der in ihrer Kehle emporschoss, manifestierte sich als klägliches Krächzen in dem hermetisch abgeriegelten Raum. Amandas Augen glühten, ihr stechender Blick fixierte Aidens Silhouette, die sich verschwommen auf dem Milchglas brach, und wie aus dem Nichts entfachte sie ein Inferno, dessen Ausmaß Anas vage Vorstellung eines Weltuntergangs bei weitem übertraf. Die Luft wurde von gleißend hellen Blitzen durchzuckt und war mit einem Mal dermaßen heiß, dass Ana nicht mehr atmen konnte. Das folgende Donnergrollen beschwor ein Erdbeben hinauf, und die Wände bogen sich unter Amandas Zerstörungswut. Sie würde ihn töten. Ein Augenaufschlag und von Aiden Callahan würde nichts als ein Häuflein Asche übrig sein.

Kalte, graue Asche.

Ana atmete flach und sie wusste nicht, wie genau es passierte. Sie wusste nur, dass Aiden leben musste. Der Airbag löste sich mit einem lauten Zischen und die substanzlose Substanz ihrer eigenen Selbstachtung schien sich in Lichtgeschwindigkeit auszudehnen. Wie ein riesiger, roter Luftballon. Ana fiel weich in die Leere, und das kreischende Zersplittern des Spiegels drang nur als Relikt einer fremden Realität an ihre Ohren.

»Game over«, murmelte sie leise. Dann wurde ihr schwarz vor Augen.

3
DREI MONATE SPÄTER

Der Warteraum vor dem Behandlungszimmer war in einem beruhigenden Pastellgrün gestrichen. Die Wände zierten ein paar moderne Gemälde, und die Zeitschriften auf dem Glastisch in der Mitte des Raumes langweilten Ana zu Tode. Sie hatte sich schon vor Wochen gefragt, warum Professor Schwarzenberg Fachzeitschriften wie *Der Aktionär* oder *Focus Money* in seinem Warteraum ausliegen hatte. Sie persönlich hätte die aktuelle Ausgabe von *Psychologie Heute* nicht nur interessanter gefunden, sondern befand diese auch objektiv betrachtet für angemessener als dieses fachidiotische Geschreibsel über Geld, das dem Großteil der Menschen, die hier den Warteraum frequentierten, ohnehin nicht mehr wichtig war. Wer in der Villa Ballerburg eincheckte, hatte weiß Gott andere Probleme. Der Luxus, sich über die beste Vermögensverwaltungsstrategie Gedanken zu machen, verblasste spätestens zwei oder drei Wochen nach dem Check-in. Dann, wenn es ans Eingemachte ging. Dann, wenn man auf links gezogen wurde. Dann, wenn die Psychopharmaka zu wirken begannen. Dann, wenn man voll realisierte, dass man mal eben von der Karriereleiter abgesprungen war, um mit einer Arschbombe im Becken der gesellschaftlichen Outlaws zu landen. Wer in der Villa Ballerburg eincheckte, dessen Weste würde nie wieder weiß werden.

Einmal irre, immer irre.

Diese vorurteilsbehaftete Stigmatisierung von Menschen mit psychischen Problemen machte Ana rasend. Die breite Masse war nicht nur zu dumm, um zu begreifen, dass ein Mensch kein Versager sein muss, nur weil er anders ist, sie war darüber hinaus auch zu faul, um sich mit der Natur der Andersartigkeit an sich zu befassen, und sie war zu intolerant, um diese Andersartigkeit zu akzeptieren oder gar zu integrieren.

Das Leben ist ein Wettbewerb.

Ana seufzte und starrte gedankenverloren hinaus zum Fenster. Die Gärten waren von einer zentimeterdicken Schneedecke zugedeckt worden, und die klare Winterluft malte kleine Eiskristalle an die Fensterscheiben. Ihre Hände umklammerten die unterschriebenen Entlassungspapiere. Bei dem Gedanken daran, dass sie den Professor heute vorläufig zum letzten Mal sehen würde, wurde sie sogar ein wenig wehmütig. Die vergangenen drei Monate waren kein Spaziergang gewesen. Aber sie hatten etwas verändert. Sie hatten Ana eine Tür geöffnet. Jetzt verfügte sie über einen inneren Airbag und wusste, wie man diesen aktivierte – zumindest theoretisch. Vor drei Monaten, als sie kurz davor stand, sich Amandas Willen zu beugen und sich für immer unter dem weißen Baldachin ihrer Fantasie zur Ruhe zu betten, hatte sie diesen Airbag zum ersten Mal aktivieren können. Allerdings hatte sie das nicht um ihrer selbst willen getan, sondern aus Angst um den Menschen, den sie liebte. Ana hatte noch keine Erfahrung darin, dieses weinrote Symbol ihrer Würde und Selbstachtung einzig und allein für sich selbst zu aktivieren. Ihr Kopf wusste sehr genau, wie sie in der Welt hinter den Spiegeln zurechtkommen konnte, und theoretisch konnte sie sich ein Leben ohne Amanda durchaus vorstellen. Praktisch hatte sie allerdings keinen blassen Schimmer, wie dieses Leben aussehen würde. Sie war im Begriff, eine Tür zu durchschreiten, ohne zu wissen, was sie dahinter erwartete, und ihre Gefühle pendelten hin und her zwischen kindlicher Neugier und panischer Angst. Sie würde Amanda vermissen – was auch immer sie ihr angetan haben mochte. Ana war der Illusion erlegen gewesen, dass sie all das Leid, das Amanda ihr zugefügt hatte, verdiente und dass sie ohne Amanda keinerlei Daseinsberechtigung besäße. Dinge wie Freiheit oder Selbstbestimmtheit – das waren Privilegien jenseits ihres Horizontes, und Ana war der festen Überzeugung gewesen, ohne Amanda nicht leben zu dürfen. Sie war im Begriff gewesen, ihr Recht auf Leben einem längst schon verlorenen Krieg zu opfern, und diese

Tatsache zu begreifen und die Konsequenzen zu akzeptieren, hatte sie drei Monate und eine ausgiebigste Exkursion quer durch den Psychopillen-Wald gekostet.

Ana fuhr zusammen und ließ vor Schreck ihre Entlassungspapiere fallen, als die Sekretärin des Professors aus dem Vorzimmer trat, um sie hineinzubitten.

»Gehen Sie ruhig direkt durch, Frau Schapmann. Der Professor erwartet Sie bereits.«

Frau Schulz lächelte ein schiefes, devotes Sekretärinnenlächeln und nickte Ana aufmunternd zu, während diese mit einer stringenten Handbewegung ihre Entlassungspapiere wieder an sich nahm und zielstrebig durch die schwere Holztür marschierte. Sie fühlte sich innerlich bei Weitem nicht so selbstbewusst, wie sie sich nach außen hin präsentierte, als sie auf dem violetten Patientensessel vor dem Eichenholzschreibtisch Platz nahm und mit damenhafter Lässigkeit die Beine übereinanderschlug.

Der Psychiater quittierte Anas Auftritt mit einem liebevollen Lächeln. *Showtime*, dachte er für einen Moment, und dann dachte er daran, dass er es nach einem halben Jahr immer noch nicht geschafft hatte, Frau Schulz mit einer umfassenden Grundreinigung seines Büros zu beauftragen. Er hielt stets Ordnung, jedoch musste der Teppich shampooniert werden, und irgendwie musste dieser antiquierte Geruch aus den Polstern seiner Sessel verschwinden … Sicher lag es in der Natur der Sache, dass antikes Mobiliar antiquiert roch, aber der Professor hoffte dennoch, dass eine ordentliche Grundreinigung diesen muffigen Secondhand-Laden-Duft zumindest zeitweilig ein wenig überdecken würde.

Er breitete Anas Krankenakte vor sich auf dem Tisch aus, schaltete beiläufig sein Diktiergerät ein und murmelte routiniert etwas in die Sprechmuschel. Ana verstand nur »Entlassungsgespräch«, »Frau Ana Schapmann« und irgendwelche Zahlen – vermutlich ihre Geburtsdaten oder Ähnliches. Sie musterte den Professor aufmerksam, und während ihr Blick an seinen dunkelbraunen Theo-Waigel-

Augenbrauen haften blieb, ließ sie die vergangenen drei Monate vor ihrem geistigen Auge Revue passieren.

An die ersten vierzehn Tage erinnerte sie sich kaum. Sie hatten sich als merkwürdige Mischung aus Traum und Wirklichkeit in Anas Gedächtnis manifestiert, und die junge Frau konnte lediglich einige bruchstückhafte Bilder aus einem dichten, feuchten Nebel emporsteigen sehen, wenn sie versuchte, sich zu erinnern. Die Bilder entzogen sich jeglichem Zusammenhang und wiesen keine logische oder zeitliche Abfolge auf – wie Puzzleteile, die nicht zusammenpassten. Professor Schwarzenberg hatte Ana erklärt, dass man ihr in dieser Zeit eine hochpotente Kombination aus Sedativa und starken Neuroleptika verabreicht hatte und dass ein vorübergehender Gedächtnisverlust vollkommen normal sei und keinen Grund zur Sorge darstellte. »Unser vegetatives Nervensystem ist ein höchst effizientes, aufeinander abgestimmtes Wunder, und unser Gehirn ist quasi die Zentrale dieses Wunders. Unser Gehirn hält die Fäden in der Hand. Unser Gehirn hält das komplette System zusammen, und das ist ein ziemlich anspruchsvoller und anstrengender Job. Vor allem, wenn man sich dazu entschlossen hat, mit einem silbernen Shelby GT-500 in Richtung Betonmauer zu rasen. Unser Gehirn ist unser Motor, und wenn wir immer mit Bleifuß auf dem Gaspedal stehen und nicht einmal Zeit zum Tanken haben, überhitzt der Motor irgendwann, und dann braucht er medikamentöse Hilfe, die ihn wieder runterkühlt, weil er sonst irgendwann nicht mehr anspringt.«

Der Professor war gut darin, selbst komplexeste neurologische Prozesse so anschaulich zu erklären, dass sogar ein durchschnittlich intelligentes Kleinkind dazu in der Lage gewesen wäre zu begreifen, worum es ging. Aber Ana war kein Kleinkind, und die bilderbuchmäßigen Erklärungsansätze des Professors gingen ihr gehörig auf den Sender.

»Und wenn der Motor nicht mehr anspringt, dann haben wir eine fette perniziöse Katatonie, und die stellt einen psychiatrischen

Notfall dar und ist potenziell lebensbedrohlich. Ich hab das schon kapiert, Chef.«

Anas bissige Antworten amüsierten den Professor und fungierten manchmal als erheiternder Gesprächsstoff, wenn er bei einem wohltemperierten Glas Cabernet Sauvignon gemeinsam mit seiner Frau zu Abend aß. Es war selten, dass irgendwelche Patientengeschichten ihren Weg in die Abendunterhaltung des kinderlosen Ehepaares fanden. Tabea Schwarzenberg hatte sich nach ihrem Medizinstudium auf Pneumologie spezialisiert und arbeitete seit knapp vierzehn Jahren als Oberärztin in der evangelischen Lungenklinik in der Nähe von Bernau. Nachdem die beiden eine Zeit lang ständig von ihrem Beruf gesprochen hatten, hatte Tabea irgendwann die Nase voll gehabt. »Du bist nicht mit mir, sondern mit der Klinik verheiratet, Robert«, hatte sie es bei einem saftigen Cordon bleu und einem doppelten Glenfiddich irgendwann einmal auf den Punkt gebracht. Sie hatte sogar mit Scheidung gedroht, und seither achtete Robert Schwarzenberg penibel darauf, beim gemeinsamen Dinner möglichst nicht von seinen Patienten zu sprechen. Ana Schapmann war einer dieser raren Ausnahmen-bestätigen-die-Regel-Fälle, was sicherlich auch daran lag, dass seine Erzählungen über die junge Patientin seine Frau stets zum Lachen brachten.

*

Ana konnte sich ein Kichern nicht verkneifen, als sie sich des schallenden Gelächters, das auf ihre bissige, aber fachkundige Reaktion auf die Erklärungsversuche des Professors gefolgt war, entsann. Schwarzenberg lehnte sich hinter dem Eichenholzschreibtisch zurück, und als er seine Patientin gedankenverloren in sich hineinglucksen hörte, räusperte er sich und holte Luft, um etwas zu sagen. Ana war offenbar nicht so tief in ihren Gedanken versunken, wie es den Anschein gehabt hatte, und ließ ihn gar nicht erst zu Wort kommen.

»Ich fühle mich gut. Danke, Herr Professor«, konstatierte sie mit spitzer Stimme, und Schwarzenberg hatte einen kurzen Moment lang Mühe, die Sympathie, die er Ana Schapmann gegenüber hegte, gegen eine für ein stabiles Therapeuten-Patientenverhältnis unbedingt notwendige Reserviertheit einzutauschen. Emotionen seitens des Therapeuten stellten einen Kardinalsfehler dar und ruinierten jede Therapie. Das war eine der ersten Grundsätze, die ein Psychiater verinnerlicht haben musste. Er durfte Anteil nehmen am Schicksal seiner Patienten, aber er musste seinen Schützlingen stets aus einer wohlwollenden Distanz begegnen. Die Grenzen waren unsicher, und es war beileibe nicht leicht, sie einzuhalten. Viele seelisch erkrankte Menschen waren nicht nur extrem clever, sondern blickten meist auf eine Lebensgeschichte von einer beinahe surreal anmutenden Dichte zurück. Nicht selten hatte man es mit waschechten Überlebenskünstlern zu tun, und dem Potenzial, das hinter dem unsagbaren Leid dieser Menschen schlummerte, konnte man sich nur schwer entziehen. Die schillernde Pracht einer multiplen Persönlichkeit barg einen Facettenreichtum und eine Tiefe, die mit nichts vergleichbar war, und die existenziellen Gefühlsschwankungen eines Borderline-Patienten hatten nicht nur die Kraft einer Naturgewalt, sondern reflektierten auf eindringlichste Weise die gesellschaftliche Orientierungslosigkeit. Das bisweilen merkwürdig anmutende Verhalten vieler Patienten war oft das Resultat einer extrem hohen emotionalen Intelligenz, und da diese Menschen häufig dazu gezwungen waren, sich selbst und ihr Umfeld übermäßig zu reflektieren, geschah es nicht selten, dass man als behandelnder Arzt einen Spiegel vorgehalten bekam. Schwarzenberg hatte von einigen seiner Patienten elementare Dinge gelernt und war dazu übergegangen, seinen Schützlingen nicht nur mit Respekt, sondern manchmal sogar mit einer gewissen Bewunderung zu begegnen. Deswegen sprach er auch nicht von einer »Behandlung«, sondern von einer »Zusammenarbeit«. Es wäre, so fand er, vermessen und borniert, diesen Menschen nicht auf Augenhöhe zu begegnen. Dennoch war es in vielen Fällen unabdingbar, dass die Autorität des Therapeuten nie in Frage stand. Das war schwer.

Auch Ana war sich dieses Sachverhaltes durchaus bewusst und hatte ihre neunmalkluge, narzisstische Auffassung bezüglich der Retter-Opfer-Hierarchie während der vergangenen Monate Stück für Stück revidieren müssen. Sie war nicht mehr sicher, dass ein Rollentausch zwischen ihr und dem Professor mit der Leichtigkeit eines Waldspazierganges vonstattengegangen wäre. Sie wusste nicht einmal, ob sie tatsächlich in der Lage wäre, in die Rolle des Professors zu schlüpfen. Mit großer Wahrscheinlichkeit waren seine Fußstapfen zu groß für ihre filigranen High Heels von Manolo Blahnik. Schwarzenberg wiederum wäre sicherlich nicht dazu fähig gewesen, mal eben einen Bestsellerroman aus dem Ärmel zu schütteln. Der entscheidende Unterschied zwischen ihm und Ana war lediglich der, dass Robert Schwarzenberg sich dieser Tatsache bewusst war und er zielgerichtet und effektiv bei dem blieb, was er konnte, statt immer alles auf einmal zu wollen und sich damit maßlos zu überfordern.

*

Ana rückte in ihrem violetten Sessel ein wenig nach vorne und stellte ihre Füße nebeneinander auf den Teppich. Schwarzenberg vertiefte sich in die Entlassungspapiere und stieß einen langen tiefen Seufzer aus. Der silberne Kugelschreiber ruhte einige Sekunden auf dem Formular, und er unterschrieb mit einem Zögern, das Ana nicht recht zu deuten wusste. Zweifelte er etwa?

Ich hab jetzt drei Monate hier eingesessen, Chef. War bitter nötig, und ich habe echt gutes Werkzeug für das Leben da draußen bekommen, aber die Prüfung des Lebens besteht nicht nur aus der Theorie, und ich hab keine Lust mehr auf diese Käseglockennummer hier …

Ana schwieg, doch der eindringliche Blick, mit dem sie die dunkelblauen Kugelschreiberlinien auf dem Entlassungsformular nachzeichnete, sprach Bände.

»Ich hoffe, Ihnen ist klar, dass ich sie als Psychiater eigentlich noch nicht entlassen kann, Frau Schapmann«, murmelte Schwarzenberg bedächtig, und in seinen tiefbraunen Augen lag eine Nachdenklichkeit, die signalisierte, dass der Professor mit sich haderte.

»Ich handle in diesem Falle als Mensch und nicht als Arzt, und ich handle so, weil ich weiß, dass es kontraproduktiv wäre, Sie gegen Ihren Willen hier zu behalten.«

Ana atmete erleichtert auf und lächelte den Professor ermutigend an.

Du würdest selbst auf dem Scheiterhaufen noch deine Faust gen Himmel recken und »Freiheit!« brüllen, A!

Die treffende Aussage ihrer großen Schwester war mindestens fünf Jahre alt, doch das Bild, das dieser Satz transportierte, hatte sich in Anas Gedächtnis eingebrannt und flackerte immer mal wieder auf, wenn der Anlass danach verlangte. Claudine war außerordentlich gut darin, gewisse Dinge auf den Punkt zu bringen, und Ana fiel auf, dass sich die beiden viel zu lange nicht gesehen hatten.

4

AIDEN

Ana erhob sich fast zeitgleich mit dem Professor. Nachdem dieser mit wenigen Schritten seinen Schreibtisch umrundet hatte, stand er ihr direkt gegenüber, und seinen schmalen Mund umspielte ein warmherziges Lächeln. Ana hielt Schwarzenberg ihre Hand hin. Bei dem Gedanken, dass an dieser Stelle ein nicht unwichtiges Kapitel ihres Lebens zu Ende ging, musste sie schlucken. Sie blinzelte, als sie spürte, wie ihre Augen feucht wurden.

»Ich fürchte, ich muss mich beeilen«, begann Ana, und ihre Stimme klang dünn, »mein Bus kommt gleich.«

Der Professor entledigte sich seiner Ray-Ban-Brille, ließ sie in die linke Seitentasche seines weißen Kittels gleiten und räusperte sich.

»Ich glaube, das wird nicht nötig sein, Frau Schapmann. Sie werden abgeholt.« Sein Lächeln verwandelte sich in ein verschmitztes Grinsen, als er die gebeizte Holztür zum Warteraum öffnete und Ana mit einer lässigen Handbewegung dazu aufforderte, ihm zu folgen.

Sie war irritiert und über alle Maßen gespannt, wer sie abholen würde. Claudine vielleicht? Ana seufzte verträumt. Es wäre zu schön, um wahr zu sein, wenn sie im Warteraum gleich auf ihre große Schwester treffen würde. Sie sah Claudine vor sich: Der selbst gestrickte antiquierte Wollpullover, die bunt geringelten Strumpfhosen und das ungeschminkte, akzentuierte Gesicht, das in seiner natürlichen Schönheit strahlte wie Morgentau in der aufgehenden Sonne eines Frühlingstages. Claudine hatte etwas von Mutter Natur, und in ihren grünbraunen Augen schimmerte die Weisheit einer schamanischen Hohepriesterin.

»Tja … ich denke, wir wären dann soweit«, sagte Schwarzenberg, als er direkt vor Ana zum Stehen kam und betont langsam beiseitetrat, um den Blick auf den Warteraum freizugeben.

Ana ging einen Schritt nach vorn, und nach einem kurzen Moment vollkommener Fassungslosigkeit wurde ihr abwechselnd heiß und kalt. Sie spürte einen Hauch von kaltem Schweiß in ihren Innenhandflächen und befürchtete, jede Sekunde ohnmächtig zu werden.

Aiden!

»Mr. Callahan rief mich vor ein paar Tagen an und erkundigte sich, ob er Sie abholen könne.« Die Stimme des Professors kam von weither und verlor sich wie ein einzelnes bedeutungsloses Sandkorn im tosenden Wüstensturm von Anas emotionalem Overkill.

»Aiden!« stieß sie atemlos hervor, und ihre weit aufgerissenen Augen füllten sich mit heißen salzigen Tränen, als Aiden Callahan aufblickte und eine graubraune Augenbraue hob. Das grelle Licht des Halogenstrahlers unter der Decke spiegelte sich auf seinem kahlrasierten Schädel, und sein Lächeln entblößte eine Reihe weiß schimmernder Zähne. Der linke Eckzahn stand leicht schräg hervor, und dieser mutmaßliche Schönheitsfehler verlieh seinem Lächeln etwas Verschlagenes. Dieser schräg stehende Eckzahn war wie ein erfrischendes Augenzwinkern, wie ein sarkastisches, beispiellos amüsantes Statement, das vor schwarzem Humor nur so triefte: unprätentiös und wahnsinnig sexy.

»Good evening, me love.«

Seine erhabene tiefe Stimme passte überhaupt nicht zu seiner schmächtigen Statur, aber da Aiden Callahan immer schon ein wandelnder Widerspruch gewesen war, fiel diese Tatsache nicht mehr wirklich ins Gewicht. Seine dünnen Beine steckten in einer schwarzen Cargohose. Seine weißen Sneakers waren alt, und die Sohle war deutlich abgelaufen. Unter seiner verwaschenen Jeansjacke trug er ein mintgrünes Lacoste-Shirt. Aiden Callahan wirkte keinesfalls wie ein zweiundfünfzigjähriger Linguist mit einem herausragenden Cambridgestudium im Rücken, sondern eher wie ein Sozialhilfe beziehender Endzwanziger, der seine Plattenbauwohnung in Marzahn nur zum Kippen-Kaufen verlässt. Seine Kleidung war viel zu sportlich für sein Alter, und die vollständige Abwesenheit von Haupthaar machte es unmöglich, anhand einer eventuellen Graufärbung der Haare irgendwelche Rückschlüsse auf sein Alter zu ziehen. Einzig seine hellgrünen, von kleinen Fältchen umrahmten Augen und die Konturen seines markanten Gesichtes zeugten von der Weisheit eines gestandenen Mannes, dem das Leben beigebracht hat, wie man trotz widrigster Umstände den Kopf über Wasser hält. Aiden war nicht bewusst, wie sehr er die Menschen in seinem Umfeld mit seiner widersprüchlichen Erscheinung verwirrte, und es interessierte ihn auch nicht sonderlich, was andere über ihn dachten. Er war ebenso sensibel wie kaltschnäuzig, ebenso launisch wie stur, ebenso clever wie stumpfsinnig, und er war vermutlich der schüchternste Exzentriker aller Zeiten. Als Ana vor knapp vier Jahren einmal versucht hatte, das Thema vorsichtig auf seine eigenwillige Garderobe zu lenken, hatte Aiden ihr mit einem trockenen »Ich weiß, dass meine Klamotten billig sind. Mir egal. Können wir zum Wesentlichen kommen?« jeglichen Wind aus den Segeln genommen. Das Thema war ein für alle Mal vom Tisch gewesen, als er anschließend langsam ihr glitzerndes Sommerkleid öffnete und »Fucking fashion!« in ihr Ohr flüsterte, bevor er Ana mitten auf dem Wohnzimmertisch vögelte.

*

Aidens Hände vergruben sich in den Taschen seiner Cargohose. Die Geste war ein Indiz dafür, dass er nervös sein musste. Man musste Aiden allerdings gut kennen, um derlei Rückschlüsse ziehen zu können. Im Verschleiern seiner Gefühle war er ein Meister. Er hatte seine Mimik und Gestik zu jeder Zeit und in nahezu jeder Situation so unter Kontrolle, dass es schier unmöglich schien, anhand seines Gesichtsausdrucks auszumachen, in welcher Stimmung er sich befand. Ana jedoch wusste, dass seine Hände immer zu zittern begannen, wenn er nervös war, und daher ließ er sie in einer solchen

Situation entweder in seinen Hosen oder in seinen Jackentaschen verschwinden, um es zu verbergen. Er sah Ana einen Moment lang an und seine Augen glänzten. Dann blickte er zu Boden und trat unruhig von einem Fuß auf den anderen. Aiden wirkte auf herzerwärmende Weise wie ein kleiner Junge, als er dort verloren mitten im Warteraum stand: den Blick zu Boden gerichtet und die Hände in den Hosentaschen vergraben. Schließlich hob er den Kopf, und als sein Blick erneut in Anas tränenüberströmtem Gesicht haften blieb, biss er sich auf die Lippen.

»Das Wetter ist tierisch schlecht. Die Busse haben alle Verspätung oder fahren überhaupt nicht. Da dachte ich …«

Er stockte und lächelte, als Ana aufschluchzte und sich aus ihrer Schockstarre löste, um stolpernd auf ihn zuzurennen.

Die Wucht, mit der sich Ana in Aidens Arme warf, ließ ihn ein wenig taumeln, jedoch verlor er nicht das Gleichgewicht, und schließlich standen sie eng umschlungen neben dem Professor, der sich in ein Gespräch mit Frau Schulz vertieft hatte. Ana vergrub ihr Gesicht in dem mintgrünen Baumwollstoff von Aidens T-Shirt und sog seinen Duft in ihre Lungen. Sie inhalierte die wohlbekannte Mischung aus *JIL SANDER MAN*, kaltem Zigarettenrauch und dem Spring-Fresh-Weichspüler aus dem britischen Tesco Store förmlich, schloss selig die Augen und gab sich einer Flut von Erinnerungen hin. Die zwei gemeinsamen Jahre mit Aiden kamen ihr vor wie ein halbes Leben, und sein Duft gab ihr ein Gefühl von Heimat und Geborgenheit.

Aiden strich behutsam über ihren Rücken, sein Gesicht ruhte auf ihrer Schulter, und ihr blondes glänzendes Haar benetzte seinen kahlen Schädel. Er seufzte leise, als ihm Anas Parfüm in die Nase stieg. Er hatte ihr *Candy* von Prada vor über einem Jahr zu Weihnachten geschenkt. Das war, kurz bevor sie sich zum letzten Mal gesehen hatten, und es rührte ihn, dass sie den Duft noch immer benutzte.

Anas Tränen sickerten in sein T-Shirt und hinterließen zwei grüne kreisrunde Flecken auf dem eng anliegenden Stoff.

»Du hast mir so gefehlt, Großer! Du hast mir so gefehlt!«

Sie schmiegte sich an ihn und wäre am liebsten in ihn hineingekrochen, damit sich jede Zelle ihres Körpers mit der Wärme, die er verströmte, vollsaugen konnte. Unwillkürlich glitten ihre Hände unter sein Shirt. Als die Fingerspitzen ihrer linken Hand seine Wirbelsäule nachzeichneten und sich ihre rechte Hand vorsichtig in Richtung Nacken vorarbeitete, verkrampfte Aidens Körper, und er zuckte zusammen, bevor er einen Schritt zurückwich und beinahe unmerklich den Kopf schüttelte.

Erschrocken ließ Ana ihre Hände sinken und trat ebenfalls einen Schritt zurück. Die Haut unterhalb seines Nackens fühlte sich irgendwie anders an. An manchen Stellen war sie uneben und an anderen unnatürlich glatt. Es fühlte sich an, als ob …

»Was ist mit deiner Haut passiert?«

Anas Frage zerriss die friedfertige Atmosphäre mit schauerlicher Vehemenz. Das Echo ihrer Stimme wurde von den pastellgrünen Wänden zurückgeworfen und blieb wie eine unsichtbare Bedrohung in der kühlen Luft des Warteraumes hängen. Ana hatte nicht so laut sprechen wollen, und ihr entsetzter Gesichtsausdruck wurde von einem entschuldigenden Lächeln abgelöst, als der Professor den abendlichen Smalltalk mit seiner Sekretärin unterbrach, um seine Aufmerksamkeit auf die Geschehnisse im Flur zu richten.

Aiden wich Anas Blick aus und ballte die Hände zu Fäusten. Dann schloss er die Augen.

»Sie ist verbrannt, A«, antwortete er leise, und seine Stimme klang mechanisch.

»Ver … brannt?«, wiederholte Ana stammelnd. »Sie ist verbrannt?«

Aidens Gesichtszüge schienen wie eingefroren, und die Leere in seinem Blick schnürte Ana die Kehle zu. Schließlich nickte er zögernd und biss die Zähne so fest zusammen, dass die Kiefermuskulatur unterhalb seiner ausgeprägten Wangenknochen hervortrat. Ana musterte ihren Freund mit verständnislosem Blick, was dieser mit einem tiefen Seufzer quittierte.

»Was ist passiert?« Ihre Stimme klang jetzt sanft und fürsorglich, und als sie aus dem Augenwinkel registrierte, dass der Professor ihr ermutigend zunickte, ergriff sie Aidens Hände und lotste ihn zu der kleinen Sitzgruppe, die sich schräg gegenüber vom Chefsekretariat im hinteren Teil des Warteraumes befand. Er folgte ihr widerwillig und ließ sich auf ein ledernes violettes Ecksofa fallen. Dann zog er seine Jeansjacke aus und starrte auf die alte Ausgabe von *Der Aktionär*, die direkt vor ihm auf dem elliptischen Glastisch lag. Ana setzte sich neben ihn und strich behutsam über seine linke Wange. Aiden lächelte ein Was-soll-der-Ganze-Aufstand-ist-doch-alles-halb-so-wild-Lächeln und entzog sich ihrer Berührung, indem er sich der großen Fensterfront zu seiner Rechten zuwandte. Der Wind hatte nachgelassen, doch es schneite noch immer. Der kleine Gartenteich im Innenhof war von einer hauchdünnen Eisschicht überzogen und wurde von zwei XXL-Gartenzwergen gesäumt. Sie waren bis zu ihren hellrosa bepinselten Knollnasen unter einer Schneedecke versunken, und ihre roten Zipfelmützen ragten wie riesige Fliegenpilze in den Abendhimmel. Der Teich wurde einem gewaltigen Strahler flankiert, und sein kegelförmiger Lichtstrahl ließ den Schnee perlmuttfarben funkeln.

»Kaffee?« Professor Schwarzenberg stand vor dem Kopf des elliptischen Tisches, und seine Stirn legte sich in Falten, als er Anas hilflosen Gesichtsausdruck registrierte. Sie nickte, während Aiden weiterhin abwesend zum Fenster hinausstarrte.

»Möglichst heiß, bitte«, fügte sie kleinlaut hinzu, und Robert Schwarzenberg kombinierte sofort, als ihm die Gänsehaut an Aidens bleichen Unterarmen auffiel.

»Sicher! Wir servieren hier auf Senseo-Niveau«, antwortete er zwinkernd, und Anas amüsiertes Kichern lockerte die bedrückende Atmosphäre ein wenig auf.

»Für Sie wie immer ein Caffè Latte mit Vanillesirup und …«

»Und mit extra viel Süßstoff. Ganz genau, Chef.« Im Gesicht des Professors zeichnete sich ein Grinsen ab. »Natürlich mit extra viel Süßstoff. So etwas wie Zucker oder gar Honig wäre ja auch viel zu gesund für Ihren Geschmack, nicht wahr, Frau Schapmann?«, flachste er und Ana rollte die Augen.

»Von mir aus geht's auch mit Zucker, aber bevor ich Kaffee mit Honig süße, muss definitiv erst mein Geschmackssinn sterben.«

Das Grinsen im Gesicht des Professors wurde noch breiter und er nickte zustimmend.

»Und für Sie, Mr. Callahan?«, fragte er schließlich, und die Unsicherheit in seiner Stimme war unüberhörbar.

»Dasselbe. Nur ohne Vanillesirup«, sagte Ana schnell.

Aiden sah noch immer zum Fenster hinaus, und es schien beinahe, als versuche er seine Gedanken unter der Schneedecke zu begraben. Der Professor bewegte sich schnellen Schrittes in Richtung Teeküche. Ana fuhr erschrocken zusammen, als sie spürte, wie sich Aidens eiskalte Hand auf die ihrige legte.

»Autounfall«, murmelte er mit heiserer Stimme. Seine hellgrünen Augen starrten emotionslos in die Leere, doch er umschloss Anas Hand und drückte sie, bevor er stockend fortfuhr: »Ich bin aus der Kurve geflogen und frontal gegen eine Betonmauer geprallt. War von Bradford nach Wakefield unterwegs … auf dieser verschissenen Landstraße. Die mit den vielen Schlaglöchern.«

Ana erinnerte sich: Britische Landstraßen waren im Allgemeinen nicht sonderlich gut saniert und schlängelten sich oft zwischen einsamen Herrenhäusern, verwunschenen Grafschaften und halbverfallenen Burgruinen hindurch. Unvorhersehbare Kurven waren gang und gäbe, aber die Landstraße zwischen Bradford und Wakefield war diesbezüglich definitiv die mieseste in ganz England. Ana war zweimal auf dieser legendären Straße unterwegs gewesen, und der unebene, schwarzgraue Asphalt hatte beide Male unfreiwilligerweise Bekanntschaft mit ihrem Mageninhalt machen müssen. Aidens rüder Fahrstil und die unvorhersehbaren scharfen

Kurven waren eine ungünstige Kombination, und Ana hatte es gerade noch geschafft, das Beifahrerfenster herunterzukurbeln.

Die Lichtkegel der Scheinwerfer bahnen sich ihren Weg durch die wallende Nebelwand. Aus dem Autoradio ertönt *Space Lord* von Monster Magnet. Aidens rechte Hand trommelt entspannt auf dem Lenkrad herum, während die Linke die Kupplung bedient. *There's a car in the field now in a column of flame … with two doors to choose but only one bears your name …* Aiden dreht das Radio lauter und singt mit, als der schwarze Nissan Patrol plötzlich die nächste scharfe Rechtskurve nimmt: *You'll sing … Space Lord Mother Mother …* Ana hat die von Kurve zu Kurve anwachsende Übelkeit bisher erfolgreich verdrängen können, indem sie sich auf irgendeinen Punkt in der Ferne fokussiert hat, aber nun ist Ende der Fahnenstange. Kalter Schweiß tritt auf ihre Stirn und sie spürt, wie die Magensäure in ihren Mund schießt.

»Halt an! Halt an! For fuck's sake!«

Ihre Stimme übertönt den röhrenden Gitarrensound, sodass Aiden sofort reagiert und schlagartig auf die Bremse tritt. Der Nissan Patrol kommt quietschend zum Stehen. Aiden sieht Ana mit hochgezogenen Augenbrauen an, während der feuchte Nebel durch das geöffnete Beifahrerfenster ins Wageninnere kriecht.

»Alles cool, me love?«, fragt er besorgt. Das Würgen, das aus Anas weit geöffnetem Mund dringt, ist Antwort genug, und Aiden legt seine Hand auf ihre Stirn und sorgt dafür, dass ihr das offene blonde Haar nicht im Gesicht hängt, als sie sich die Seele aus dem Leib kotzt …

»Diese Straße ist in jeglicher Hinsicht zum Kotzen«, bemerkte Ana trocken. Aiden lächelte bemüht und sah hinauf zur Decke. Sein Blick war glasig und seine Hände nach wie vor eiskalt.

»Ich hab echt Glück gehabt. Wenn der Airbag nicht aufgegangen wäre, wäre ich wie eine Rakete durch die Frontscheibe gesegelt und mit Haut und Haaren verbrannt. Der komplette vordere Teil des Wagens stand in Flammen. Von mir wäre nicht viel mehr als ein Haufen Asche übrig geblieben.« Der Flashback durchzuckte Ana wie ein Blitz, und ihre Pupillen weiteten sich.

Ein Augenaufschlag, und von Aiden Callahan würde nichts als ein Häuflein Asche übrig sein. Kalte, graue Asche.

»Wann ist der Unfall passiert, Aiden?«

Die Ruhe in Anas Stimme barg etwas Gespenstisches in sich. Aiden sah sie verständnislos an. Sie war kreidebleich.

»Ist doch sekundär, A. Warum …«

Ana ließ ihn nicht aussprechen. »Wann ist der Unfall passiert, Aiden?«, wiederholte sie, ohne zu realisieren, dass sie zu schreien begonnen hatte.

Der Professor stand mit einem Tablett in der Hand in der Tür am Fuße des Flurs und steuerte auf die Sitzecke zu.

»Vor ungefähr drei Monaten«, antwortete Aiden und warf einen kurzen Blick auf die Entlassungspapiere, die neben dem *Aktionär* auf dem Glastisch lagen, um festzustellen, welches Datum sie hatten.

»Vor ziemlich genau drei Monaten«, fügte er schnell hinzu. »Es ist auf den Tag exakt drei Monate her.«

Stille.

Ana hatte die Arme um ihren Oberkörper geschlungen, als versuche sie, sich selbst irgendwie zusammenzuhalten. Aiden strich behutsam über ihre heiße Wange, und sie sahen sich ein paar Sekunden lang schweigend in die Augen. Das Entsetzen in ihrem Blick verstörte ihn. Er konnte beim besten Willen nicht nachvollziehen, was in diesem Moment in ihrem Kopf vorging. Ein Scheppern zerriss die Stille. Ana fuhr zusammen, als ein dumpfes Klirren folgte: Schwarzenberg stand vor dem Kopf des Tisches und starrte Ana vielsagend an. Das weiße Tablett und zwei zersplitterte Latte-macchiato-Gläser lagen zu seinen Füßen, und eine hellbraune Kaffeelache sickerte in den aschgrauen Teppichboden.

G-r-a-u-e A-s-c-h-e!

»Ich fass es nicht«, murmelte Ana, und der Professor nickte zustimmend. Er hatte während seiner psychiatrischen Laufbahn schon viel erlebt, und das eine oder andere Mal hatte er sogar vorübergehend an seinem Verstand gezweifelt, weil manche Begebenheiten nicht mehr mit Logik erklärbar waren, aber was hier geschah, überstieg seinen Horizont. Es hatte Stunden gedauert, bis Ana ihm Zugang zu ihrer Seele gewährt hatte, und war ein hartes Stück Arbeit gewesen, sie dazu zu bringen, ihm ihre dissoziative Realität anzuvertrauen. Für ihn war es unabdingbar gewesen, bis ins kleinste Detail zu wissen, was hinter den Vorhängen von Anas flackernden Augenlidern vor sich gegangen war, und so wusste er nicht nur um Anas Würfel – er wusste auch um Amanda und um das flammende Inferno, das sie entfesselt hatte, als Aiden Callahan mit seinen Fäusten gegen die Milchglaswand getrommelt hatte.

Wenn Sie einen Airbag hätten, gäbe es den für den Beifahrersitz gratis dazu, denke ich. Der Nachhall seiner eigenen Aussage schwappte an die Oberfläche seines Bewusstseins. Ein leises Glucksen entwich seiner trockenen Kehle, und dann begann er laut zu lachen. Ana schüttelte fassungslos den Kopf und tat es ihm gleich, während Aiden irritiert die Brauen hob und vergeblich versuchte, die Geschehnisse irgendwie einzuordnen.

Der Professor ließ sich in den Sessel zu seiner Linken plumpsen, lehnte sich zurück und wirkte nun wie ein lachender Kartoffelsack im weißen Kittel. Seine Stimme war heiser, und er hielt sich den Bauch, der vor Lachen zu schmerzen begann. Die Intensität seines Gelächters stieg weiter, als er seine Patientin ansah. Ana wischte sich mit der Linken über ihre feuchten Augen, und ihre Rechte krallte sich in Aidens T-Shirt fest.

»Was zur Hölle ist denn so witzig?«, zischte dieser, doch statt auf seine Frage zu antworten, stieß Ana ein gepresstes »Oh Scheiße … ich kann nicht mehr« hervor, um daraufhin noch einen Tick lauter weiterzulachen. Mittlerweile liefen Tränen über ihre Wangen.

Aiden schauderte. Das Gelächter der beiden war vollkommen unverständlich, und es wirkte auf ihn so befremdlich, dass eine nagende Übelkeit in seiner Kehle emporkroch. Er packte Anas Linke und riss sie mit einer energischen Bewegung in die Höhe, sodass sie ihren Oberkörper aufrichten musste und gezwungen war, ihn anzusehen.

Der Professor verstummte abrupt, und Ana blickte schwer atmend in Aidens angespanntes Gesicht.

»Shut the fuck up!«

Seine Stimme war verhalten, doch der Tonfall machte unmissverständlich deutlich, dass er alles andere als amüsiert war. Ihr Lachen erstarb und sie sah verstohlen zu Boden. Es war nicht leicht, Aiden wirklich zu reizen, und er wurde grundsätzlich nicht laut, wenn er wütend war. Das war allerdings auch nicht notwendig, denn die Schlagartigkeit, mit der sich die Klangfarbe seiner Stimme in solchen Momenten veränderte, war respekteinflößend genug. Sie konnte in einer Sekunde den Inbegriff von Liebe und Fürsorge transportieren, nur um in der darauffolgenden so hart und autoritär zu klingen, dass schon der Überraschungseffekt dafür sorgte, dass man klein beigab. Zumindest erging Ana es immer so.

»Now tell me what's going on here, A.«

Aidens Handgriff lockerte sich ein wenig, und die eisige Wut in seinem Blick wich einer tiefen Besorgnis. Er wechselte immer ins Englische, wenn er aufgeregt war, und so kam es ab und an vor, dass die beiden in unterschiedlichen Sprachen miteinander redeten. Anas Englisch war zwar nahezu perfekt, doch klärte sie schwierige Sachverhalte lieber in ihrer Muttersprache.

»Ich kann dir das nicht erklären. Das klingt einfach zu …« Sie stockte und warf dem Professor einen hilfesuchenden Blick zu.

»Crazy?«, mutmaßte Aiden und musste unfreiwillig schmunzeln. Die Situation war so grotesk, dass es fast schon wieder komisch war, und ihn amüsierte die Ironie, die seiner Mutmaßung innewohnte. Außerdem war er nahezu sicher, dass er ihren Satz korrekt zu Ende gebracht hatte. Ana hatte genau das sagen wollen: verrückt. Es klingt zu verrückt.

Ihr Körper war angespannt und sie sah den Professor flehend an.

»No offense, me love!«, sagte Aiden schließlich, und jetzt klang er versöhnlich und beschwichtigend. »Hier klingt rein gar nichts zu crazy, und selbst wenn ...«

Er zuckte theatralisch die Achseln, setze seinen I-don't-give-a-fuck-Blick auf und schob die Zungenspitze für wenige Sekunden zwischen seine leicht geöffneten Lippen. Ana liebte diese kokette Geste, und Aiden machte sich diese Tatsache gern zunutze, wenn er sie von irgendetwas überzeugen oder eine angespannte Situation entschärfen wollte. Sie konnte sich diesem Blick einfach nicht entziehen, und in der Vergangenheit war es keine Seltenheit gewesen, dass die Überzeugungsarbeit oder das Entschärfen angespannter Situationen ins Schlafzimmer verlegt wurde und nahtlos überging in leidenschaftlichen Sex.

»Ey!« Ana knuffte Aiden mit dem Ellenbogen in die Seite und hielt sich demonstrativ die Augen zu.

»Guck nicht so. Das ist unfair«, zwitscherte sie, vergeblich darum bemüht, ernsthaft empört zu klingen.

Aiden grinste triumphierend und legte scheinbar beiläufig den Arm um ihre Schultern.

»Dumm gelaufen, oder?«, murmelte er amüsiert.

Ana biss sich auf die Unterlippe. Ihre Wangen hatten einen satten Rotton angenommen, und der Professor musste sich eingestehen, dass die beiden durchaus ein passables Paar abgaben.

*

Anfänglich war er, was die Beziehung zwischen Aiden Callahan und seiner Patientin anging, skeptisch gewesen: Aiden war Engländer, Ana war Deutsche. Er war Akademiker mit abgeschlossenem Cambridgestudium, und sie war eine mäßig erfolgreiche Schriftstellerin mit einer vollkommen chaotischen Künstlerseele. Vor allem aber war der Altersunterschied zwischen den beiden so gewaltig, dass sie locker seine Tochter hätte sein können. Schwarzenberg hatte sich beim besten Willen nicht vorstellen können, wie zwei Menschen trotz solch schwerwiegender Differenzen zueinander finden konnten, und von seinem Standpunkt aus betrachtet konnte eine so abenteuerliche Liaison niemals dauerhaft gutgehen. Er hatte die Beziehung der beiden immer durch seine Psychologenbrille betrachtet. Am Ende hatte dieser Blickwinkel dazu geführt, dass seine Position vor lauter Objektivität schließlich beispiellos subjektiv wurde, das begriff er jetzt, und einen Moment lang schämte er sich ein klein wenig für seine vorurteilsbehaftete Betrachtungsweise. *Er passt eigentlich ganz gut zu ihr, wenn er nur nicht so …* Schwarzenberg atmete scharf ein, und ein Zucken umspielte seine Mundwinkel, als der wahre Grund seiner Abneigung Callahan gegenüber heiß an die Oberfläche seines Bewusstseins schoss. *Der Typ ist scheißscharfsinnig, das passt mir nicht. Der hinterfragt viel zu viel. Was, wenn er sie durch seine Fragerei ins Grübeln bringt? Was, wenn sie die Medikamente absetzt und sich irgendwann erinnert? Was, wenn …* Schwarzenberg schnitt den Gedankenfluss abrupt ab. Sein Herz schlug gegen seine Brust, und er versuchte sich selbst zu beruhigen, bevor seine innere Panik nach außen hin sichtbar werden konnte.

Unsinn! Du bist Professor Robert Schwarzenberg. Du bist einer der renommiertesten und besten Psychiater Deutschlands. Deine Kompetenz wird niemand mal eben so in Frage stellen. Ana Schapmann wird schön brav weiter ihre Pillen schlucken, wird einmal in der Woche zur ambulanten Nachsorge vorbeischauen und dankbar sein, dass du sie von ihren inneren Dämonen befreit hast. Sie wird wieder schreiben, ihre Freiheit genießen, sich vögeln lassen, den Callahan heiraten oder von mir aus auch den Mount Everest besteigen, aber sie wird ganz sicher ihren hübschen Mund halten. Das Letzte, was sie will, ist sich zu erinnern, und selbst wenn ihre wenigen fragmentarischen

Erinnerungen an die ersten zwei Wochen hier in der Klinik tatsächlich bis in ihr Bewusstsein vordringen sollten: Sie wird die Wirklichkeit nicht vom Wahn unterscheiden können. Und da sie das weiß, wird sie ihren eigenen Erinnerungen nicht vertrauen. Außerdem wird niemand der Aussage einer drogensüchtigen, armen Irren Glauben schenken. Sollte sie tatsächlich auf dumme Gedanken kommen und naiv genug sein, diese Gedanken auszuplaudern – auch gut. Dann wird sie schlichtweg wieder eingewiesen, und du wirst ihr einen weiteren schweren psychotischen Schub attestieren. Sogar Ana selbst wird dir am Ende glauben. Sie vertraut dir mehr als sich selbst. Du hast sie so konditioniert, dass sie sich von Zweiflern sogar bedroht fühlen wird. Sie würde dir direkt wieder in die Arme laufen. Ja, die Sache ist wasserdicht. Du weißt besser als jeder andere, wie ein menschliches Gehirn funktioniert. Und deswegen weißt du auch besser als jeder andere, wie man ein menschliches Gehirn manipuliert. Du bist der Fachmann. In diesem Metier ist dein Wort Gesetz. Punkt. Aus. Ende.

*

»Ich erkläre das später. Lass uns jetzt erst mal zusehen, dass wir heil durch den Schneesturm kommen. Das Wetter wird sicher nicht besser.«

Anas Stimme klang fast energisch und riss Schwarzenberg aus seiner Geistesabwesenheit.

»Damit könnte sie Recht haben. Wenn man der Wettervorhersage Glauben schenkt, wird der Sturm über Nacht sogar noch heftiger werden«, sagte Schwarzenberg und nickte Ana bestätigend zu.

Die junge Frau stand auf und taumelte leicht, als sie ihren zum Bersten gefüllten Shoppingbag schulterte. Aiden Callahan schlüpfte in seine übergroße Jeansjacke und ergriff Anas monströsen blauen Koffer, der ebenfalls aus allen Nähten zu platzen schien.

»Damn, A! Ist da Blei drin?«, murmelte Aiden kopfschüttelnd.

Ana zuckte grinsend die Achseln. Der Koffer wog locker fünfundzwanzig Kilo, und Aiden fragte sich nicht zum ersten Mal, warum Frauen immer haufenweise nutzloses Gepäck in den Urlaub mitnehmen müssen. Sie packen ihren halben Kleiderschrank ein und ziehen im Endeffekt vielleicht zwei verschiedene Outfits an. Der Rest erfüllt keinerlei Zweck, wird oft nicht einmal ausgepackt und fungiert lediglich als unfreiwilliges Muskelaufbautraining für die männliche Begleitung, die wie ein Packesel schnaufend durch den Flughafen rennen muss, um zeitig das richtige Gate zu erreichen.

»Frauen«, flüsterte der Professor schmunzelnd, und Aiden lächelte, als Schwarzenberg ihm zuzwinkerte.

»Ich wünsche Ihnen alles Gute, Frau Schapmann! Den ersten Termin zur ambulanten Nachsorge bei Frau Dr. Brinker habe ich in Ihrem alten Therapieplan notiert: Station 10b, Raum 236«, sagte er schließlich, und als er sich Ana zuwandte, senkte seine Stimme sich ein wenig. Er versuchte, möglichst beiläufig zu klingen. »Und wenn die Gedanken wiederkommen sollten … Sie wissen ja …«

»Wenn die Gedanken wiederkommen, erhöhe ich die Medikation zur Nacht um zwanzig Milligramm und melde mich umgehend bei Frau Dr. Brinker, um einen kurzfristigen Termin zu bekommen – ich weiß, Chef«, zischte Ana und hoffte, dass Aiden sie nicht gehört hatte. Sie wusste, dass er nicht besonders viel von Medikamenten hielt, und hatte weder Lust auf enervierende Diskussionen, noch wollte sie Details über ihren Psychopharmaka-Konsum mit ihm besprechen.

»Was für eine Medikation denn?«

Aiden hatte gute Ohren und Ana rollte entnervt die Augen, als er stirnrunzelnd nach den Entlassungspapieren griff und sich neben Schwarzenberg im Gang postierte.

»Och … eigentlich nix Neues, Großer. Fluoxetin nehme ich ja schon ewig, und Concerta kennst du ja auch schon und …«

Aidens hellgrüne Augen blitzten auf und er warf dem Professor einen skeptischen Blick zu, als er Ana scharf ins Wort fiel.

»Du nimmst das Scheißzeug immer noch?«

Er klang überrascht. Sein prüfender Blick schien Schwarzenberg zu durchbohren, und mit einem Mal spürte er wieder diese beunruhigende Anspannung in sich aufsteigen. Diese dumpfe, ungreifbare Ahnung. Dieses subtile Gefühl des Unbehagens, das sich als brennender Schmerz unterhalb seines Brustbeines manifestierte. Schließlich schoss stoßweise Magensäure in seinen Mund und er schluckte heftig. »Ich dachte eigentlich, dass du unter anderem auch hier warst, um von dem Zeug loszukommen.«

Aidens Stimme war lauter geworden, und Schwarzenberg brach ein widerwärtiger Schweiß auf seiner faltigen Stirn aus. Dennoch wich er Aidens Blick nicht aus, sondern erwiderte ihn standhaft. Während er überlegte, was er gleich sagen würde, um die Situation zu entschärfen, begann Aiden in den Entlassungspapieren zu blättern. Seine Augen wanderten hektisch über die zusammengehefteten DIN-A-4-Blätter. Auf Seite drei hielt er inne, und seine Gesichtszüge verdunkelten sich, als er laut vorlas: »Morgens 54 mg Concerta, Mittags 60 mg Fluoxetin und abends …«

Er hielt kurz inne, hob seinen Blick und starrte Ana entgeistert an.

»Phenobarbital? Du kriegst Phenobarbital zum Einschlafen, A? Das Zeug is doch 'n One-Way-Ticket in den Wahnsinn!« Jetzt schrie er beinahe. »Ich dachte, Barbiturate seien lediglich für die Behandlung von Epilepsie zugelassen? Das Zeug wird doch seit Ewigkeiten nicht mehr als Schlafmittel verschrieben! Wie um alles in der Welt …«

Aiden stockte und sah den Professor aufgebracht an.

»Beruhigen Sie sich, Mr. Callahan«, entgegnete dieser und versuchte möglichst routiniert zu klingen. »In höheren Dosen unterliegt Phenobarbital lediglich dem Betäubungsmittelgesetz, ist aber nach wie vor zugelassen. Es ist durchaus gängig, ein niedrig dosiertes Barbiturat zur Nacht zu verabreichen, wenn Benzodiazepine oder niedrigpotente Neuroleptika nicht die gewünschte Wirkung erzielt haben. Schlaf ist essenziell für die menschliche Psyche im Allgemeinen und für die meiner Patienten im Besonderen, und Phenobarbital wirkt stärker und nachhaltiger als beispielsweise lorazepamhaltige Benzodiazepine. Gerade bei komplizierten Krankheitsbildern kann eine vorübergehende Behandlung mit Barbituraten manchmal unumgänglich sein. Vor allem dann, wenn kein anderes Medikament anschlägt. Insofern ist die Indikation für eine solche Medikation in Frau Schapmanns Fall absolut gegeben.«

Aiden kaute mechanisch auf einem Fruchtkaugummi, und die sich im Sekundentakt abwechselnde An- und Entspannung seiner Kiefermuskulatur transportierte eine Unruhe, die dem Professor missfiel.

Wenn man keine Ahnung hat, sollte man lieber die Klappe halten, dachte er. Dann setzte er sein freundlichstes Lächeln auf und fuhr mit der rechten Hand in die Tasche seines Kittels, um einen demonstrativen Blick auf sein Handy zu werfen. Es war 19:35 Uhr und sein Display zeigte drei Anrufe in Abwesenheit – alle von seiner Frau.

»Wenn Sie mich jetzt entschuldigen würden?« Schwarzenberg lächelte noch immer. Der Klang seiner Stimme machte jedoch unmissverständlich klar, dass er kein gesteigertes Interesse an einer weiteren Vertiefung des Gespräches mit Aiden Callahan hatte und dass er sich langsam aber sicher nach einem wohlverdienten Feierabend sehnte.

*

»Können wir jetzt bitte gehen?«, zischte Ana, während sich ihre Hand beschwichtigend auf Aidens Unterarm legte. Sie hielt sein Misstrauen für unangebracht, und es beschämte sie, dass er offenbar arrogant genug war zu glauben, er könne einem habilitierten Psychiater in puncto Psychopharmakologie irgendwelche Ratschläge erteilen.

»Hm …«, murmelte Aiden widerwillig. Ana verabschiedete sich währenddessen überschwänglich von Schwarzenberg und steuerte zielstrebig auf die Ausgangstür zu. Der Form halber hielt Aiden dem Professor die Hand hin und verabschiedete sich mit stummem Kopfnicken. Ana war bereits in den tosenden Schneesturm hinausgetreten. Zierliche Designer-High-Heels betonten ihre gazellenartigen Beine und ließen sie noch zerbrechlicher wirken. Quiekend lehnte sie sich gegen den Wind, und Aiden hielt inne, um das Bild auf sich wirken zu lassen: Die kleine, durchgeknallte Miss Schapmann steht mit ihren Luxusstilettos mitten im Schneesturm und quiekt aus vollem Halse, während sie sich verzückt gegen den Wind lehnt. *Ana Schapmann im Zweikampf mit der rohen, unbezwingbaren Gewalt der Natur*, dachte Aiden und schüttelte lächelnd den Kopf. So kindlich und schutzbedürftig Ana auf den ersten Blick auch erscheinen mochte: Hinter dieser Fassade verbarg sich ein nahezu überirdisch stark ausgeprägter Wille und die Widerstandsfähigkeit einer Betonmauer. Ana gewann ihre Stärke aus irgendeinem verborgenen Punkt in ihrem Inneren, und diesen Punkt hatte er niemals verstehen oder erfassen können. Das Bild, das sich ihm bot, barg eine großartige Metaphorik, und Aiden konnte sich einer gewissen Ergriffenheit nicht erwehren, als er da im spärlich beleuchteten Klinikflur stand und zu seiner Freundin in den Sturm hinausblickte. In seinen feuchten Augen glänzte Hingabe, und wenn man bedachte, dass die Frau dort draußen ebenso gut seine Tochter hätte sein können, hatte die Ehrfurcht, die in ihm aufstieg, fast etwas Absurdes an sich. Es gab einen Teil in Ana Schapmann, dem die Weisheit und Lebenserfahrung einer Greisin innewohnten, und man tat ihr Unrecht, wenn man sich mit der Oberfläche ihres Wesens zufriedengab. Wenn man nur ein Opfer in ihr sah.

5
STURM

»Wo steht dein Auto?« Anas zarte Stimme wurde fast vom Heulen des Windes verschlungen. Aiden deutete kopfschüttelnd auf seine Ohren, um deutlich zu machen, dass er sie nicht verstehen konnte. Sie rollte die Augen und schrie beinahe, als sie ihre Frage wiederholte. Jetzt verstand er und deutete auf den spärlich gefüllten Besucherparkplatz hinter den weiten Rosenbeeten.

»Was ist es denn für ein Auto?«, schrie Ana, wissend, dass der alte Nissan Patrol nach Aidens Unfall auf dem Schrottplatz gelandet sein musste. Unvermittelt ergriff er ihre Hand und ging schnellen Schrittes in Richtung Parkplatz. Die Tatsache, dass Ana dank ihres wetteruntauglichen Schuhwerkes sichtlich Mühe hatte, mit Aiden Schritt zu halten, ignorierte er konsequent, und Ana war zu stolz ihn zu bitten, langsamer zu gehen. Es kam für sie nicht in Frage, sich die völlige Untauglichkeit ihrer Schuhauswahl einzugestehen. Ihr war klar, dass Aiden insgeheim darauf wartete, doch sie war nicht bereit, ihm diesen Triumph zu gönnen und ihn dadurch in seiner fast schon pathologischen Fashion-Phobie zu bestärken. Also biss sie die Zähne zusammen und versuchte sich auf ihren Pfennigabsätzen einen Weg durch den zentimeterhohen Neuschnee zu bahnen. An manchen Stellen verbarg sich unter dem pudrigen Weiß eine spiegelglatte Eisfläche, und Ana fühlte sich wie ein Soldat, der ein Minenfeld passiert – in High Heels. Als sie vor einem sonnengelben Opel Astra zum Stehen kamen, war sie gänzlich außer Atem. Nach einem kurzen Moment des Luftholens wanderte ihr Blick über den gelb leuchtenden Lack des Kleinwagens und sie prustete vor Lachen.

Aiden öffnete ungerührt den Kofferraum und wuchtete den gewaltigen Koffer hinein, bevor er Ana missmutig ansah.

»Ist nur geliehen«, murmelte er kleinlaut.

Anas Gelächter verebbte. »Da hast du dir aber 'n richtiges Sahnehäubchen geschossen, Großer! Ich muss schon zugeben: Die Farbe ist wirklich …« Sie stockte und presste die Lippen aufeinander, um einen erneuten Lachanfall zu unterdrücken. Der Wagen gab ein zwitscherndes Geräusch von sich, als Aiden mit einer lässigen Handbewegung die Schlüssel aus seiner Jacke holte und per Fernbedienung die Hintertüren öffnete.

Ana bugsierte ihren prall gefüllten Shopper auf die Rückbank, ließ sich wenig später dankbar auf den Beifahrersitz fallen und entledigte sich umständlich ihrer Stiefeletten, da ihre Füße erbärmlich schmerzten. Im Inneren des Wagens roch es nach einer Mischung aus Kunstleder und Zitrone. Der scharfe Zitronengeruch erinnerte ein bisschen an Toilettenreiniger und ging zweifellos von dem Duftbäumchen aus, das einsam und verlassen auf dem Armaturenbrett lag. Ana musste lächeln, als sie sich vorstellte, wie ein aufgebrachter Aiden Callahan vergeblich versuchte, einen ungebrauchten Leihwagen mit Raucherlaubnis zu finden. Gedankenverloren schob sie den Schlüssel ins Zündschloss und drehte ihn vorsichtig, bis sie einen leichten Widerstand spürte und ein Klicken vernahm. Dann schaltete sie das Autoradio ein. Aiden machte sich derweil mit einem Eiskratzer an der Heckscheibe zu schaffen, und sie lehnte sie sich zufrieden zurück und schloss die Augen. Urge Overkills Kultversion des alten Neil-Diamond-Hits *Girl, You'll Be a Woman Soon* bahnte sich ihren Weg aus den zweitklassigen Boxen, und Ana fummelte begeistert am Lautstärkeregler herum. Sie liebte den Song und versank so tief in der Musik, dass sie gar nicht registrierte, dass Aiden ins Auto stieg und sich neben ihr auf dem Fahrersitz positionierte. Sein Kopf lehnte an der Nackenstütze, und sein Blick glitt von Anas durchnässtem Pony hinab zu den dichten Wimpern, die ihre verschlossenen Lider säumten. Dann blieb er einen Moment lang auf ihrer Stupsnase ruhen und verlor sich schließlich in der Sinnlichkeit ihrer vollen, kirschrot geschminkten Lippen. Ein perfekter Erdbeermund, der schweigend ein paar Worte formte, die dem Refrain des Liedes entstammten: *Girl, you'll be a woman soon … soon you'll need a man.*

Nash Katos Stimme erfüllte den Innenraum des nagelneuen Opel Astra und Aiden Callahan holte Luft. Er holte so tief Luft, als stünde er auf der äußersten Kante eines Felsvorsprunges, umzingelt von einem Dutzend Typen in dunkelgrauen Cinque-Cisquadra-Anzügen. Ein Dutzend Männer, deren Bewegungen denen einer Gruppe von Synchronschwimmern glichen, als sie auf die Sekunde genau zeitgleich ihre Maschinenpistolen entsicherten, während er sich für den alles entscheidenden Sprung in die unergründlichen Tiefen des Abgrundes bereitmachte.

*

Aiden näherte sich Anas Gesicht. Langsam. Ganz langsam. Er wollte sichergehen, dass er den Moment mit allen Sinnen genießen konnte. Er spürte ihren heißen Atem auf seinen trockenen Lippen, schloss die Augen und küsste sie. Als er ihre Lippen berührte, schlugen ihre Augen auf, groß und blau. Anas gesamter Körper verkrampfte sich, als hätten Aidens Lippen sich plötzlich in einen Elektroschocker verwandelt. Er hielt die Augen weiterhin geschlossen, und Anas ausdrucksloser Blick glitt über seine linke Gesichtshälfte und verlor sich im Schneegestöber der Winternacht. Als sein Kuss fordernder wurde und seine flinke Zunge sich anschickte, mit der ihrigen zu spielen, spürte Ana mit einem Mal, dass irgendetwas anders war. Seine Lippen, die auf ihren ruhten … seine Zunge in ihrem Mund … sein warmer Atem auf ihrer Haut … Es fühlte sich fremd an, vollkommen fremd. Fremd und falsch. Die Verwirrung, welche diese Erkenntnis mit sich brachte, traf sie so unverhofft und intensiv, dass sie die Augen zusammenkniff und Aiden panisch von sich stieß.

Schwer atmend rieb sie sich mit der Linken über ihre feuchten Lippen, und auf ihren Wangen erblühte die Schamesröte.

Aiden war bis ans äußerste Ende des Sitzes zurückgewichen und lehnte mit seinem Kopf am Fenster der Fahrertür. Sein Atem zitterte, und in seinem Gesicht zeichnete sich eine Betroffenheit ab, die so bodenlos war, dass Ana sich so schuldig fühlte wie nie zuvor in ihrem Leben. Sie fühlte sich schuldig und hilflos. Und sie schämte sich. Sie schämte sich furchtbar. Aber sie wusste nicht, warum. Sie ekelte sich, aber sie wusste nicht, wovor. War das Selbstekel? Oder ekelte sie der Akt des Küssens an sich an? Oder ekelte sie sich etwa vor … Sie schnitt ihre Gedanken abrupt ab und schüttelte energisch den Kopf. Nein, das war unmöglich! Sie liebte Aiden. Sie liebte ihn, wie sie noch nie zuvor einen Menschen geliebt hatte. Genau genommen war er es gewesen, der ihr gezeigt hatte, was Liebe eigentlich ist. Wieso um alles in der Welt …

Die Beine sind schwer wie Blei. Es ist, als wären es gar nicht MEINE Beine. Fremde Fleischstücke. Nichts als fremde Fleischstücke. Alles ist warm und weich. Ich bin von Watte umgeben. Flauschige, cremefarbene Watte. Der Nebel in meinem Kopf lässt mich schweben. Ja, ich schwebe und die Luft duftet nach Frühling.

Du sabberst, A! Mach den Mund zu.

Sabbern? Wieso finde ich das jetzt witzig? Also … nicht Lachflash-mäßig witzig, aber irgendwie erheiternd. Heiter bis wolkig. Alles heiter bis wolkig.

Mund will nicht zugehen. Auch egal. Bleibt er halt offen.

Alter Falter! Du hast offenbar die absolute Tranquilizer-Jacobs-Krönung intus, was?

Durch meine Adern cruist der Rolls-Royce der Sedativa. Mit beschwingter Heiterkeit schwebt er durch den Nebel.

Wo kommt diese Stimme her? Alles dumpf. Alles weich. Alles sauber. Alles sicher. Aber … die Stimme … die Stimme … die STIMME …

Aiden öffnete den Mund, um etwas zu sagen, schloss ihn aber sogleich wieder. Ana starrte mit weit aufgerissenen Augen durch ihn hindurch. Ihre Pupillen waren so stark geweitet, dass ihre Augen wie zwei Löcher wirkten. Zwei schwarze Löcher in einem Engelsgesicht. Augen, welche die Realität in sich aufsogen, um sie auf ihrer Netzhaut zu brechen und anschließend durch das Kaleidoskop des Wahnsinns zu schicken. Übrig blieb das Zerrbild einer Wirklichkeit, die Ana vollends entglitten zu sein schien.

»Du willst mich, nicht wahr? Du willst, dass ich meinen harten, heißen Schwanz in deinem hungrigen Arschloch versenke. Krankes, geiles Luder. DU KRANKES, GEILES LUDER! Soll der Herr Doktor es dir mal so richtig besorgen, ja?! Soll der Herr Doktor …«

»Was tun Sie da?«

Du träumst, Ana!

Die Gier in seinen Augen! Die Gier hinter der Ray-Ban-Brille. Das Gesicht kommt näher … immer näher, und dieser Geruch … dieser furchtbare Geruch: faulig und süß. Es riecht nach Sterben! ER riecht nach Sterben!

Alles gut, Ana! Einfach wegschweben … tiefer in den Nebel hinein.

Meine Beine: fremde Fleischstücke. Nichts als fremde Fleischstücke. Und … siehst du die Gier?! G-I-E-R! Widerliche, schreiende, abgründige, seelenlose GIER … hinter der Brille. Die Ray-Ban-Brille …

Ich brauche Luft. Jemand muss atmen! – Atme, Ana! ATME!

*

Einige Minuten waren verstrichen, als Aiden sich aus seinem Schockzustand befreit hatte und wieder halbwegs Herr seiner Sinne war.

»A?«, flüsterte er mit erstickter Stimme, während er sich wie in Zeitlupe nach vorne beugte. Ganz langsam und vorsichtig ließ er seine Hand auf ihre Schulter sinken.

»A?« Seine Stimme klang nun etwas fester und er sah Ana eindringlich an. Es war offensichtlich, dass sie Aiden nicht registrierte. Für einen Moment lang war ihm, als wäre es gar nicht Ana, die dort vor ihm auf dem Beifahrersitz kauerte. Er kannte diese Frau, aber es war ihm unmöglich, sie zu erkennen. Ana atmete flach, und plötzlich schoss Aiden das seelenlose Gesicht einer Porzellanpuppe durch den Kopf. Seine Oma hatte Puppen gesammelt. Sie hatte jeden freien Zentimeter ihres kleinen, muffigen Wohnzimmers mit ihnen ausstaffiert: Porzellanpuppen mit hellem Haar, Porzellanpuppen mit dunklem Haar, große Porzellanpuppen und kleine Porzellanpuppen. Dutzende tiefschwarze Augenpaare, die den kleinen Aiden Callahan anstarrten; Dutzende tiefschwarze Augenpaare, umrahmt von schneeweißen, glänzenden Porzellangesichtern. Gemalte Gesichter, die ihn beobachteten, wenn er seinen Kirschkuchen aß. Schwarze Porzellanaugen, die auf seiner Teetasse ruhten … und auf seinem Teller … und auf den kleinen, blauen Knöpfen seines Sonntagsanzuges. Sie waren überall. Ein Meer von Augen: tote, schwarze Augen, die durch Aidens Angst zum Leben erweckt wurden. Jeden Sonntag. An Oma Callahans schwerem Birkenholztisch. Zwischen Kirschkuchen, Yorkshire Tea und bestickten Deckchen. Irgendwann begann der kleine Aiden in der Nacht des Sonnabends ins Bett zu pinkeln. Nur in dieser einen Nacht. Die Nacht vor Omas Teestunde im Porzellanpuppenkabinett …

Seine Oma starb, als er zwölf Jahre alt war, und mit ihr verschwanden auch die sonntäglichen Besuche in dem von Puppen besetzten muffigen Wohnzimmer mit dem schweren Birkenholztisch und den bestickten Tischdecken. Aiden konnte sich eines gewissen Schuldgefühls nicht erwehren, als er feststellte, dass Omas Tod ihm auf eine merkwürdige, sadistische Art und Weise Vergnügen bereitet hatte.

*

»A! Hey! Anaaaaa!!« Panik stieg in ihm auf, und in dem Sekundenbruchteil, in dem diese von Kindheitserinnerungen angestachelte

Urangst sein Denken lahmlegte, packte er Ana an ihren schmalen Schultern und schüttelte sie. Es war, als besäßen seine Hände ein seltsames Eigenleben. Als Aidens Bewusstsein den Übergriff seines reaktionären Unterbewusstseins wieder unter Kontrolle gebracht hatte, erschrak er und ließ von ihr ab. Eine gefühlte Ewigkeit saßen sie einander gegenüber und sahen sich an, er schwer atmend und mit aufeinander gepressten Lippen, sie mit verwirrtem Schleierblick und leicht geöffnetem Mund.

»What happened, me love?«, fragte Aiden schließlich, und in seiner Stimme schwang wieder jene Art von väterlicher Fürsorge und Geborgenheit mit, die Ana ein Fenster zum Leben öffnete. Doch da war noch etwas anderes. Etwas Fremdes. Etwas, das die Reinheit und Ruhe in seiner Stimme vergiftete. Etwas, das so abstoßend war, dass Ana mit einem Male schlagartig bewusst wurde, warum sie sich jahrelang mit Alkohol und Drogen betäubt hatte. Und dieses abstoßende Etwas hatte nichts mit Aiden zu tun, sondern es kam … kam aus ihr Selbst. Ein namenloses, unbeschreibliches, alles vergiftendes Etwas.

Siehst du die Gier in seinen Augen? Widerliche, schreiende, abgründige seelenlose GIER!

»Ich weiß nicht, was passiert ist.«

Ana sprach langsam, und aus ihrem entrückten Gesicht gähnte Aiden nichts als eine allumfassende Orientierungslosigkeit an. »Aber was auch immer es ist … es macht mir Angst«, fügte sie schließlich flüsternd hinzu.

»Du brauchst frische Luft, me love. Gehen wir eine Runde und rauchen eine, hm?«, schlug Aiden vor.

Doch Ana schüttelte energisch den Kopf. »Nein. Ich muss …« Sie stockte, wandte sich ab und fixierte den spärlich beleuchteten Eingang des Klinikgebäudes. »Ich muss mit dem Professor sprechen. Er weiß ganz sicher, was mit mir los ist. Oh ja … ganz sicher sogar!«

Aiden schnaubte, schlug mit seiner Linken gegen das Lenkrad und begann auf seiner Unterlippe herumzukauen.

»Das Licht brennt noch, also ist er noch im Gebäude. Ich geh da jetzt rein. Warte hier. Dauert nicht lange.«

Ana öffnete ruckartig die Beifahrertür und Aiden schlug ein eisiger Wind entgegen, als sie ausstieg und sich zielstrebig einen Weg durch den tosenden Schneesturm bahnte. Schnell wurde ihre Silhouette von tanzenden Schneeflocken verhüllt. Aiden konnte sie nicht mehr sehen, als sie die Eingangstür öffnete und schnellen Schrittes auf das Chefsekretariat zusteuerte. Er schloss die Augen und ließ seinen Kopf aufs Lenkrad sinken. *Scheiße*, dachte er.

6

GAME OVER?

Es musste eine gute halbe Stunde vergangen sein, als Aiden begann, unruhig zu werden. Der Sturm hatte ein wenig nachgelassen. Im rechten Klinikflügel flackerte ein gelbliches Licht, und der imposante Glockenturm neben dem Hauptgebäude ragte in den Himmel wie ein gigantischer, pechschwarzer Zeigefinger. Aiden fuhr mit der linken Hand über seinen kahlen Schädel, während er mit der rechten die Autotür öffnete, um nachzusehen, ob der Wagen in der Zwischenzeit erneut eingeschneit war. Eiskristalle tanzten in den Lichtkegeln der eingeschalteten Autoscheinwerfer. Aiden hielt inne, und sein Blick verlor sich in dem Wirrwarr aus Eispartikeln und Schneeflocken. Die Selbstverständlichkeit, mit der dieses funkelnde Gemisch durch die Novemberluft wirbelte, war beruhigend.

Nachdem Aiden das Auto einmal umrundet und zufrieden festgestellt hatte, dass die Reifen komplett frei lagen und es somit vermutlich keine Probleme beim Anfahren geben würde, lehnte er sich gegen die Fahrertür und zündete sich eine Zigarette an. Erst als er aufgeraucht und sich umgedreht hatte, um wieder in den Wagen zu steigen, registrierte er, dass Ana bereits zurückgekehrt war. Sie saß schweigend auf dem Beifahrersitz und starrte abwesend in Richtung Hauptgebäude. Aiden hatte sie weder kommen hören noch hatte er mitbekommen, dass sie ins Auto gestiegen war. Die gespenstische Lautlosigkeit, mit der sie vollkommen unbemerkt in den Wagen gelangt war, ließ ihn erschauern. Es war, als wäre sie einfach *erschienen.*

»Alles cool, me love?« Er rieb sich die Hände, klopfte den Schnee aus den Rillen seiner Schuhsohlen und musterte sie zögerlich. Auf ihren Lippen haftete ein dünnes Lächeln, und sie nickte stumm.

»Hat der Professor dir …«

Ana ließ Aiden nicht aussprechen. »Ja, er hat mir geholfen. Sehr sogar. Jetzt ist alles gut. Alles erledigt. Fahren wir.«

Ihre Stimme klang dumpf, und Aiden fröstelte. Er wusste, dass es in diesem Moment keinen Sinn machte, weiter auf das Geschehene einzugehen, und da er den unnachgiebigen Drang verspürte, das Klinikgelände schnellstmöglich zu verlassen, beschloss er, das Thema zu vertagen und drehte den Zündschlüssel um.

Das Anfahren klappte problemlos und Aiden entspannte sich, als er sich auf der spärlich befahrenen Bundesstraße einordnete und den Opel rapide beschleunigte. Das konstante Brummen des Motors war wie ein wundervolles Schlaflied für Ana. In Kombination mit der vorbeifliegenden Landschaft suggerierte es die Gewissheit, dass sie die Berliner Charité hinter sich lassen und einem neuen Leben entgegenfahren konnte. Es radierte die Vergangenheit behutsam aus Anas Bewusstsein, und sie war schon nahezu vollständig in einen erlösenden, traumlosen Schlaf hinabgeglitten, als sie die eisige Hand auf ihrer rechten Schulter spürte. Die rot lackierten Fingernägel waren spitz wie Dolche und bohrten sich mit sadistischer Langsamkeit in ihre Haut. Ana riss die Augen auf und starrte mit weit geöffnetem Mund auf eine meterhohe Spiegelwand.

Dreh dich nicht um. Dreh dich nicht um, A!

Die Zeit hörte auf zu fließen und das Jetzt hörte auf zu existieren. Vergangenheit und Zukunft, Traum und Wirklichkeit, Vernunft und Trieb, Leben und Tod – alles zerschellte auf dem quadratischen, weißen Boden des Würfels, in dessen Zentrum die Hölle gefror. Ihr Würfel …

Quadratisch. Praktisch. Kalt.

Amanda war wieder da. Amanda war zurückgekehrt und sie war böse. Sie war sehr böse.

»Hast du ernsthaft gedacht, dass ich dich einfach so davonkommen lasse?«

Ana spürte einen eisigen Atem in ihrem Nacken. Sie spürte, wie er ihre Haut durchdrang, spürte, wie er ihre Wahrnehmung belagerte und ihr Gehirn zersetzte, Stück für Stück, Zelle für Zelle. So lange, bis nichts mehr übrig war.

*

Es war nicht Anas Hand, die das Lenkrad herumriss. Sie sah aus wie Anas Hand, aber es war nicht Anas Hand.

Ich werde immer bei dir sein, A.

Die Sekunden vor dem Aufprall versanken in vollkommener Stille. Die nackte Angst vor dem Unvermeidlichen war so allumfassend und existenziell, dass alles andere auf Stumm zu schalten schien. Es waren Sekunden, die zu Stunden wurden.

Aidens Hand drückt Ana in ihren Sitz. Ein tonloser Schrei erstirbt im Nirgendwo. Das Entsetzen beginnt den Körper zu fluten. Ein Lippenpaar formt drei Worte. Nur drei Worte, deren Bedeutung im Angesicht der Endlichkeit zum Inbegriff der vollkommenen Verzweiflung wird.

Ich liebe dich.

Erkenntnis entstellt Gesichter, und zeitgleich mit dem zitronengelben Opel Astra explodiert auch der Schmerz. SCHMERZ! Nur noch Schmerz. Überall. Es ist ein Schmerz, der so unerträglich ist, dass er nicht mehr wehtut.

Graue Asche! Kalte, graue Asche!

Es riecht nach Benzin. Nach geschmolzenem Plastik. Nach verbranntem Fleisch. Dichtes, schwarzes Haar weht im Wind. Umhüllt von einem weißen Textilschleier erhebt sich ein Körper über dem Schlachtfeld. Moosgrüne Augen spiegeln ein Flammenmeer in triumphierenden Blicken. Ein Flüstern manifestiert sich im luftleeren Raum. Ein Flüstern, das widerhallt. Es hallt in weißem Licht, das gleitet … langsam herangleitet. Ein Flüstern, längst schon vom Rauschen des Windes fortgetragen. Ein Flüstern am Ende der Existenz.

GAME OVER.

Sektion 2.0

AManDa

What if all the world's inside of your head
Just creations of your own?
Your devils and your gods
All the living and the dead
And you're really all alone?
NINE INCH NAILS: RIGHT WHERE IT BELONGS

1

AUGUST 2013, HOLLYWOOD HILLS, LOS ANGELES, CA, UNITED STATES OF AMERICA

Ihre vollen Lippen leuchteten in einem dunklen Rot. Sie warf ihrem Spiegelbild einen Kussmund zu, verstaute den Chanel-Lippenstift in ihrer silbernen Burberry-Clutch und schob die quadratische weiße Schwebetür der großzügigen Schrankwand zu ihrer Linken beiseite, während sie seinen Namen rief.

»Phil?« Ihr Blick wanderte von der Unterwäscheschublade zu Phils Sakkosammlung und blieb schließlich an den sündhaft teuren Abendkleidern haften. Mit nachdenklichem Blick inspizierte sie ihre feudale Abendrobensammlung.

»Phil? Wo bist du?«, zwitscherte sie schließlich, und die gespielte Unsicherheit in ihrer Stimme barg etwas ungemein Verruchtes in sich.

»Im Wohnzimmer. Was ist denn?«

»Ich weiß nicht …« Amanda sprach nicht weiter, sondern lächelte kokett, als sie das stetig lauter werdende Geräusch von Schritten im Hausflur vernahm.

Sekunden später öffnete sich die Badezimmertür, und er lehnte lässig im Türrahmen.

»Du weißt nicht … was?«, rezitierte Phil, und der Anflug eines Lächelns umspielte seine schmalen Lippen.

»Ich weiß nicht, was ich anziehen soll«, antwortete Amanda, während sie beiläufig ihren schwarzen Satinbademantel öffnete. Phil machte ein paar Schritte in den Raum hinein und musterte seine Frau eine Weile.

»Was ist mit dem Cremefarbenen? Diesem mit dem Wasserfallausschnitt und den …« Er hielt inne und wandte sich der Schrankwand zu.

»Ich weiß, welches du meinst«, entgegnete Amanda schnell. Sie legte eine Hand auf Phils Schulter und zog ihn vorsichtig von der Schrankwand zurück.

»Das passt nicht zur Clutch. Wo ist denn das Silberne von Prada?«

Phil Curan drehte sich um und zuckte die Achseln. Er lächelte noch immer. Seine himmelblauen Augen wirkten schmaler als sonst, und die James-Dean-mäßige Traurigkeit, die immer schon in seinem Blick gelegen hatte, jener gequälte, entrückte Ausdruck, der seinem symmetrischen Upperclass-Gesicht eine unfassbar anziehende Tiefe verlieh, war in den letzten Monaten einer Bitterkeit gewichen, die irgendwo zwischen beängstigend und bemitleidenswert anzusiedeln war. Eine Bitterkeit, die eine Form von Hilflosigkeit und Fragilität transportierte, welche Amanda wütend machte.

»Von mir aus bräuchtest du dich überhaupt nicht umzuziehen. Eigentlich …« Er trat einen Schritt auf Amanda zu, stützte sich mit einer Hand an der terrakottafarbigen Wand zwischen Waschbecken und Schrank ab und neigte den Kopf, bis ihre Lippen sich fast berührten. Sie spürte seinen warmen Atem auf ihrer Haut und verschränkte die Arme vor ihrer Brust. Der unverkennbare Duft seines Aftershaves stieg ihr in die Nase: die weihnachtliche Note, dieser Hauch von Zimtspekulatius, der *Gaultier Le Male* so unverwechselbar machte und dafür sorgte, dass sie den grün-weiß gestreiften Flakon bis in alle Ewigkeit mit ihrem Ehemann assoziieren würde. Sie warf einen flüchtigen Blick auf die Männertorso-förmige Flasche auf der gläsernen Ablage über dem Waschbecken, die neben ihrer eigenen Parfümsammlung fast bescheiden anmutete.

»Eigentlich bräuchtest du dich überhaupt nicht anzuziehen«, korrigierte Phil sein Statement und Amanda lachte gekünstelt. Er seufzte, während er ihr tief in die Augen sah.

»Ich mag es, wenn du lachst«, sagte er.

»Ich auch«, murmelte Amanda und schlüpfte unvermittelt unter seinem Arm hindurch, um die Situation zu entschärfen. Die Zuneigung, die in seinem frischrasierten Gesicht lag, ängstigte sie, und ihre eigene Angst widerte sie an. Phil verharrte in seiner Position und senkte den Kopf.

»Ich weiß«, flüsterte er und nickte vielsagend. Dann presste er schweigend die Lippen aufeinander.

»Ich schau mal im Keller nach«, sagte Amanda schließlich und bemühte sich, möglichst heiter zu klingen. »Vielleicht hab ich es zu deinen beiden Anzügen gelegt. Ich wollte sie am Montag in die Reinigung bringen.«

Sie machte einen lockeren Knoten in das Band ihres Satinbademantels und huschte zielstrebig in den Hausflur.

*

Phil Curan hob den Kopf und richtete seine Aufmerksamkeit auf den großzügigen Ganzkörperspiegel, der sich auf der gegenüberliegenden Seite des Badezimmers befand. Was er sah, löste ein dumpfes Gefühl des Unbehagens in ihm aus. Er verspürte weder Abneigung noch Wut. Weder Angst noch Traurigkeit. Lediglich ein leichtes, kaum wahrnehmbares Unbehagen, dessen einnehmende Wirkung der Tatsache zuzuschreiben war, dass es Phil nicht zum ersten Mal befiel. Es glich einem leichten, aber dafür chronischen Kopfschmerz: Das Schlimme war nicht die Intensität des Schmerzes an sich, sondern seine dauernde Präsenz.

Er tat ein paar Schritte in den Raum hinein und näherte sich seinem Spiegelbild. Mit einer seltsamen Zurückhaltung betrachtete Phil sein akzentuiertes Gesicht: die dunkelblonden, zurückgekämmten Haare und die schmalen Lippen … Er hatte ein klassisches, aalglattes Neunziger-Jahre-Gesicht, nicht verwegen, aber auch nicht verweichlicht. Nicht Mann, aber auch nicht Memme. Zu durchschnittlich, um wirklich aufzufallen, aber zu hübsch, um vollkommen unterzugehen. Eine attraktive Version von Alec Baldwin oder Sean Bean vielleicht.

Phil fuhr zusammen, als die Kellertür mit einem Knall ins Schloss fiel. Er hörte Schritte auf dem grauen Sandsteinboden des Hausflurs, und keine zehn Sekunden später öffnete sich die Badezimmertür.

»Voilà!«, flötete Amanda und drehte sich auf ihren zehn Zentimeter hohen Riemchensandaletten einmal um die eigene Achse. Ihre Bewegungen waren so grazil und elegant, dass ihr Auftritt einstudiert gewirkt hätte, wäre da nicht diese unbedarfte Leichtigkeit gewesen, die Amanda Curan ausstrahlte; jene verspielte, ungezwungene Frische, die ihrer Erscheinung in Momenten wie diesem einen beinahe überirdischen Glanz verlieh. Es schien, als sei dieser Frau die Fähigkeit zur perfekten Selbstinszenierung in die Wiege gelegt worden. Ihre langen Locken waren tiefschwarz, und ein akkurat geschnittener, hoher Betty-Page-Pony umrahmte ihr blasses Gesicht. Ein leicht mandelförmiges Augenpaar erstrahlte in einem satten Moosgrün, und das tiefe Rot ihrer vollen Lippen wirkte so herausfordernd und nachdrücklich wie eine Polizeisirene, wenn es mit ihrem Porzellanteint und dem saftigen Grün ihrer Iris kontrastierte. Ein silbernes Paillettenkleid umspielte ihre Sanduhrfigur und betonte die prallen, großen Brüste ebenso wie ihren knackigen Apfelpo. Die Frau, die dort auf ihren Louboutin-Sandaletten in der Badezimmertür stand und sich mit einer nonchalanten Handbewegung eine American Spirit zwischen die Lippen schob, diese Frau war purer Sex, und ihr Erscheinungsbild radierte alles andere aus Phils Wahrnehmung aus. Ungeachtet der Tatsache, dass bereits fünf Jahre Ehe hinter ihnen lagen und trotz der unweigerlichen Gewissheit, dass das Bild, das sich ihm bot, zu neunzig Prozent Fassade war und dass diese Fassade für gewöhnlich in derselben Geschwindigkeit in sich zusammenfiel, in der sie errichtet worden war: Phil hatte keine Chance. Amanda sog genüsslich an ihrer glühenden American Spirit und blies ihm heißen Rauch entgegen.

»Lass uns fahren, Liebling.«

Phil nickte und ließ sich bereitwillig von der Illusion ihrer Bilderbuchehe mitreißen, als er seiner Frau in den Hausflur folgte und die kubische Kommode vor der Milchglaswand links neben der Haustür nach seinen Autoschlüsseln absuchte.

2

JARED

Die Luft war feucht, und es wehte ein warmer Wind, als der silberne Shelby GT-500 auf dem Santa Monica Boulevard in Richtung Westen schoss. Amanda hatte ihren iPod an das restaurierte Tapedeck angeschlossen, und sie lauschten den Klängen einer aufstrebenden Bluesband, die Phil nach einem seiner eigenen Auftritte im *Case* kennengelernt hatte. Der Sound der drei Jungs aus Pasadena war bewusst unpoliert und klang schamlos Lo-Fi. Die extrem schlecht produzierten Demoaufnahmen schienen den Geist des Louisiana-Blues förmlich in sich aufgesogen zu haben und trieften nur so vor sumpfigem New-Orleans-Charme. Gerry, der Songwriter, war ein junger Pianovirtuose, und seine spontane whiskeygeschwängerte Live-Einlage an dem antiken Ibach-Klavier, das eigentlich nur zur Dekoration im Eingangsbereich des *Case* stand, hatte Phil dermaßen imponiert, dass er dem jungen Bluesmusiker fortan kostenlos Klavierunterricht gab.

Nachdem der silberne Mustang West Hollywood hinter sich gelassen hatte, bog Phil rechts ab in den La Cienega Boulevard, und wenig später lenkte er den Wagen routiniert durch das funkelnde Nachtleben des Sunset Strips. Das *Zero Zero* befand sich auf dem Holloway Drive. Ein dezenter weißer Schriftzug prangte über dem Eingang. Er wurde von Schwarzlichtröhren angestrahlt, ging im Meer der gigantischen Leuchtreklamen der umliegenden Clubs jedoch fast unter. Touristen verirrten sich nur selten ins *Zero Zero*, und die zwei großen Räume einer ehemaligen Fabrikhalle waren mit den Jahren zu einem Insidertreff der lokalen High Society avanciert. Wer nicht dazugehörte, kam nicht rein. Die Türsteher waren unbestechlich. Sie ließen sich weder vom Hugo Boss tragenden Möchtegern-Yuppie mit diamantenbesetzter Rolex am Handgelenk noch vom willigen Pamela-Anderson-Verschnitt im Mikromini beeindrucken. Sie waren immun gegen die dicken Dollarnoten-Päckchen, die ihnen regelmäßig unter die Nase gehalten wurden, und sie hatten für die zahlreichen unmoralischen Angebote junger Models nicht mehr übrig als ein müdes Lächeln. Im *Zero Zero* tummelte sich die gesellschaftliche Crème de la Crème von Los Angeles. Wer hier feierte, der hatte es geschafft.

*

Der Türsteher begrüßte Phil mit Handschlag und hauchte Amanda einen flüchtigen Kuss auf die Wange, nachdem er sie anerkennend gemustert hatte. Der Eingangsbereich wurde von einem gigantischen barocken Kronleuchter erhellt. Er war mit zahllosen Swarovski-Kristallen verziert, und seine royale Opulenz stand in krassem Kontrast zu dem übrigen Interieur, das sehr modern und puristisch gehalten war. Der Raum, in dem sich der eigentliche Club befand, lag links vom Eingangsbereich, und auf der rechten Seite lud eine großzügige Lounge mit einem marmornen Bartresen zum Verweilen ein.

»Die Curans! Na, das nenne ich mal eine angenehme Überraschung!« Amanda sah sich irritiert um, und es dauerte eine Weile, bis sie lokalisiert hatte, zu wem die ungewöhnlich hohe Männerstimme gehörte und von woher sie kam: Jared Snyder saß mit ein paar Japanern an dem endlosen Bartresen, dessen schneeweiße Oberfläche im UV-Licht der elegant eingearbeiteten Deckenstrahler lumineszierte. Jared war Mitte fünfzig und besaß neben dem *Zero Zero* noch ein veganes Nobelrestaurant am Mulholland Drive sowie das *Case*, das mittlerweile fast schon zu Phils Wohnzimmer geworden war. Er spielte mindestens drei Mal die Woche dort. Nachdem er mit seinen unzeitgemäßen klassischen Klavierkonzerten überraschenderweise ganze Heerscharen von internationalen Jetsettern ins *Case* gelockt hatte, hatte Jared seine Gage verdoppelt und ihm darüber hinaus eine Art Festanstellung als sogenannter »Hausact« offeriert. Das war ein Angebot, das Phil nicht ablehnen konnte. Der Markt war hart umkämpft, und die Sicherheit einer gut bezahlten Festanstellung war wie ein flauschiges Daunenkissen: Man fiel immer weich – egal aus welcher Höhe.

Jared prostete Amanda mit einem Champagnerglas zu. Dann erhob er sich und steuerte breit grinsend auf das junge Ehepaar zu. Er war in Begleitung einer jungen Japanerin, die sowohl Amanda als auch Phil unbekannt war. Sie war sehr dünn und trug ein atemberaubendes Kleid von Armani Privé.

»Schätzchen!«, begann Jared, wobei er sich Amanda zuwandte. Unvermittelt ergriff er ihre Hand und küsste diese theatralisch, während er der Japanerin sein Champagnerglas reichte. »Du siehst wie immer bezaubernd aus!«

Amanda lächelte und bedankte sich. Phil starrte den futuristisch glühenden Bartresen an und zuckte erschrocken zusammen, als Jared ihm überschwänglich auf die linke Schulter klopfte.

»Kommt mit zur Bar, ich ordere uns eine Flasche Cristal.«

Jareds Gönnerhaftigkeit stieg grundsätzlich proportional zu seinem Alkoholkonsum, und sein glasiger Blick sagte Phil, dass das Champagnerglas, das er bei seiner japanischen Freundin abgegeben hatte, sicher nicht sein Erstes war. Die Japanerin warf Jared einen scharfen Blick zu, und der dickbäuchige Unternehmer schlug sich mit der flachen Hand vor die Stirn.

»Scusa! Ich habe euch ja noch gar nicht vorgestellt.« Er lächelte seine Abendbegleitung entschuldigend an. »Kami …«, begann er feierlich, »darf ich dir Phil Curan vorstellen? Er ist …«

Kami unterbrach ihn in akzentfreiem Englisch: »Der Klavierspieler?«

Jareds voluminöser Körper wurde von einem dröhnenden Lachen geschüttelt. »Der Klavierspieler? Hör zu, Darling: Phil Curan ist ein Gott! Er ist der beste Pianist, den ich kenne! Klavierspieler … das klingt viel zu gewöhnlich! Der Junge ist …«

»Schon gut. Hör auf jetzt«, zischte Phil verlegen, und Kami strich sich eine schwarze Strähne aus ihrem perfekt geschminkten Werbeplakatgesicht.

»Ich bin Kami Shimizu. Freut mich sehr«, sagte sie förmlich, während sie Phils Hand schüttelte. Die Stringenz, die ihrem Handgriff innewohnte, stand in völligem Kontrast zu dem ansonsten eher devoten Auftreten der asiatischen Schönheit, was Phil gefiel.

»Kami ist Schauspielerin«, sagte Jared, während er stolz den Arm um ihre spitzen Schultern legte. »Und ...« Jared hielt inne, nahm das leere Champagnerglas wieder an sich und deutete auf Amanda. »Das ist Phils bessere Hälfte. Ich meine ... sie ist offensichtlich seine wesentlich bessere Hälfte.« Er lachte selbstgefällig.

Phil und Kami schwiegen. Amanda hielt Kami ihre Hand hin und stellte sich vor.

»Amanda Curan.« Sie klang so verrucht wie eine Puffmutter, und Kami hielt verunsichert inne, ehe sie Amandas Hand ergriff, den Kopf senkte und antwortete: »Angenehm.«

»Amanda ist Autorin«, erklärte Jared, und Kami versuchte interessiert zu wirken. »Das klingt sehr spannend. Worüber schreiben Sie?«

»Übers Ficken«, konstatierte Amanda trocken, während sie Phils Hand losließ. »Ich brauch jetzt was Prickelndes. Kommt schon!«

Jared drehte den Kopf gen Bartresen und machte ein aufforderndes Gesicht. »Guter Plan«, murmelte Phil und dachte: *Ich hätte allerdings lieber einen Single Malt ... am besten gleich einen Doppelten ... oder einen Dreifachen.*

Er war bereits im Begriff, in Richtung Bar zu gehen, als er Amandas Stimme hinter sich hörte. Sie sprach wieder in dieser gekünstelten, kindlichen Tonlage, und Phil ahnte, was das bedeutete. Er sah die anheimelnde Illusion ihrer glücklichen Bilderbuchehe wieder einmal in sich zusammenstürzen, noch bevor es tatsächlich passierte, und presste reflexartig die Lippen aufeinander. Da war es wieder: dieses diffuse Gefühl des Unbehagens. Dieser andauernde dumpfe Druck in seinem Kopf. Dieser bittere Geschmack von Galle in seinem Mund. Es wurde stärker. Kaum merklich, aber es wurde stärker.

»Ich will tanzen. Komm schon ... lass uns tanzen«, säuselte Amanda und legte ihre Arme auf Jareds Schultern, während sie mit Unschuldsmiene zu ihm aufblickte.

»Wie könnte ich da widerstehen?« Jared grinste dümmlich, und sein aufgeschwemmtes Gesicht färbe sich krebsrot. Amanda reichte Phil ihr silbernes Zigarettenetui. Dann nahm sie Jared bei der Hand und steuerte zügigen Schrittes auf den Clubraum zu.

Phil sah ihnen nach. Ihre Silhouetten schienen sich in der überbordenden Mischung aus Stroboskop-Gewitter, Lasershow und Kunstnebel zu desubstantivieren, und er konnte ihre Bewegungen nur erahnen. Trotzdem hatte er mehr gesehen, als ihm lieb war, und der bittere Geschmack in seinem Mund intensivierte sich. Er wandte sich ab und stellte fest, dass sich Kami in ein anregendes Gespräch mit einer platinblonden Mittvierzigerin vertieft hatte. Sie wirkten sehr vertraut miteinander, und Phil schlussfolgerte, dass sie befreundet sein mussten. Nervös zündete er sich eine Zigarette an, nahm einen tiefen Zug, und wenig später betrat er die spärlich gefüllte Lounge. Nachdem er den Aschenbecher auf dem Tresen lokalisiert hatte, ließ er sich in dessen Reichweite auf einem Barhocker nieder und bestellte einen dreifachen Whiskey ohne Eis.

Die Musik drüben war so laut, dass Phil sie trotz ihrer Entfernung deutlich hören konnte. Es lief ein ziemlich unbekannter Neunziger-Jahre-Song von One Inch Punch, und die surrealen Synthesizerklänge verwoben sich mit dem Stimmengewirr der Gäste zu einem angenehmen Geräuschteppich. Phil kippte den Whiskey hinunter und bestellte einen weiteren, während er der Musik lauschte.

*

I ... I will split you in two ... Amanda warf ihren Kopf in den Nacken und ließ die Hüften kreisen, während Jared seinen Schritt an der Innenseite ihres Oberschenkels rieb. Sein Schwanz war bretthart und Amanda konnte genau erspüren, wie groß er war. Jared besaß offenbar einen Kingsize-Schwanz.

Sie stieß ihn von sich, um sich im nächsten Moment wieder eng an ihn zu schmiegen. Dann drehte sie sich um und tanzte ihn rücklings an, sodass er seine Hände über ihre Brüste gleiten lassen konnte. Ihr kreisender Arsch berührte seine Monstererektion und sie spürte Jareds Atem in ihrem Nacken. Sein Gesicht näherte sich ihrem linken Ohr. »Du Luder«, flüsterte er, »du bist ein krankes, geiles Luder und willst, dass ich dich ficke, richtig?«

Amanda schloss die Augen und reckte ihre Arme in die Luft, während Jareds Hände weiter über den hauchdünnen Stoff ihres Paillettenkleides glitten.

»Ich bin zwar nicht so 'n Posterboy wie dein Mann, aber dafür weiß ich, was du brauchst. Ich weiß es, Baby! Ich werde dich so hart nehmen, dass du um Gnade bettelst. Ich werde dich ficken, wie du noch nie zuvor gefickt worden bist, und ich werde dir wehtun. Ich werde dir richtig wehtun. Das ist es doch, was du willst, du verdorbenes Miststück, oder? Du willst Ekstase, und du weißt, dass du sie von mir kriegen wirst. Sag es ...«

Wenn Amanda sich ausschließlich auf die Musik und Jareds untere Extremitäten konzentrierte, wenn sie sein krebsrotes, schweißnasses Gesicht und seinen prallen Ballonbauch ausblendete, wenn sie nur an seinen Schwanz dachte ... nur auf seine Stimme hörte und seine Worte in sich aufsog, dann funktionierte es: Die Hitze schoss blitzartig zwischen ihre Beine und sie war bereit zum Abheben. *Stars collide, worlds divide with a pretty piece of flesh. Your little pretty piece of flesh ...*

Schwarze lange Haarsträhnen klebten in ihrem schweißnassen Gesicht, als sie ihre Bewegungen beschleunigte. Sie ließ ihr Becken kreisen ... schneller ... immer schneller. Rieb ihren Po an seinem

Schwanz. Fordernd. Hungernd. Gierig. *I am a pretty piece of flesh … I am a pretty piece of flesh … I am …* Sie sog den wabernden Kunstnebel in ihre Lungen, schlug die Augen auf und versank in vollkommener Formauflösung, hinweggezerrt von zuckendem Stroboskop-Gewitter, ausgepeitscht von dröhnenden Bässen.

FREMDE FLEISCHSTÜCKE. NICHTS ALS FREMDE FLEISCHSTÜCKE.

3

CLAUDINE

Es war weit nach Mitternacht. George Michael sang *Jesus to a Child,* und die hotellobbyesken Klänge des Songs waren der perfekte Soundtrack für die vereinzelten Paare, die sich noch eng umschlungen auf der Tanzfläche drehten. Der Kunstnebel verflüchtigte sich zusehends, und das Stroboskop-Gewitter war durch eine gigantische Discokugel ersetzt worden. Die Atmosphäre im Club erinnerte jetzt entfernt an einen Abschlussball der Highschool. In der Lounge herrschte gähnende Leere, und eine Miniaturausgabe von Coco Rocha, die selbst auf ihren fünfzehn Zentimeter hohen Pfennigabsätzen kaum größer war als eins sechzig, räumte leere Gläser von den Tischen.

Phil hatte sein Gesicht in seinen Händen abgestützt. In dem gläsernen Aschenbecher neben ihm verglühte eine einsame American Spirit, und ein lähmender Kopfschmerz fraß sich langsam, aber beständig durch den dumpfen Nebel seiner Trunkenheit. Er hob den Kopf, und die Realität bahnte sich Stück für Stück ihren Weg zurück in seinen Verstand. Er war allein am Tresen. Die Luft war verqualmt und der ebenso bittere wie schokoladige Nachgeschmack seiner Whiskeyorgie haftete hartnäckig in seinem Mund. Phil hatte keinen blassen Schimmer, wie viele dreifache Single Malt ohne Eis er sich einverleibt hatte, aber sein Zustand verriet ihm, dass es eine ganze Menge gewesen sein mussten. Mühselig rappelte er sich auf und verlor fast das Gleichgewicht, als er neben seinem Barhocker zum Stehen kam.

»Entschuldigung, Sir, darf es noch etwas sein?«

Die Stimme des Barkeepers kam von weither, und Phil stützte sich mit beiden Händen am ultraviolett glühenden Bartresen ab, während er den Mann musterte. Er trug einen rauchblauen

Brunello-Cucinelli-Anzug, und in seinem jugendlichen Gesicht strahlte ein seelenloses Hollywoodlächeln.

»Nein, danke. Ich würde gern zahlen«, antwortete er mit brüchiger Stimme.

Der Barkeeper grinste. »Sie haben bereits vor ungefähr drei Stunden bezahlt, Sir.«

Phil schüttelte verwirrt den Kopf und starrte auf den fluoreszierenden Tresen. »Bin ich …« Er stockte, und der Barkeeper brachte seinen Satz zu Ende: »Sie sind eingeschlafen, richtig, Sir. Zumindest erweckte es den Anschein.«

»Wie spät ist es?« Phil dachte an Amanda. Wo zur Hölle war seine Frau? Der Barkeeper warf einen Blick auf seine dezente Armbanduhr aus Weißgold. »Es gleich halb vier, Sir. Soll ich Ihnen ein Taxi rufen?«

»Nicht nötig. Ich fahre ihn«, sagte eine Stimme in gebrochenem Englisch. Phil fuhr herum. Der folgende Überraschungsmoment sorgte dafür, dass er den gläsernen Aschenbecher beinahe von der Bar gerissen und auf den Boden befördert hätte. Die Frau, die da schräg links von ihm im Türrahmen lehnte, war Anfang vierzig und sah aus wie Amandas große Schwester. Für einen Moment lang überlegte Phil, ob der Alkohol ihm ein Trugbild vorgaukelte. Er rieb sich die Augen, sah erneut hin und stellte irritiert fest, dass dem definitiv nicht so war. Vor ihm stand Claudine Schapmann. Tatsache. Dieses verschmitzte Lächeln, die aufgedruckten Blümchen auf den Bügeln des Brillengestells, die tiefe Stimme und vor allem dieses vollkommen ungeschminkte Gesicht, dessen natürliches Strahlen überhaupt nicht in den glatt operierten Hollywoodzirkus hineinpasste.

Phil sah seine Schwägerin ungläubig an und wusste nicht, was er grotesker finden sollte: die erniedrigende Tatsache, dass er sich offenbar dermaßen besoffen hatte, dass er an einem Bartresen eingeschlafen war, während seine Frau mit seinem Chef Gott weiß Gott wohin verschwand, oder die Tatsache, dass Claudine Schapmann morgens um halb vier und Tausende von Kilometern von ihrer deutschen Heimat entfernt urplötzlich in einem Club auftauchte, zu dem sie nach den inoffiziellen Regeln der Türsteher definitiv keinen Zutritt hatte.

»Die wollten mich erst nicht reinlassen, die Idioten«, murrte Claudine und warf dem Barkeeper einen vorwurfsvollen Blick zu. »Ich musste denen tatsächlich erst mal deutlich machen, dass Amanda Curan meine Schwester ist. Wo ist sie eigentlich?« Sie sah sich suchend um in der menschenleeren Lounge. Phil atmete scharf ein.

Wo ist sie eigentlich?

Er war sich nicht sicher, ob er das wirklich wissen wollte.

»Sie ist schon gefahren. Übernachtet bei einer Freundin«, sagte er schnell und gab Claudine umständlich die Hand zur Begrüßung. Sie ignorierte die Geste, und in ihren grünbraunen Augen sah Phil eine Mischung aus Irritation und Beunruhigung.

»Sie hat dir nicht gesagt, dass ich euch besuchen komme?«, fragte sie, während sie die Taschen ihrer olivgrünen Bluse nach Zigaretten absuchte. Noch ehe sie fündig werden konnte, fischte Phil das silberne Zigarettenetui seiner Frau aus der Hosentasche. Er zündete eine American Spirit an und reichte sie Claudine.

Sie nickte dankend. »Nein. Hat sie nicht«, antwortete er schließlich wahrheitsgemäß, während die beiden schnellen Schrittes gen Ausgang liefen. Um seine Aussage ein wenig zu entschärfen, fügte er noch hinzu, dass Amanda vor Kurzem ihre Arbeit an einem neuen Roman begonnen habe und bisweilen ziemlich vergesslich sei, da sie extrem viel zu tun habe.

»Viel zu tun? Zum Beispiel bei einer Freundin übernachten, wenn die große Schwester um den halben Globus fliegt, um sie zu sehen? Verstehe.« Claudine trat die halb aufgerauchte American Spirit auf dem Bordstein aus.

Phil war schwindelig, und er hatte Mühe, den Kommunikationsfluss aufrechtzuerhalten. Er ertappte sich dabei, dass er lallte, und zog es vor, den Mund zu halten, bevor er sich vollkommen zum Affen machen würde.

*

Als sie vor dem silbernen Ford Mustang zum Stehen kamen, hellten Claudines Gesichtszüge sich auf. Ihr begeistertes Grinsen war so ansteckend, dass es Phil trotz seiner desolaten Verfassung ein mildes Lächeln entlockte. Sie nahm auf dem Fahrersitz Platz, warf ihre braunen Sandaletten auf den Rücksitz und umfasste das Lenkrad mit beiden Händen. Ihre Fußnägel waren in einem satten Violett lackiert, und sie berührte zaghaft das Gaspedal. Die Ehrfurcht in Claudines Gestik amüsierte Phil, und mit einer theatralischen Geste reichte er ihr die Autoschlüssel.

»Warum ziehst du dir die Schuhe aus, Claude?«, fragte er beiläufig. Statt seine Frage zu beantworten, rümpfte Claudine die Nase, und über dem Rand ihres rechten Brillenglases hob sich eine dichte, geschwungene Augenbraue.

»Du stinkst wie ein Schnapsladen, Phil.«

Er lächelte beschämt und schaltete schweigend das Radio ein. Claudine stieß ihm aufmunternd in die Seite, und jetzt war sie es, die ihre eigene Aussage zu entschärfen versuchte: »Natürlich nicht wie ein gewöhnlicher Schnapsladen, sondern wie die Gourmetversion. Du riechst wie ein Whiskeyfachgeschäft.« Sie zwinkerte ihm zu.

»Na ja …«, begann er, während er das Beifahrerfenster hinunterkurbelte. »Wenn ich was tue, tue ich es mit Stil. Das gilt für die Wahl meines fahrbaren Untersatzes ebenso wie für die Wahl des Mittels, das mich geradewegs ins selige Land des Vergessens ballert. Alles klar?« Jetzt grinste er. Claudine lachte laut, drehte den Zündschlüssel herum und der Motor heulte auf.

»Gutes Stichwort!«, rief sie. »Das hier …« Sie ließ die Kupplung kommen, »… das hier wollte ich schon immer mal tun.«

Der Wagen machte einen Satz nach vorne, im Radio lief *Freedom At 21*, und Jack Whites jaulende Stimme ging nahezu vollständig unter in einem donnernden Motorensound.

*

»Heilige Scheiße!«, flüsterte Claudine kleinlaut, als sie sich auf das hellbraune Ledersofa in der linken Ecke des Wohnzimmers setzte und unsicher die Beine übereinander schlug. Dann streckte sie ihren Rücken durch und nahm eine feudal anmutende Haltung ein – scheinbar versuchte sie, ihre Körperhaltung der klinischen Atmosphäre des durchgestylten Neubaus im Herzen der Hollywood Hills anzupassen. Mit leicht geöffnetem Mund ließ sie ihren Blick langsam durch den minimalistisch eingerichteten Raum schweifen. In der Küche wurden Schränke geöffnet und wieder geschlossen und man hörte, wie zwei Gläser mit Flüssigkeit gefüllt wurden.

Sekunden später betrat Phil den Raum. Er stellte zwei halb gefüllte Cognacgläser auf den großen Milchglastisch vor dem Sofa und ließ sich gut einen halben Meter entfernt von Claudine in das glänzende Leder fallen. Seine Augen brannten, und er starrte abgeschlagen in die goldene Rémy-Martin-Pfütze, die den Boden seines traubenförmigen Cognacschwenkers ausfüllte.

»Sag mal, ist es hier irgendwie en vogue, die eigene Hütte wie ein Filmsetting einzurichten?«

Phil musterte Claudine irritiert. »Wieso?«

Sie sah sich erneut in dem großzügigen Wohnzimmer um und erklärte schließlich: »Na … weil ich mir vorkomme wie Nicole de Boer in *Cube*. Ich meine … der Tisch, die Kommode, die Vitrine, die Schränke … alles quadratisch. Hier gibt's so gut wie keine runden Formen, nur kubische. Wie ein Würfel mit lauter kleinen Würfeln drin.«

Phil lachte leise. »Amanda wollte das so. Ich hab die Innenarchitektur komplett ihr überlassen, und sie hat sich diese Würfelnummer gemeinsam mit einem befreundeten Stararchitekten einfallen lassen. Offenbar hat sie ein …«, er nahm einen Schluck Rémy Martin, bevor er den Satz beendete, »ein Würfelfaible oder so was.«

Claudine wirkte nachdenklich und nippte ebenfalls an ihrem Cognacglas.

Quadratisch. Praktisch. Kalt.

»Offensichtlich hat sie das. Ein Würfelfaible und einen Milchglas-Fetisch.« Ihre Blicke trafen sich und sie mussten lachen.

»Wie läuft die Therapie?« Claudine versuchte, möglichst beiläufig zu klingen. Sie sah Phil an, dass es ihm nicht gutging, und befürchtete, dass das Therapiethema momentan nicht unbedingt oben auf der Liste seiner favorisierten Gesprächsthemen stand. Genauer gesagt befiel sie das dumpfe Gefühl, dass er sämtliche Themen, die Amanda betrafen, am liebsten komplett aussparen würde. Sie sah ein, dass der Zeitpunkt für ein Gespräch über das Eheleben oder die zwischenmenschlichen Schwierigkeiten ihrer Schwester mehr als ungünstig war, aber Claudine Schapmann hasste nichts mehr als das Totschweigen unangenehmer Dinge. Sie redete nicht gern um den heißen Brei herum, und es machte sie wahnsinnig, wenn gewisse Themen unausgesprochen vor sich hin schwelten – wie ein Feuer, um das man schweigend herumtanzt, weil man nicht wagt, es zu löschen. Und das Amanda-Thema schien in riesigen, roten Leuchtlettern auf Phils Stirn zu prangen. Das Amanda-Thema sprang Claudine aus jeder Ritze dieses kubischen Designerbaus an, und sie fand es nicht nur ungemein anstrengend, sondern fast schon lächerlich, das zu ignorieren.

Phil leerte sein Cognacglas, senkte den Kopf und presste die Lippen aufeinander. Auch wenn er sich redlich um Fassung bemühte, lag eine Traurigkeit in seinem Blick, die zum Himmel schrie.

»Gut, denke ich«, antwortete er schließlich leise, während er den Kopf schüttelte, »ich meine …« Er stockte und wandte sich ab. »Sie spricht mit mir nicht über die Therapie.«

Claudine nickte bedächtig und legte behutsam ihre Hand auf seine Schulter. »Darf ich dich was Persönliches fragen?«

»Sicher«, seufzte er und positionierte Daumen und Zeigefinger zwischen seinen brennenden Augen.

»Woher nimmst du die Kraft, das zu tragen, Phil? Woher nimmst du die Kraft, das zu ertragen?«

Er zuckte schweigend die Achseln und schloss die Augen. »Ich liebe sie«, sagte er schließlich mit erstickter Stimme. Claudine musste schlucken.

»Darf ich mal das Bad benutzen? Ich muss aus der Bluse raus. Bin einfach nicht gemacht für diesen Fummel«, bemerkte sie, nachdem sie eine Weile einfach nur dagesessen und den Vögeln dabei zugehört hatte, wie sie die Dämmerung ankündigten.

»Aber sicher. Lass dir Zeit.« Phils Hände zitterten, als er sich eine Zigarette anzündete. Claudine stand auf und steuerte auf die Milchglastür zu, die das Badezimmer von dem langen, dunklen Korridor des Eingangsbereiches trennte. Auf der Schwelle zum Flur blieb sie stehen.

»Das Problem ist nicht der Sex, Phil.« Sie drehte sich um und betrachtete ihren Schwager, der geistesabwesend auf dem Sofa kauerte und nervös an seiner Zigarette zog. »Das Problem ist die Nähe.«

Er drückte den heißgerauchten Stummel der Kippe in einem weißen Aschenbecher aus. Claudine verschwand schweigend im Badezimmer.

*

Phil stand vor einer riesigen Fensterfront, die einen atemberaubenden Blick über die Hollywood Hills entblößte. Er beobachtete den Sonnenaufgang, als Claudine mit nackten Füßen und frisch geputzten Zähnen an die Tür des Klavierzimmers klopfte. Seine rechte Hand umklammerte ein schwarzes Blackberry, und der Feuerball, der sich über den Hügeln erhob, tauchte seinen Körper in ein sehnsüchtiges rotes Licht. Claudine öffnete die Tür einen Spalt weit und klopfte ein weiteres Mal. Phil fuhr herum. Sein Blick blieb an der Aufschrift ihres verschlissenen XXL-Shirts haften und er lächelte anerkennend. Das lachsfarbene Shirt reichte Claudine bis in die Kniekehlen, und etwas unterhalb ihrer Brust prangte ein schwarzer Schriftzug: *Who the fuck is Prada.*

»Du bist ganz schön mutig, Claude«, sagte er schließlich und beide grinsten. Ein paar Sekunden lang standen sie schweigend einander gegenüber und genossen die wortlose, tiefe Sympathie, die sie verband. Claudine mochte ihren Schwager, und sie war froh darüber, ihn an Amandas Seite zu wissen. Ihre kleine Schwester brauchte ihn mehr, als sie selbst es ahnte, und Claudine war sich dessen von Anfang an bewusst gewesen. Phil Curan hatte sich wieder dem Sonnenaufgang zugewandt und fummelte nervös an seinem Blackberry herum.

Es wird nicht klingeln. Das weißt du.

Er ging ein paar Schritte auf und ab, während er die kleine Tastatur studierte. Die Angst in seinem Gesicht vermittelte den Eindruck, als hätte sich das Handy plötzlich in eine Handgranate verwandelt. Unvermittelt blieb er stehen, holte tief Luft, drückte die Schnellwahltaste und hielt sich das Telefon ans Ohr. Das Tuten des Freizeichens durchdrang die morgendliche Stille mit einer Dringlichkeit, die Phil erschauern ließ. Nach einer halben Minute hörte Claudine, wie die laszive Stimme ihrer Schwester durch das Telefon drang.

»Hier ist Amanda Curan – nicht live, sondern aus der Konserve. Ich bin derzeit nicht erreichbar, aber der Laberkasten freut sich sicher über eine Nachricht.«

Es folgte ein langgezogenes »Pieeeeeep« und Phil ließ das Handy sinken. Sein Körper verkrampfte sich, und er ballte seine Linke zur Faust, sagte jedoch nichts.

»Sie ist nicht bei einer Freundin, richtig?« Claudines Stimme war leise und klang beinahe behutsam.

»Wir sollten schlafen gehen. Du musst todmüde sein«, entgegnete Phil. Claudine begriff, dass es an der Zeit war, den Mund zu halten. »Du kannst das Schlafzimmer haben. Das Bett ist frisch bezogen, und ich …«

Er platzierte sein Handy auf dem Korpus eines weißen Konzertflügels und griff nach dem silbernen Zigarettenetui, das sich neben seinem geleerten Cognacschwenker auf einem kleinen Beistelltisch befand.

»Ich bin sowieso noch eine Weile auf.«

Claudine nickte. »Danke, Phil.«

»Selbstredend«, antwortete er, und ein amüsiertes Lächeln umspielte seine Lippen, als sein Blick erneut an dem schwarzen Schriftzug auf ihrem lachsfarbenen improvisierten Nachthemd hängenblieb.

4
DÉJÀ-VU

Amanda blinzelte. Die Konturen ihrer baren Füße schälten sich nur langsam aus ihrem von Alkohol getrübten Blickfeld. Es dauerte einige Minuten, ehe sie einen Hauch von zeitlicher und räumlicher Orientierung zurückgewonnen hatte und in der Lage dazu war, auf das energische Klopfen, das ihr Gehör mit der Vehemenz eines Presslufthammers heimsuchte, zu reagieren.

»Alles in Ordnung«, rief sie, während sie sich mühsam aufrappelte. Es stank nach Erbrochenem, und Amanda betätigte die Spülung der weißen Marmortoilette. Kalter Schweiß benetzte ihre Stirn, und die Stimme der texanischen Reinigungskraft kam von weither: »Gott sei Dank! Ich war drauf und dran, einen Krankenwagen zu rufen. Geht es Ihnen gut, Ma'am? Können Sie aufstehen? Bitte öffnen Sie die Tür ...«

Es war nicht das erste Mal, dass Amanda in einem solchen Zustand auf der Damentoilette einer Diskothek erwachte, und es war auch nicht das erste Mal, dass sie sich aufgrund dessen in Grund und Boden schämte. Der verzweifelte Versuch, eine Geschichte zu erfinden, die sie ihrem Mann auftischen konnte, feierte an diesem Morgen ebenfalls keine Premiere. Genau genommen erschien Amanda dieser Moment, in dem sie barfuß, verschwitzt und mit gravierenden Erinnerungslücken neben der noblen Kloschüssel des *Zero Zero* erwachte, wie das Déjà-vu eines Déjà-vus. Ihre Abstürze waren Routine, aber sie war weit davon entfernt, routiniert mit ihnen umzugehen. Zugegeben: Man konnte weitaus würdeloser scheitern, aber die Tatsache, dass sie in einem sündhaft teuren Designerkleid in den Toilettenräumen des angesagtesten Clubs in ganz Hollywood und nicht in zerrissenen Lumpen in irgendeinem stillgelegten U-Bahn-Schacht scheiterte, tröstete Amanda keineswegs. Ganz im Gegenteil. Die groteske Diskrepanz, die zwischen einer kaputtgefeierten, süchtigen Kleinkriminellen aus South Los Angeles und einer neureichen Schriftstellerin aus West Hollywood lag, machte den Umstand, dass Amanda in einem solchen Moment beides in sich vereinte, erst recht unerträglich. Es war kein schönes Scheitern. Es war nichts Halbes und nichts Ganzes. Es war ein kontrollierter Kontrollverlust, und obwohl Amanda bewusst war, dass sie diese Kontrollverluste brauchte, schwor sie sich jedes Mal aufs Neue, dass es nie wieder passieren würde.

»Wie spät ist es?«, murmelte sie verwirrt und sah die abgelaufenen babyblauen Converse-Sneakers der Texanerin unter der Tür hindurchlugen.

»Es ist Viertel vor neun, Ma'am. Der Club hat bereits vor drei Stunden zugemacht. Offenbar wurden die Räume vorher wieder mal nicht gründlich genug abgesucht. Schlamperei! Ist gerade mal einen Monat her, dass ich hier 'nen verfickten Junkie gefunden habe. Der hing mit dem Kopf in der Kloschüssel und hatte sich in die Hosen geschissen. Hat mich eine gute halbe Stunde gekostet, den Kerl aus dem Klo rauszukriegen, und ich sag's ihnen: Der hat vielleicht 'ne Sauerei hinterlassen … Das war nicht mehr feierlich!«

Amanda sah sich um und stellte erleichtert fest, dass sie ihren Mageninhalt zielsicher in die Toilette befördert haben musste. Abgesehen von dem säuerlichen Geruch, der hartnäckig in der schwülen Luft hing, deutete nichts auf ihr Malheur hin.

»Es geht mir gut, Miss. Ich brauche nur noch ein paar Minuten. Sie können ruhig weitermachen«, beteuerte Amanda mit brüchiger Stimme, und sie war heilfroh, dass die junge Texanerin offenbar keinerlei Einwände hatte und sich schweigend aus den Waschräumen entfernte, um die Tanzfläche zu wischen. Erschöpft klappte Amanda den schweren Klodeckel herunter. Sie setzte sich hin, starrte auf ihre sorgfältig lackierten Fußnägel und versuchte vergeblich, die vergangene Nacht zu rekonstruieren. Da waren lediglich ein paar zusammenhanglose Momentaufnahmen in ihrem Kopf.

Surreale Screenshots, von denen sie nicht einmal sagen konnte, ob es sich um Erinnerungsbilder oder um nutzlose Traumsequenzen handelte.

Denk nach, Amanda! Denk nach! Du bist mit Phil gemeinsam hergefahren … du hast neben ihm im Eingangsbereich gestanden, und dann war da dieses magersüchtige, schlitzäugige Frettchen … verdammt, wie hieß sie noch gleich?! Egal … ihr Kleid war jedenfalls von Armani Privé. Stil hat sie, das muss man ihr lassen. Snyder hat euch bekanntgemacht, und ihr wolltet in die Lounge gehen, um eine Flasche Cristal zu köpfen, und dann … dann muss es passiert sein. Du bist mit ihm auf die Tanzfläche, und dann … verdammt noch mal … was war dann?

Amanda massierte behutsam ihre Schläfen und schloss die Augen. Sie war mit Snyder tanzen gegangen. Sie hatte mit ihm getanzt … alles bewegte sich in Zeitlupe wegen der Stroboskope, und dann war da der Nebel … und der Geruch von Schweiß und Trockeneis und … *I am a pretty piece of flesh … I am a pretty piece of flesh … I am …*

Der groovende Beat und die elektronisch verzerrte Stimme hallten in ihren Ohren wider. Weitere Bilder schossen empor aus den Tiefen ihres Unterbewusstseins, und eine eiskalte Welle der Erkenntnis schien sie mit sich ins Bodenlose zu reißen. Sie konnte Jared Snyders Schweiß riechen, konnte spüren, wie sich sein harter Kingsize-Schwanz an ihrem Oberschenkel rieb und hörte seine keuchende Stimme ganz nah an ihrem linken Ohr.

»Ich bin zwar nicht so n' Posterboy wie dein Mann, aber dafür weiß ich, was du brauchst. Ich weiß es, Baby! Ich werde dich so hart nehmen, dass du um Gnade betteln wirst. Ich werde dich ficken, wie du noch nie zuvor gefickt worden bist, und ich werde dir wehtun. Ich werde dir richtig wehtun. Das ist es doch, was du willst, du verdorbenes Miststück!« Das hatte er gesagt. Genauso hat er es gesagt.

FLEISCHSTÜCKE! NICHTS ALS FREMDE FLEISCHSTÜCKE!

Amanda sprang auf, riss den Klodeckel nach oben, kniete sich auf die schwarzen Holzdielen und würgte. Ihre gesamten Innereien schienen sich krampfartig zusammenzuziehen, und von Magensäure zersetzter Sabber tropfte von ihren trockenen Lippen.

Du willst Ekstase, und du weißt, dass du sie von mir kriegen wirst. Sag es!

Sie schniefte und würgte und betete, dass sie endlich würde kotzen können, um von dieser alles ausradierenden Übelkeit erlöst zu werden. Aber es kam nichts. Ihr Magen war leer, und Amanda war kurz davor, ohnmächtig zu werden, als er endlich nachgab und einen bitteren, gelben Galleschwall in ihren weit geöffneten Mund schickte. Amanda sank erleichtert in sich zusammen, klappte den Klodeckel hinunter und griff mit zitternden Fingern nach einem goldenen Hebel, der die Spülung aktivierte.

»Reiß dich zusammen!«

Sie sprach ihre Gedanken laut aus, um ihren kapitulierenden Körper zu anzufeuern.

»Reiß dich verdammt noch mal zusammen und steh auf!«

Die verbale Motivation wirkte. Amanda ergriff die silberne Burberry-Clutch, die auf einer gläsernen Ablage über der Toilette lag, um Sekunden später zittrigen Schrittes in den Waschraum zu stolpern.

Du hast nur mit ihm getanzt, Amanda! Mehr war da nicht. Ihr habt nur getanzt. Du würdest doch niemals mit Phils Chef … NEIN! Das würdest du niemals tun. Er mag die Dirty-Talk-Nummer ja wirklich gut drauf haben, aber er ist nur ein alter, fetter, reicher Mann, und er ist Phils Chef. Soweit würdest du niemals gehen, Amanda. Niemals!

Und was, wenn doch? Du kannst dich weder daran erinnern, wie du von der Tanzfläche in die Damentoilette gelangt bist noch hast du den Hauch einer Ahnung, was zwischen Mitternacht und Morgengrauen passiert ist.

Amanda ließ eiskaltes Wasser über ihre Handgelenke laufen, um ihren Kreislauf anzukurbeln, und zwang sich, ihrem Spiegelbild auszuweichen, indem sie stur auf ihre Hände starrte und beobachtete, wie diese sich langsam bläulich färbten.

Vielleicht solltest du mal aufhören, diese ganzen Psychopillen zu schlucken, dachte sie, während sie sich die Hände abtrocknete. In der schwindenden Hoffnung, ihre Schuhe vielleicht doch noch irgendwo zu finden, sondierte sie die Räumlichkeiten. Doch ihre Louboutin-Heels waren wie vom Erdboden verschluckt. *Oder du lässt den Alkohol aus dem Hals*, imaginierte sie weiter. *Das ist doch lächerlich, Baby! Bevor du mit dem Trinken aufhörst, friert die Hölle zu!*

Amanda schloss ihren inneren Monolog mit einem verächtlichen Lachen und kramte in ihrer Clutch, um eine Gratisprobe von *Gucci Premiere* hervorzuholen. Sie sprühte das blumige Duftelixier großzügig hinter ihre Ohren und hoffte, dass Phil noch schlafen würde, wenn sie heimkäme. So hätte sie die Möglichkeit, sich den Partygeruch der vergangenen Nacht unter der Amazonas-Regenbrause im Badezimmer abzuwaschen, ehe ihr Mann davon Notiz nehmen konnte. Und sie hoffte, dass er wie gewohnt keine Fragen stellen würde. Amanda hatte Angst vor seinen Fragen, und Phil hatte Angst vor ihren Antworten. So waren sie irgendwann dazu übergegangen, gewisse Probleme durch Schweigen zu lösen – eine Strategie, die nur oberflächlich betrachtet funktionierte und die ebenso kurzweilig war wie feige. Da Amandas Psychopharmaka-Konsum ihr allerdings dabei half, überflüssige Gefühle zu betäuben, fiel ihr das Weglächeln unangenehmer Tatsachen nicht sonderlich schwer, und was nicht weggelächelt werden konnte, wurde durch konsequentes Ignorieren eliminiert.

Als sie den Club verließ, schlug ihr drückende Großstadtluft entgegen, und sie seufzte gequält. Der Morgenhimmel hatte sich hinter einer grauen Abgaswolke versteckt, und Amanda hielt die Luft an, als sie sich ihren Weg durch die Smogsuppe bahnte und auf den schräg gegenüberliegenden Taxistand zusteuerte.

*

Der Fahrer war sehr schweigsam, was unter anderem sicher in seinen katastrophalen Englischkenntnissen begründet lag, aber Amanda kam diese Tatsache durchaus gelegen. Sie konnte es nicht ausstehen, wenn Taxifahrer der Meinung waren, dass sie ihre Gäste nicht nur von A nach B kutschieren, sondern währenddessen auch noch den Unterhalter mimen mussten. Die Entertainment-Qualitäten eines Taxifahrers waren in der Regel unterirdisch und beschränkten sich auf das zwanghafte Heraufbeschwören sinnentleerter Gespräche – klassischer peinlicher Verlegenheits-Smalltalk über das Wetter oder ähnlich ergiebige Themen.

Phil mochte solche Gespräche. Er blühte in der Aneinanderreihung von ausgeleierten Floskeln regelrecht auf, und dieses vordergründige, grenzdebile Erblühen fand irgendwo weit jenseits von Amandas Verständnishorizont statt. Ihr Mann war ebenso klug wie sensibel, und er war somit intellektuell wie auch emotional mit einer Tiefe gesegnet, die in der glatt operierten Scheinwelt von Los Angeles vergeblich ihresgleichen suchte. Amanda fand, dass Jongliervorstellungen mit leeren Worthülsen absolut unter Phils Niveau lagen. Der bloße Gedanke an die Metamorphose der Zurückentwicklung, die ihr Ehemann auf dem Beifahrersitz diverser kalifornischer Taxifahrzeuge vollzogen hatte, brachte sie zum Kochen.

In den höher gelegenen Regionen der Hügel klärte sich der Himmel zusehends auf und entblößte die sengende Sonne eines brüllend heißen Spätsommervormittages. Amanda reichte dem Fahrer ein Bündel Dollarnoten und winkte ab, als der glatzköpfige Latino ein wenig ratlos in sein Portemonnaie schaute, um ihr Wechselgeld zu organisieren. Er bedankte sich und senkte den Kopf, während er ein demütiges »Gott schütze sie, Ma'am!« durch die klimatisierte Luft huschen ließ.

Amanda nickte, stieg aus, knallte die Beifahrertür hinter sich zu und betrachtete den kubischen Betonbau, der sich zwischen Palmen und sorgfältig gestutzten Hecken breitgemacht hatte. Ihr Haus war wie ein dicker, schwarzer Fleck auf schneeweißem Hintergrund. Die Vorderfront war fensterlos. In die Eingangstür waren zwei kleine Milchglasquadrate eingelassen. Sonst nichts. Die scheinbar endlose, spiegelglatte Betonmauer erinnerte entfernt an einen futuristischen Luftschutzbunker, und Amanda war ein wenig irritiert darüber, dass ihr diese Tatsache niemals zuvor aufgefallen war.

Sie fischte einen gutbestückten Schlüsselbund aus ihrer Handtasche. Nachdem sie zwischen Briefkastenschlüssel, Safe-Schlüssel, Ersatzautoschlüssel, Garagenschlüssel und dem Schlüssel zu ihrer Nachttischschublade endlich den Haustürschlüssel lokalisiert hatte, steckte sie ihn vorsichtig in das Sicherheitsschloss. Dann hielt sie inne und lauschte. Der Beton war so dick und schalldämmend, dass Amanda nicht viel mehr als die dumpfe Ahnung einer Tonfolge vernahm, aber diese genügte, um zu wissen, dass Phil nicht schlief, sondern Klavier spielte. Er spielte *Lacrimosa* aus Mozarts *Requiem in d-Moll.* Amanda hielt den Atem an. Niemand spielte *Lacrimosa* so wie er. Niemand. Phil entlockte seinem weißen Fazioli-Flügel nahezu überirdische Töne, und die Eleganz, mit der er aus diesen tongewordenen Fragmenten absoluter Göttlichkeit einen Klangteppich wob, jagte Amanda immer wieder aufs Neue Schauer über den Rücken.

Damals … als sie Phil zum ersten Mal gesehen hatte. Damals hatten sich neben Amanda und einer unbedeutenden, aber spendablen Liebschaft von ihr kaum mehr als ein halbes Dutzend Leute in einem schmuddeligen Jazz-Schuppen eingefunden …

Amanda ließ ihre Hand auf der Haustürklinke ruhen und versank in einer beispiellos lebendigen Erinnerung:

Phil nimmt auf der spärlich beleuchteten Bühne in dem ebenso spärlich besuchten Jazzclub vor einem schwarzen Steinway Platz. Er räuspert sich und holt tief Luft, ehe seine Fingerspitzen die Klaviatur berühren. Seine glattgebügelte Erscheinung und das auf Hochglanz polierte Luxusklavier wirken so deplatziert, dass Amanda sich irritiert umsieht. Sie ist zum ersten Mal in ihrem Leben in Los Angeles. Sie hat sich die drei Wochen Sommerurlaub vom Munde abgespart und war mit extrem hohen Erwartungen in den Flieger gestiegen. Doch die »Stadt der Engel« überstrahlt die leicht spießige Eleganz der Charlottenburger Schickeria natürlich bei Weitem. All die Abende, die Amanda im *Felix* oder im *Bangaloo Dinner Club* mit irgendwelchen *GZSZ*-Darstellern oder anderen Sklaven des öffentlich-rechtlichen Fernsehens verbracht hat, wirken im Vergleich wie Ausflüge in die nächste Imbissbude. L. A. ist gigantischer, szeniger und hipper, als Amanda angenommen hatte. Die kosmopolitische Pracht, die sie auf dem Sunset Strip vorfindet, ist so atemberaubend, dass Amanda diesen pulsierenden Schmelztiegel des Showgeschäftes am liebsten nie wieder verlassen würde.

Eine Traube breitschultriger Jamaikaner liefert sich ein lautes Wortgefecht, während eine Flasche Stroh-Rum im Minutentakt den Besitzer wechselt. Die karibischen Einwanderer nuckeln gierig an der halb leeren Literflasche, und die regressive Seligkeit, mit der sie an der gläsernen Flaschenöffnung saugen, hat etwas an sich, das der Art und Weise, wie Säuglinge an der Brust ihrer Mutter nuckeln, erschreckend ähnlich ist. Am Tresen sitzt ein älterer Herr, der sein furchiges, welkes Gesicht gen Ausgang gerichtet hat und eine mit Fingerabdrücken verzierte Schüssel voll gerösteter Erdnüsse leert. Die Jamaikaner fluchen laut, als die knarzenden Klänge irgendeiner uralten Paul-Whiteman-Platte verstummen. Ein altertümlicher Scheinwerfer taucht das Klavier in ein schmutziges Licht. In Phils zurückgekämmtem Haar glänzen Spuren eines sorgsam dosierten Gels, das seinen Look allerdings keineswegs schmierig wirken lässt. Vielmehr verleiht es seiner aalglatten Nullachtfünfzehn-Frisur einen verwegenen Out-of-bed-Touch, den Amanda ziemlich sexy findet. Die fluchenden Rastafaris verstummen abrupt, als die ersten Klänge von Mozarts *Lacrimosa* durch die verqualmte Luft hallen. Der Alte am Tresen wendet seinen Blick vom Ausgang ab, hört auf zu kauen und starrt mit weit aufgerissenen Augen in Richtung

Bühne, während ein breiiges Gemisch aus Speichel und zerkauten Erdnüssen aus dem rechten Winkel seines leicht geöffneten Mundes läuft.

Amanda sieht, wie Phils Finger die schwarzen und weißen Tasten liebkosen, während er die Essenz seiner seelischen Existenz in dieses Instrument fließen lässt, um sich schließlich ganz mit ihm zu vereinigen. Ein Schauer der Erregung kriecht über die nackte Haut ihres Rückens, und sie sehnt sich danach, den Platz des Steinways einzunehmen. Amanda will, dass seine Hände ihren Körper so berühren, wie sie das Klavier berühren. Sie will, dass er sie mit einer solchen Hingabe liebt, wie er sein Klavier liebt. Sie will auf dieselbe überirdische Art und Weise mit ihm verschmelzen, wie er mit seinem Klavier verschmilzt. Sie will sich in einem Akt beispielloser Schönheit in Phil Curan auflösen, um schließlich als Teil von ihm wiedergeboren zu werden.

Und Amanda weiß genau, was sie tun muss, um zu bekommen, was sie will:

Sie speist ihre Affäre mit einer fadenscheinigen Ausrede ab und relativiert deren Unglaubwürdigkeit, indem sie dem knapp dreißigjährigen Lacoste-Hemd-Träger ein weiteres Date für den folgenden Tag verspricht und ihn mit einem verheißungsvollen Kuss verabschiedet. Amanda ist es gewöhnt, ihren Willen durchzusetzen. Und diese Gewohnheit verleiht ihr ein Selbstbewusstsein, das sicherstellt, dass sich daran bis auf Weiteres auch nichts ändern würde.

Phil spielt eine gute Stunde, und es vergeht eine weitere Stunde, ehe sowohl die Jamaikaner als auch das Erdnüsse kauende Furchengesicht den Club verlassen haben. Der Barkeeper hilft dem nassgeschwitzten Phil schließlich, den wuchtigen Steinway in einen kleinen Raum hinter der Bühne zu befördern. Als sich die Tür zu dem Backstage-Raum wenige Minuten später erneut öffnet, ist der Barkeeper allein. Er lässt ein lässiges »Stell die Kühlschränke aus, bevor du gehst, und vergiss ja nicht abzuschließen, Curan!« durch den menschenleeren Raum hallen und verschwindet pfeifend durch die von einem roten EXIT-Schild illuminierte Tür schräg hinter dem Tresen. Es ist soweit.

Showtime!, denkt Amanda und wirft ihr azurblaues Abendkleid über die Tür der mittleren Toilettenkabine. Um sicherzugehen, dass die Luft auch wirklich rein ist, öffnet sie die große Schwingtür, die zu den Damenwaschräumen führt, zunächst nur einen Spalt weit und überprüft die Räumlichkeiten. Bis auf das konstante Brummen der Kühlschränke hinter dem Bartresen herrscht absolute Stille, es scheint wirklich niemand mehr dort zu sein. Niemand außer ihr, dem zweifelsfrei galaktischsten Konzertpianisten aller Zeiten und seinem schwarzen, glänzenden Steinway …

Amanda holt einmal tief Luft und sieht prüfend an ihrem Körper hinab, um sicherzustellen, dass der schwarze Spitzen-BH von *Victoria's Secret* auch ordentlich sitzt. Dann zieht sie neckisch an der verzierten Kreuzung aus Stoff und Gummiband, die zwischen ihren Pobacken herläuft, und bekommt eine Gänsehaut, als sie loslässt und spürt, wie der Stoffriemen in ihre Poritze zurückschnellt.

Zu ihrer Verwunderung ist der Backstage-Raum leer. Es befinden sich lediglich das Klavier sowie ein kaputter Mikrofonständer und sieben aufeinandergestapelte Bierkästen in dem staubigen Hinterzimmer. Keine Spur von Phil Curan. Amanda weiß, dass der Club keinen Hinterausgang hat, und so nimmt sie an, dass das Objekt ihrer Begierde die Waschräume aufgesucht haben musste. Das unverkennbare Rauschen einer Toilettenspülung Sekunden später untermauert diese Annahme, und Amanda klettert behänd wie ein Äffchen auf das gewienerte Konzertpiano. Sie streckt ihren Rücken durch und spreizt die Beine, sodass die Pfennigabsätze ihrer Plateau-Pumps die Klaviatur berühren. Spielerisch betätigt sie mit ihrem linken Absatz zunächst das schrille C 5, anschließend übernimmt ihr rechter Absatz das andere Ende der siebeneinviertel Oktaven umfassenden Klaviatur und ein volles, dramatisches Subkontra-A erklingt.

Phil betritt den Raum und bleibt wie angewurzelt stehen. Die unprätentiöse Mischung aus Erschrockenheit, Verwirrtheit und einer beinahe niedlich anmutenden Hilflosigkeit in seinem Blick verleiht der Szenerie etwas Beruhigendes, und Amanda entspannt sich ein wenig. Er hat diesen Ich-bin-doch-nur-der-Junge-von-nebenan-Ausdruck in den Augen, irgendwo zwischen überrascht, überrumpelt und überfordert. Einen Moment lang befürchtet Amanda, dass ihr Gegenüber das Gleichgewicht zwischen soft und sexy nicht aufrechterhalten kann und sich von einem Mann in eine Memme verwandelt, doch Phil fängt sich wieder. Er fährt sich mit der linken Hand durch sein dunkelblondes Haar, schüttelt verblüfft den Kopf und lächelt ein freundliches, aber reserviertes Lächeln, als er langsam auf das Klavier zusteuert.

»Was soll das werden?«, fragt er, als er direkt vor Amanda zum Stehen kommt. Seine Stimme klingt wie die eines Radiomoderatoren: nicht zu laut und nicht zu leise, nicht zu hell und nicht zu dunkel. Hinter den blauen Fenstern seiner schmalen Augen scheinen sich unerforschte Welten zu verbergen. Ozeane von bodenloser Tiefe. Ozeane, auf deren Grund noch niemand vorgedrungen ist, nicht einmal Phil selbst. Ozeane voller Antworten, die immer wieder neue Fragen aufwerfen. Ozeane, in deren azurblauer Substanzlosigkeit weder Zeit noch Raum von Bedeutung sind und an deren Ufern sich abgründige Obsession mit allumfassender Geborgenheit vereint.

»Ich will, dass du spielst«, flüstert Amanda. Sein Atem riecht nach Tabak und Pfefferminzkaugummi. Er neigt den Kopf zur Seite und mustert sie. Langsam gleiten seine Ozeanaugen über Amandas gebräunten Körper, ehe sie schließlich an dem satten Rot ihrer leicht geöffneten Lippen haften bleiben.

»Ich soll spielen?«, fragt er schließlich, und ein Klimpern zerreißt die Stille, als er sich mit beiden Händen auf dem Klavier abstützt.

Ihre erhitzten Körper trennen Millimeter. Die Spannung in der Luft scheint beinahe greifbar.

»Ja. Du sollst spielen«, haucht Amanda nickend, und das brennende Verlangen in ihrer Stimme legt sein Denken lahm, als sie errötet und ein fast unhörbares »Auf mir …« hinzufügt.

5

LACRIMOSA

Die Realität bahnte sich nur langsam ihren Weg zurück in Amandas Bewusstsein, und sie schüttelte sich, als wolle sie die Erinnerungen, in deren honigsüßer Essenz sie sich verloren hatte, abschütteln, damit sie sich der bitteren, ungeschönten Rohheit des Hier und Jetzt stellen konnte. Der heiße Schauer der Erregung von damals hatte sich in einen eisigen Angstschauer verwandelt, und es schien, als wären die vertrauten Klänge, die aus dem Inneren des Hauses hervorkrochen, nicht mehr dieselben. Amanda war bewusst, dass ihre Wahrnehmung ihr nur einen Streich spielte. Es handelte sich zweifelsohne um dieselbe Melodie und dasselbe Stück, aber ihre Stimmung veränderte dessen Klangfarbe, und was sie hörte, erschien ihr wie eine andere Version von Mozarts tränenreichem Meisterstück: mindestens eine Oktave tiefer und von einer klebrigen Bedrohlichkeit zersetzt.

Amanda brach ein widerwärtiger Schweiß aus, als sie wie in Zeitlupe den Schlüssel umdrehte und in die kühle Luft des klimatisierten Hausflurs trat. Sie versuchte, die Tür hinter sich möglichst geräuschlos zu schließen und sah sich um. Die Tür zum Musikzimmer stand offen, und Amanda fühlte sich wie eine Einbrecherin in ihrem eigenen Haus. Eigentlich wollte sie schnurstracks im Bad verschwinden, doch ihre Motorik versagte. Irgendeine unsichtbare Kraft schien ihren Bewegungsapparat zu lähmen, und so verharrte sie wie eingefroren. Die Musik verstummte. Widerwillig richtete Amanda ihre Augen auf den riesigen Flügel, zu dessen Füßen ihr Mann auf einem weißen Lederschemel saß. Seine Hände umklammerten den Rand des kleinen Hockers, sein Körper war angespannt, sein Rücken krumm und sein Gesicht wirkte wie versteinert. Er hatte den Kopf gesenkt, starrte mit ausdrucksloser

Miene auf die schwarzweiße Tastenreihe vor sich und sprach kein Wort.

Amanda öffnete den Mund, um etwas zu sagen, brachte jedoch nichts hervor als einen gequälten Laut. Ein Laut, dessen Identität irgendwo zwischen einem angewiderten Flehen und einem verschluckten Wimmern changierte. Sie rang nach Luft und schlang hilflos die Arme um ihren Oberkörper. Phil war verschwitzt, und die dunkelblauen Ringe unter seinen Augen gingen unterhalb seiner Nasenflügel über in ein kalkiges, krankes Weiß. Er atmete flach, aber heftig und presste die Lippen aufeinander. Auf dem Flügel stand eine leere Flasche Rémy Martin, und auf dem terrakottafarbigen Teppichboden befand sich ein prall gefüllter Aschenbecher.

»Guten Morgen«, sagte Phil schließlich und seine Stimme klang heiser und tonlos. Er starrte immer noch auf das Klavier, was den grotesken Anschein erweckte, dass er das Instrument an Stelle von seiner Frau begrüßte.

»Guten Morgen«! antwortete Amanda leise, und ihre Stimme klang ebenso tonlos wie seine. »Du bist aber früh auf«, fügte sie hilflos hinzu.

Phil lächelte geistesabwesend. »Ich war gar nicht erst im Bett«, murmelte er, ehe er tief Luft holte und die Schutzhülle über die Tasten schob. Amanda schwieg.

»Du möchtest sicher duschen«, fuhr Phil fort, und er wirkte wie in Trance, als seine Hände behutsam über den glänzenden Lack des Instruments glitten.

»Duschen. Ja. Das wäre sicher eine gute Idee.« Amanda löste sich aus ihrer Starre und war bereits im Begriff, sich umzudrehen, als Phils Stimme wie ein Pfeil aus dem Musikzimmer schoss, um sich Bruchteile von Sekunden später zielsicher in ihren freiliegenden Rücken zu bohren.

»Wann hast du eigentlich vorgehabt, mir von dem Besuch deiner Schwester zu erzählen?«

Seine Frage triefte nur so vor Sarkasmus. Amanda wurde erst heiß, dann kalt. Und dann biss sie sich auf die Zunge, bis sie Blut schmeckte.

Du hast es vergessen. Du hast es tatsächlich vergessen.

»Es …« Amanda brach ab und suchte nach Worten.

»Ich habe ihr das Schlafzimmer überlassen. Sie ist vor einer guten Stunde runter zum Santa Monica Pier. Vielleicht solltest du später mal nach ihr sehen.«

Phil erhob sich, griff nach der leeren Cognacflasche und ging schweigend in die Küche, um die Spülmaschine auszuräumen.

Ein dicker Strahl eiskalten Wassers schoss aus der Massagebrause, die in die Decke eingelassen war, und Amanda spuckte Blut, als sie sich erschöpft gegen die Duschwand lehnte und mit geschlossenen Augen an ihrem Duschgel roch.

6

CLAUDINE II

Claudine saß im Schatten einer fliederfarbigen Markise und las in einem Reiseführer. Das Sonnenlicht brach sich schillernd auf der spiegelglatten Oberfläche des Pazifiks, und sie atmete tief ein, als ein salziger Wind den hellbraunen Sand unter ihren Füßen aufwirbelte. Nachdem sie gute drei Stunden im angrenzenden Vergnügungspark zugebracht hatte und viermal hintereinander mit dem Riesenrad gefahren war, um das unglaubliche Panorama zu genießen, hatte sie ein kleines Eiscafé direkt am Strand ausfindig gemacht und sich drei Kugeln Chocolate-Chip-Eiscreme mit Sahne gegönnt. Abgesehen von ein paar vereinzelten Quellwolken erstrahlte der Himmel in einem klaren Babyblau, und Claudine unterbrach ihre Reiseführerlektüre von Zeit zu Zeit, um ein paar Kinder zu beobachten, die mithilfe einiger Förmchen und mit einem Blecheimer voller Wasser eine Sandburg bauten. Ein Meer von Sonnenschirmen hatte sich auf dem Strand ausgebreitet, und es duftete nach einer Mischung aus Salzwasser und Sonnencreme. Bunte Handtuchteppiche dienten als Unterlage für zahllose braungebrannte Körper, die wie Hähnchen am Spieß nebeneinander lagen und sich der sengenden Sonne hingaben. Claudine zog sich ihr schwarzes Cape tiefer ins Gesicht, legte den Reiseführer beiseite und schloss die Augen. Sie hatte nicht wirklich geschlafen, sondern nur ein wenig gedöst, nachdem sie das Curan'sche Schlafzimmer betreten und die rechte Seite des schwarzen Designerbettes für sich in Beschlag genommen hatte. Das bordeauxrote Satinkissen hatte nach einem Weichspüler geduftet, der ihr gänzlich unbekannt war, und der Stoff der gleichfarbigen Bettdecke war angenehm kühl gewesen. Dennoch hatte Claudine sich nicht wirklich wohlgefühlt in dem Zimmer. Ein dumpfes Gefühl der Beklemmung hatte sie beschlichen, und dies hatte sie daran gehindert, sich bereitwillig in die Arme des redlich verdienten Schlafes zu werfen. Das Haus ihrer Schwester hatte etwas Beunruhigendes an sich. In seiner spartanischen Gradlinigkeit wohnte etwas Dunkles. Es war nur eine Ahnung, ein unsichtbarer Hauch, der in den Fugen nistete und zwischen ihnen hervorkroch – betrogen und zerstört. Er belagerte Claudines Gedanken, verschmolz mit dem glutroten Licht des Sonnenaufgangs, und dann verschwand er wieder …

Das energische Vibrieren ihres Mobiltelefons riss Claudine jäh aus ihrer Geistesabwesenheit. Sie griff in die Tasche ihrer selbst genähten Flickenhose, klappte das faustgroße Siemens-Handy auf und warf einen kurzen Blick auf das blinkende Display: Es war Amanda.

»Dass ich das noch erleben darf! Schön, dass du endlich mal von dir hören lässt, Schwesterherz!«, begann Claudine herausfordernd das Gespräch. Die scheinheilige Überschwänglichkeit in ihrer Stimme war Absicht, aber die Freude über den Anruf ihrer kleinen Schwester war echt.

»Wo bist du?«, fragte Amanda. Wie gewohnt kam sie ohne Umwege direkt auf den Punkt und verzichtete auf irgendwelche Höflichkeitsfloskeln, die ihr gänzlich überflüssig erschienen.

Claudine grinste, neigte den Kopf nach rechts und klemmte das silberne Mobiltelefon zwischen ihr rechtes Ohr und ihre rotgefärbte Schulter. Sie hatte ihren Sunblocker auf Amandas Nachtisch liegen lassen, und der Lichtschutzfaktor ihrer getönten Tagescreme konnte bestenfalls mit einem leichten Plazeboeffekt Abhilfe schaffen. Gegen die Kraft der pazifischen Nachmittagssonne war er vollkommen machtlos.

»Santa Monica Beach. In einer Eisdiele mit dem besten Chocolate-Chip-Eis, das ich je gegessen habe«, erwiderte Claudine und fügte schnell hinzu: »Mich würde mal interessieren, wo *du* letzte Nacht warst, Mandy. Ich dachte, du wolltest mir die In-Clubs der Reichen und Schönen von innen zeigen. Ich hab mich extra in meinen teuersten Fummel gezwängt und am Flughafen erst mal eine geschlagene Stunde damit zugebracht, ein Schließfach für meine Klamotten zu finden. Dann komme ich wie verabredet in diesen Laden am Holloway Drive – wie hieß er noch gleich?«

»*Zero Zero*«, erklärte Amanda seufzend und war im Begriff, noch etwas hinzuzufügen, doch Claudine ließ sie nicht weitersprechen.

»Ja, genau! Ich komme also wie verabredet in diesen Laden, von dir ist ganz programmatisch ebenfalls Zero Zero zu sehen, und dein Gatte hängt sturzbetrunken und mutterseelenallein am Tresen rum. Was zum Teufel ...«

»Hör zu, Claude: Es tut mir wirklich leid, aber lass uns das doch besser persönlich besprechen. Ich glaube, ich weiß, welche Eisdiele du meinst. Da ist so 'ne lila Markise vor der Tür, richtig?«

»Flieder, Mandy! Die Markise ist fliederfarben!«, stichelte Claudine und zündete sich eine Zigarette an.

»Auch gut. Jedenfalls bin ich in 'ner Dreiviertelstunde da«, gab Amanda kühl zurück und legte auf, ehe ihre Schwester antworten konnte.

*

»Du musst unbedingt das Chocolate-Chip-Eis probieren. Das ist orgasmisch!«, schwärmte Claudine, während sie mit ihrem rechten Zeigerfinger auf die umfassende Eiskarte deutete.

Amanda setzte sich auf einen weiß gestrichenen Gartenstuhl an die gegenüberliegende Seite des Tisches und lächelte ihre Schwester amüsiert an.

»Echt jetzt! Da sind so richtig fette Schokostückchen drin! So groß wie Smarties! Da kann nicht mal Ben & Jerry's gegen anstinken!«, fuhr Claudine begeistert fort.

»Ich weiß, Claude. Ich wohne hier, schon vergessen?«, entgegnete Amanda lakonisch.

Claudine rollte die Augen. »Ich mein ja nur ...«, murmelte sie eingeschnappt, und Amanda wandte sich der jungen Kellnerin zu, die mit einem fliederfarbenen Tablett bewaffnet vor ihrem Tisch zum Stehen kam.

»Für mich bitte ein Zitronensorbet und einen doppelten Espresso«, sagte Amanda, während sie sich eine American Spirit zwischen die Lippen schob und ihren nagelneuen Miu-Miu-Shopper nach einem Feuerzeug durchsuchte. Die Kellnerin notierte die Bestellung auf einem ausgefransten Notizblock und verschwand schnellen Schrittes.

»Wie war der Flug?« Amanda lehnte sich zurück und zog an ihrer Zigarette.

»Lang«, antwortete Claudine. Amanda begriff, dass ihre Schwester immer noch sauer war, und es sah ganz so aus, als würde sie diese Tatsache nicht einfach übergehen können, indem sie versuchte vom Thema abzulenken. Ganz im Gegensatz zu ihr war Claudine ein Mensch, der Dinge grundsätzlich ausdiskutieren musste. Diese Eigenschaft hatte Amanda in der Vergangenheit bereits des Öfteren an den Rand der Verzweiflung getrieben.

»Okay, Claudine«, begann sie, wobei sie versuchte, möglichst versöhnlich zu klingen. »Ich kann ja verstehen, dass du sauer auf mich bist, und ich …«

Die rothaarige Kellnerin kehrte mit einer metallenen Dessertschale und einer schwarzen Espressotasse an den Tisch zurück.

»Ein Zitronensorbet und ein doppelter Espresso. Voilà!«, zwitscherte sie, als sie Dessert und Espresso auf dem Tisch platzierte. Amanda nickte dankbar und überlegte kurz, wie sie die Kellnerin in ein Gespräch verwickeln und die bevorstehende Aussprache mit Claudine dadurch ein wenig herauszögern könnte. Ihr fiel jedoch nichts Passendes ein, und so griff sie erneut in ihren Shopper und kramte ein faustgroßes Pillendöschen hervor. Sie öffnete es und verzierte ihr Sorbet mit drei kleinen roten Tabletten.

»Fehlt nur noch der Mund, dann sieht es aus wie ein Gesicht«, murmelte sie gedankenverloren, als sie ihre ungewöhnliche Dessertgarnitur betrachtete.

»Was ist das für ’n Zeug?«, fragte Claudine, während sie sich vorbeugte und ihre kleine Schwester mit ernstem Blick musterte.

»Adderall«, antwortete Amanda und schob sich einen Löffel mit Sorbet in den Mund. Eine der kleinen roten Tabletten thronte auf dem weißlichen Zitronendessert wie eine kandierte Kirsche auf einem Stück Torte.

»Hmhhhh ...«, machte Amanda und spülte die Mischung aus Sorbet und Aufputschmittel mit ihrem Espresso hinunter.

Viele viele bunte Smarties ...

Claudines Blick verdunkelte sich, und sie spürte eine Besorgnis in sich aufsteigen, die sie dermaßen überforderte, dass ihr automatischer Selbstschutzmechanismus sie postwendend in unbändige Wut verwandelte. Ein nicht enden wollender Wortschwall schoss in ihrer Kehle empor, doch sie biss die Zähne aufeinander und versuchte, ihn wieder hinunterzuschlucken.

Verlier jetzt bloß nicht die Nerven, dachte Claudine und biss fester zu. Jetzt schwoll ihre Kiefermuskulatur an, und sie sah aus wie ein Hamster, der gerade eine riesige Portion Nüsse in seinen Backentaschen verstaut.

Amanda nahm keine Notiz davon, dass der »Mount Claudine« kurz vor einer Jahrhunderteruption stand und dass es sich nur um Sekunden handeln konnte, bis eine gigantische Lavafontäne in den wolkenlosen Himmel schießen würde. Sie löffelte andächtig ihr Zitronensorbet und genoss die leichten Euphoriewellen, die ihren Körper durchströmten, als die Pillen zu wirken begannen.

»Verdammt noch mal! Was haben die bloß aus dir gemacht, Mandy?«, fragte Claudine schließlich, und ihre Stimme zitterte. Amanda hob den Kopf und ihre riesigen, moosgrünen Augen musterten ihre Schwester irritiert.

»Wer sind *die?* Und was zum Teufel meinst du damit?«, entgegnete sie schließlich und versuchte dabei, sich ihre Unsicherheit nicht anmerken zu lassen. Claudines Wangen hatten einen dunklen Rotton angenommen und glühten mit den Spuren, welche die kalifornische Nachmittagssonne auf ihren Schultern hinterlassen hatte, um die Wette. »Tssssss ...« Sie warf verächtlich den Kopf in den Nacken und holte tief Luft, bevor sie erneut ihre Stimme erhob. Diesmal schrie sie fast.

»Ich meine diese ganze oberflächliche Arschkriecherszene hier! Ich meine diese silikonbusigen Barbiepuppen mit diesem grenzdebilen Blingbling-Grinsen und diese aalglatten, grillhähnchenhäutigen Anzugträger mit den dicken Dollarnoten in den Augen! Ich meine all diese hirngedopten Vollidioten und diesen ...« Claudine hielt inne und schlug mit der Faust auf den Tisch. »Diesen botoxverseuchten Pulk von Wichtigtuern! Ich meine diesen ganzen beschissenen Hollywoodzirkus hier!«

Sie rang nach Luft und Amanda starrte beschämt auf ihre leere Dessertschale. Claudines leidenschaftliches Anti-Hollywood-Plädoyer hatte nicht nur die Aufmerksamkeit sämtlicher anwesender Gäste, sondern auch des Caféinhabers geweckt, und Amanda war Gott im Himmel dafür dankbar, dass Claudine ihre Hasstriade in deutscher Sprache gehalten hatte. Es war mehr als wahrscheinlich, dass niemand verstanden hatte, was genau sie von sich gegeben hatte.

»Komm runter, Claude, bitte!«, zischte Amanda und klang beinahe flehend.

»Ich denke gar nicht daran!«, entgegnete Claudine schroff, aber ihre Stimme senkte sich ein wenig, als sie weitersprach. »Du hättest mit ihm nach Deutschland gehen sollen. Phil hat dich bekniet, Mandy! Er hat dich bekniet, weil er weiß, wie die Dinge hier laufen. Er hat es immer schon gewusst. Aber du konntest den Hals ja wieder mal nicht voll genug kriegen! Eine hundert Quadratmeter große Maisonettewohnung direkt am Savignyplatz, ein dicker Bestseller im Rücken und eine noch dickere Karriere direkt vor der Nase! Ganz Berlin hat dich beneidet, Amanda. Mich eingeschlossen!« Sie holte Luft und fuhr sich mit der Linken durch ihr haselnussbraunes Haar.

Amanda hatte den Kopf gesenkt und starrte betreten auf ihre leere Dessertschale.

»Aber im Zufriedensein war Prinzessin Mandy ja nie wirklich gut. Und deswegen musste Prinzessin Mandy alles hinschmeißen, um erst mal ausgiebig im Glamour zu baden! Scheiß auf die Konsequenzen, Hauptsache, das Krönchen sitzt!«

Claudine redete sich in Rage, und ihre Stimme begann wieder lauter zu werden. »Wieso sollte sie auch auf einen Mann hören, der damals bereits dreißig Jahre seines Lebens im Sumpf von Los Angeles verbracht hat? Prinzessin Mandy wusste immer schon alles besser! Wen interessiert schon die Meinung des eigenen Ehemannes? Wenn man Prinzessin Mandy darauf aufmerksam macht, dass sie mit Vollgas auf eine Betonmauer zurast, dann macht sie einfach die Augen zu und denkt, dass die Mauer sich dadurch in Luft auflöst!«

Schnaubend beendete Claudine ihren Vortrag und griff in ihre Handtasche. Dann knallte sie ihr graues Portemonnaie auf den Tisch, um zu signalisieren, dass sie bezahlen wollte.

»Wolltest du denn nie ein Teil von etwas Besonderem sein?« Amandas Stimme klang beinahe kleinlaut.

Wortlos holte Claudine ein zerknittertes Foto aus ihrem Portemonnaie und schob es ihrer kleinen Schwester unter die Nase.

»Ich bin Teil von etwas Besonderem, Mandy«, sagte sie schließlich, und eine betretene Stille senkte sich über den Tisch, als Amanda das Foto ergriff, um es von Nahem zu betrachten.

Es musste vor ungefähr sechs Jahren aufgenommen worden sein, direkt vor dem Schloss Charlottenburg, das als perfekte Kulisse für ein vor lauter Harmonie beinahe kitschig anmutendes Szenario fungierte: Claudines Sohn Korbinian war nicht älter als fünf auf dem Foto. Er saß auf den kräftigen Schultern seines Vaters, und seine kurzen Beine baumelten lässig über dessen muskulöser Brust. Seine dünnen Arme hatte Korbinian um Johans Hals geschlungen, und er grinste wie ein Honigkuchenpferd, während seine bernsteinfarbenen Augen in die Kamera strahlten. Claudine schmiegte sich eng an ihren Lebensgefährten und hielt seine Hand. Der verträumte Ausdruck in ihren Augen sprach Bände.

Amanda blinzelte, als schmerze dieser auf Fotopapier gebannte Inbegriff ewig währender Familienidylle ihr in den Augen. Langsam ließ sie das Foto sinken und warf den Kopf in den Nacken, um zu verhindern, dass die Tränen, die sich in ihren geröteten Augen gesammelt hatten, über ihre Wangen liefen und ihr Make-up verwischten. Claudine verstaute das Foto wieder in ihrem Portemonnaie und reichte ihrer Schwester wortlos eine Packung Taschentücher. Amanda schniefte und zündete sich eine weitere Zigarette an.

»In Ordnung. Reden wir«, sagte sie.

7

GESPALTEN

Es war Viertel nach sechs, und Gerald Beswicks Zeigefinger drückte energisch auf den unauffälligen silbernen Klingelknopf links neben der Haustür, während er einen suchenden Blick auf die verschlossene Garage zu seiner Rechten warf. Der silberne Mustang stand direkt vor ihr in der Einfahrt, und seine polierten Felgen blitzten in der Sonne. Phil musste zu Hause sein. *Warum zum Teufel machst du nicht auf*, dachte Gerry verwirrt und klingelte ein weiteres Mal. Als auch dieses Klingeln erfolglos in der Stille verhallte, suchte er die großflächige Betonwand nach einem Fenster ab. Der Ärger über die Tatsache, dass er seit einer Viertelstunde wie ein Idiot vor verschlossener Tür stand und Sturm läutete, mischte sich mit leiser Besorgnis. Phil Curan war die Zuverlässigkeit in Person, wenn es um Dinge ging, die auch nur im Entferntesten etwas mit Musik zu tun hatten. Es sah ihm nicht ähnlich, eine Verabredung zu vergessen, und es sah ihm noch weniger ähnlich, seinen Klavierschüler einfach vor der Tür stehen zu lassen. Als Gerry begriff, dass es keinen Sinn machte, weiter zu klingeln, drehte er sich um. Er nahm die drei Treppenstufen vor dem Haus alle auf einmal und steuerte auf das knallrote Mountainbike zu, das an einem metallenen Gartenzaun lehnte. Er war bereits im Begriff, es aufzuschließen und den Rückweg anzutreten, als er plötzlich zu überlegen begann: Wenn ihn nicht alles täuschte, war eine der Wände von Phils Klavierzimmer zu einer Fensterfront umfunktioniert worden. Wieso war er nicht früher darauf gekommen?

»Herr, wirf Hirn vom Himmel«, murmelte er kopfschüttelnd und schulterte den Rucksack, den er neben seinem Fahrrad auf dem Schotterboden abgestellt hatte, um schnellen Schrittes zurück in Richtung Haus zu laufen. Nachdem er etwas mehr als die Hälfte des Betonbaus umrundet hatte, blieb er vor einem riesigen Fenster stehen. Seine Vermutung bewahrheitete sich: Phil Curan saß hinter der zentimeterdicken Glaswand an seinem Fazioli-Flügel und spielte. Er war so versunken in seine Tätigkeit, dass er seinen dreiundzwanzigjährigen Klavierschüler nicht einmal registrierte. Gerry trat ein paar Schritte vorwärts, bis er direkt vor dem Fenster stand. Er hatte seine Hand bereits erhoben, um zu klopfen, doch er stockte mitten in der Bewegung und starrte gebannt auf das Bild, das sich ihm bot.

Phil war nassgeschwitzt. Sein hellblaues Hemd war bis zur Brust aufgeknöpft, und der dünne Stoff klebte an seinem Oberkörper, als wäre er in voller Montur in einen Swimmingpool gesprungen. Gerry hielt den Atem an und lauschte, um das Stück, das Phil spielte, zu identifizieren. Es handelte sich zweifelsfrei um eine Interpretation von Clint Mansells *Lux Aeterna* – ein kleines Meisterwerk, das als Titelmusik von Darren Aronofskys Drogendrama *Requiem for a Dream* zu ungeahnter Berühmtheit gelangt war. Phil jonglierte perfekt mit der einprägsamen Laut-leise-Dynamik des Stücks, und die Souveränität, mit der er schwindelerregende Tempiwechsel vornahm, war handwerklich im Bereich der absoluten Vollkommenheit anzusiedeln. Unermüdlich sprang er zwischen Tönen, die sanft wie ein Sommerregen vor sich hintropften und solchen, die sich brachial wie ein Donnergrollen in das Ohr frästen, hin und her, und sein Spiel transportierte eine Intensität, die so kompromisslos war, dass Gerry nichts übrigblieb, als wie eingefroren vor dem Fenster zu verharren. Er war unfähig zu denken, unfähig, irgendwie zu agieren und unfähig, seinen Blick abzuwenden. Es vergingen drei oder vier Minuten, ehe Gerry dazu in der Lage war, aus den Tiefen der paralysierenden Klanglandschaft, die sein Mentor in Kollaboration mit seinem 35.000-Dollar-Konzertflügel heraufbeschwor, aufzutauchen. Jetzt sah er genauer hin: Auf den ersten Blick war das Szenario, dass der junge Bluesmusiker durch das penibel geputzte Fensterglas hindurch beobachtete, vollkommen homogen und in sich stimmig. Da saß ein professioneller Konzertpianist an seinem Klavier und tat, was er am besten konnte – er spielte. Die Tatsache, dass er mit seinem Instrument zu verschmelzen schien und mit einer im wahrsten Sinne des Wortes schweißtreibenden Leidenschaft spielte, war zwar herausragend, aber nicht ungewöhnlich. Genau genommen unterschieden sich die großen Künstler von den Lehrbuchdilettanten eben genau dadurch, dass sie die Grenzen zwischen Beruf und Berufung ausradierten und stets den Eindruck vermittelten, als spielten sie entweder um ihr Leben oder hätten Sex mit ihrem Instrument. Aber da war noch etwas anderes. Etwas, das nicht ins Bild passte. Etwas, das Gerry so sehr befremdete, dass er sich die Augen rieb und noch näher ans Fenster trat, um dieses namenlose Etwas, das sich lediglich als ein diffuses Gefühl von Angst oder Unbehagen in seiner Wahrnehmung manifestierte, einem konkreten Auslöser zuzuordnen. Er beobachtete, wie Phils Hände über die Tasten glitten, sah, wie er in regelmäßigen Abständen die Pedale mit seinen nackten Füßen trat und wie sich sein Oberkörper im Takt der Musik kaum merklich vor- und zurückbewegte. Gerry brauchte weitere fünf Minuten, um zu registrieren, dass Phil immer noch denselben Song spielte. Da die Pianoversion von *Lux Aeterna* im Original kaum länger dauerte als vier Minuten, vermutete er, dass Phil das Stück wiederholte und es quasi in einer Endlosschleife spielte. Als er seine Aufmerksamkeit verwirrt auf Phils Gesicht richtete, hielt er sich plötzlich reflexartig den Mund zu.

Gerry war nicht sicher, ob es Schweißperlen oder Tränen waren, die über Phils aschfahle Wangen rannen. Wahrscheinlich eine Mischung aus beidem. Phil hatte den Kopf in den Nacken gelegt, und seine weit aufgerissenen Augen starrten an die Zimmerdecke. Gerrys Blick wanderte von den starren Augen hinab zu der wohlgeformten Nase, deren Flügel so heftig zitterten, dass Gerry unweigerlich an eine Hyperventilation denken musste. Die Beklommenheit, die seinen Körper beschlichen hatte, begann langsam emporzukriechen und schnürte ihm die Kehle zu. Gerry registrierte, dass sein Lehrer die Lippen bewegte. Phil Curans Mimik schien nicht wirklich in sein Gesicht zu passen, und Gerry spürte, wie sich seine akkurat gestutzten Nackenhaare aufrichteten, als er mit einem Male begriff, was diese stummen Lippenbewegungen zu bedeuten hatten.

Er betet! Himmel Arsch und Zwirn … er BETET!

*

Gerald Beswick wusste immer noch nicht, was genau ihn an diesem Bild so verstörte, dass er am liebsten schreiend davongelaufen wäre. Ihm war immer noch nicht klar, wo diese unsichtbare Bedrohung herrührte, aber er spürte sie deutlich. Das Bild, das sich ihm bot, hatte irgendetwas an sich, das so falsch und fremdartig war, dass es ihn noch Tage später in seinen Träumen verfolgen sollte. Es war weder greifbar noch zu entschlüsseln, aber dennoch war es omnipräsent und hing wie ein unsichtbares Damoklesschwert über Phil Curans betendem Antlitz. Oberflächlich betrachtet saß dort einfach nur ein verzweifelter Mann, der Klavier spielte – was zwar traurig anzusehen war, aber keine hinreichende Erklärung für Gerrys wachsendes Entsetzen lieferte. Wieder ließ er seine Augen von dem Gesicht, das in Schweiß und Tränen badete, abwärts wandern, und als er bei den Händen angelangt war, traf ihn die Erkenntnis unerwartet wie ein Blitz an einem strahlend blauen Himmel.

»Das Bild ist … *gespalten*. Körper und Geist sind … *gespalten*!«, stammelte er schließlich und wusste nicht, wer von ihnen beiden in diesem Moment im Begriff war, mit Pauken und Trompeten den Verstand zu verlieren, er selbst oder sein Klavierlehrer, der dort vor dem Konzertflügel saß und immer und immer wieder dasselbe Stück spielte, während er offensichtlich kurz vor einem Nervenzusammenbruch stand. Unwillkürlich musste Gerry an seine Mutter denken. Er konnte sie vor sich sehen: zugedröhnt bis zum

Haaransatz und eine Nag-Champa-Geruchsspur hinter sich herziehend, so intensiv, dass man Sicherheitsabstand einhalten musste, wenn man nicht in akute Luftnot geraten wollte. Seine Mutter war die Personifikation einer in die Jahre gekommenen Woodstock-Jüngerin. Sie hörte Scott McKenzie in Dauerschleife, kiffte wie ein Staubsauger und pflückte Gänseblümchen im Vordergarten. Darüber hinaus verlor sie sich gern in ausschweifenden Monologen über transzendentale Philosophie und parallele Realitäten, und Gerry war sicher, dass ihre Weltsicht eine absolut einleuchtende Erklärung für die aktuellen Geschehnisse parat halten würde. Da er selbst jedoch durch und durch pragmatisch veranlagt war, verstörte ihn der Umstand, dass er soeben Zeuge einer hoffnungslos subjektiven und obendrein noch unsichtbaren Wirklichkeit geworden war, zutiefst. Die Spaltung im Bild hinter der Fensterfront war ebenso wenig sichtbar wie der Bruch in Phil Curan selbst, und Gerald glaubte grundsätzlich nur an das, was er sehen konnte. Er gab einen Scheiß auf irgendwelche substanzlosen Gefühlswahrnehmungen. Er gab einen Scheiß auf das pseudophilosophische Geschwafel seiner Mutter oder die tiefenpsychologischen Vorträge ihres nunmehr dritten Ehemannes, der in seiner Hippie-esken Praxis einen auf Lebenscoach machte und sich für den größten Tiefseedenker seit Jean-Paul Sartre hielt. In Gerrys Welt war kein Platz für Hirnficktheorien über das Sein, das Nicht-Sein oder die Unwirklichkeit unserer Wirklichkeit, und er war damit immer ziemlich gut gefahren. Bis jetzt. Bis zu dem Moment, in dem er zum ersten Mal in seinem Leben sehen konnte, was objektiv nicht sichtbar war. In dem die emotionale Gewissheit seine rationalen Filter außer Kraft setzte. Der Moment, in dem Gerald Beswick zum ersten Mal in seinem Leben auf der Schwelle zum Dazwischen stand und die Essenz seines Ichs vor sich ins Bodenlose stürzen sah. Egal, wie sehr sein Verstand sich auch dagegen wehrte: Er war sich der Richtigkeit seiner Wahrnehmung sicher. Er wusste nicht, warum, und er hätte das, was in den vergangenen Minuten mit ihm und seiner Realität passiert war, niemandem auch nur ansatzweise erklären können, aber tief in seinem Inneren spürte er einen fremdartigen, namenlosen, unerklärlichen Bruch.

Es gab den verzweifelten Mann, der sich in der Sackgasse seines Lebens befand und dessen Verstand vergeblich nach einer Lösung für ein nicht lösbares Problem suchte. Es gab den verzweifelten Mann, der plötzlich zu einem Gott betete, an den er nie geglaubt hatte. Und es gab den Körper des verzweifelten Mannes. Ein Körper, der den Verstand von sich abkoppelte wie einen lästigen Anhänger. Ein Körper, der auf Autopilot schaltete und durch die vertraute Tätigkeit des Klavierspielens eine provisorische Realität heraufbeschwor, die als letzter Rettungsanker vor dem vollständigen Untergang fungierte.

Phils Hände besaßen ein Eigenleben. Sie interagierten nicht mehr mit seinem Gehirn, sondern schienen von irgendeiner geheimen Kraft über die schwarz-weißen Tasten gejagt zu werden. Es war eine Kraft, die außerhalb des schmalen Korridors des Erfassbaren wirkte. Eine Kraft, die so grauenerregend war, dass sie die menschliche Wahrnehmung in ihren Grundfesten erschütterte.

*

Gerrys Blick pendelte unruhig hin und her zwischen dem Klavierzimmer und seinem scharlachroten Mountainbike. Es war Samstag, und normalerweise spielte Phil samstagabends im *Case*. Manchmal ließ Gerry sein Fahrrad einfach vor dem Haus der Curans stehen und begleitete seinen Lehrer nach dem Unterricht – in der stillen Hoffnung, dass Phil ihm das Steuer seines 67er Shelbys überlassen würde, sodass Gerry diesen mobilen Männertraum durch die Straßen von Los Angeles lenken und sich einen Moment lang wie ein Hollywoodstar fühlen konnte.

Aber dieser Samstag war kein gewöhnlicher Samstag, und irgendetwas sagte Gerry, dass Phil Curan an diesem Abend nicht im *Case* erscheinen würde. Er würde den Termin vergessen, sehr zum Missfallen von Jared Snyder. Zuverlässigkeit gehörte zu dessen Grundprinzipien, und wenn es nach ihm gegangen wäre, wären sämtliche Unpünktlichkeitsvergehen in ganz Kalifornien offiziell geahndet und mit einem dem jeweiligen Ausmaß der Verspätung angemessenen Bußgeld bestraft worden.

Gerry atmete tief durch, um seinen Kopf zu klären und etwas Rationalität in seine Gedankenwelt einkehren zu lassen. Er könnte Phil auf sich aufmerksam machen und dadurch erreichen, dass dieser wenigstens im Club anrief, um Jared für den heutigen Abend abzusagen. Das wäre naheliegend. Aber Gerry gefiel die Idee nicht recht. Es wäre sicher extrem beschämend für Phil, wenn er wüsste, dass sein Schüler ihn in einem solchen Zustand gesehen hatte, und darüber hinaus wollte Gerry sich keine Sekunde länger mit dem verstörenden Szenario, das sich hinter der gewienerten Fensterfront abspielte, konfrontieren. Er hatte ohnehin schon mehr gesehen, als ihm lieb war. Immer noch unschlüssig, marschierte er schließlich zu seinem Fahrrad zurück und warf einen Blick auf seine Armbanduhr. Es war sechs Uhr dreißig. Wenn er sich beeilte, konnte er in einer halben Stunde im Club sein – rechtzeitig, um in Phils Namen abzusagen, ihn am Klavier zu vertreten und dadurch zumindest insoweit Schadensbegrenzung zu betreiben, als dass die Gäste ihren Cosmopolitan nicht vor einer leeren Bühne trinken mussten.

»Sounds like a plan«, entschied er schließlich. Er schwang sich mit einer fließenden Bewegung auf sein Rad, und Sekunden später sauste er in einem Affenzahn schon die Hügel hinunter. Seine Silhouette war bereits am Horizont ins Unsichtbare hinabgeglitten, als sich die Haustür der Curans öffnete und den zitternden Hausherren in die schwüle Abendluft hinausspie.

8
GESCHWISTERLIEBE

»Wo ist Phil?« Claudine stellte ihre Tasche im Hausflur ab und folgte ihrer Schwester ins Wohnzimmer.

»Im *Case*«, antwortete Amanda, und als sie Claudines fragenden Blick registrierte, war ihr klar, dass ihre Schwester Details hören wollte.

»Ein ziemlich angesagter Club in Beverly Hills. Phil ist fest angestellt und spielt da drei Mal die Woche. Ich finde das Publikum zwar ein bisschen steifärschig, aber solange die Gage stimmt …«

Amanda ließ sich lässig in das braune Ledersofa fallen und warf einen flüchtigen Blick auf den Anrufbeantworter vor ihr auf dem Milchglastisch. Ein rot blinkendes Lämpchen signalisierte den Eingang von neuen Nachrichten.

»Verstehe.«

Claudine nickte und setzte sich ebenfalls. Sie hätte ihren Schwager gerne einmal vor Publikum spielen sehen, und es missfiel ihr, dass Amanda scheinbar nicht im Traum auf die Idee gekommen war, gemeinsam mit ihr nach Beverly Hills zu fahren, um sich das Konzert anzusehen. Stattdessen stand sie auf und ging in die Küche. Die Kühlschranktür wurde geöffnet und eine Flasche wurde entkorkt.

»Champagner?« Amanda kehrte mit einer dunkelgrünen Flasche Veuve Clicquot und zwei kristallenen Sektgläsern ins Wohnzimmer zurück. Sie lächelte.

»Nein, danke. Für mich bitte ein Wasser. Mit Eis, wenn es geht«, entgegnete Claudine ruppig, während sie mit ihren Fingerspitzen über den Sonnenbrand auf ihrer Schulter strich.

Entnervt stellte Amanda sowohl die Flasche Schampus als auch die beiden Gläser auf den Wohnzimmertisch.

»Auch gut. Wer nicht will, der hat schon«, murrte sie und warf ihrer Schwester einen eisigen Blick zu, bevor sie geradewegs zurück in die Küche lief, um ein Glas Wasser zu organisieren.

Manchmal bist du echt nicht zu ertragen, dachte sie, als sie seufzend eine Flasche Evian öffnete und ein Glas mit Eiswürfeln füllte.

»Ich hab einfach nur versucht, die Scheiße in meinem Leben zu vergolden, und das habe ich auch ziemlich gut hinbekommen. Wieso zum Teufel musst du mich immer wieder daran erinnern, dass das Gold in Wahrheit Scheiße ist?«

Sie trat gegen die Tür des Eisfaches, woraufhin diese mit einem dumpfen Geräusch zufiel. »Und damit nicht genug! Anschließend musst du mich auch noch bei den Haaren packen und mit der Nase in die Scheiße stecken ... ganz tief rein, damit ich auch ja nicht vergesse, dass es sich selbst bei goldener Scheiße immer noch um Scheiße handelt. Du bist so eine Fotze, Claude!«

Wütend stapfte Amanda ins Wohnzimmer zurück und reichte Claudine schweigend das Wasserglas. Dann griff sie trotzig nach der Champagnerflasche, setzte an und nahm einen großen Schluck. Das prickelnde Getränk begann in ihrem Mund so sehr zu schäumen, dass Amanda kurz davor stand, ihrer Schwester eine Champagnerfontäne ins Gesicht zu spucken. Sie quiekte, kniff die Augen zusammen und hielt sich schützend die Hand vor den Mund, als sie spürte, wie der Veuve Clicquot in ihre Nebenhöhlen sickerte und in kleinen Bächen aus ihrer Nase floss. Sie schluckte heftig, wischte mit der freien Hand unter den Nasenflügeln herum, beugte sich tropfend über den Milchglastisch und drückte die Play-Taste des Anrufbeantworters.

»Sie haben eine neue Nachricht.«

Die mechanische Frauenstimme, die aus dem Anrufbeantworter drang, erinnerte Claudine aus irgendeinem unerfindlichen Grund an frustrierte einsame Hausfrauen, die sowohl ihr Einkommen als auch ihr Liebesleben durch Telefonsex aufbessern. Wieder spürte sie diese beunruhigende Ahnung, die in den sorgfältig verputzten

Mauern des Hauses wohnte und in unregelmäßigen Abständen durch die klimatisierte Luft huschte, um von dort aus ihr Bewusstsein zu belagern.

Amanda öffnete eine Schublade des quadratischen Fernsehschrankes und holte eine Packung Taschentücher hervor, um die Champagnerreste aus ihrem Gesicht zu wischen. Dann setzte sie sich wieder und betrachtete den Anrufbeantworter.

»Phil … hier ist Jared.«

Amanda fuhr erschrocken zusammen und hätte die Nachricht am liebsten ungehört gelöscht. Sie wusste jedoch, dass eine solche Aktion ganz sicher eine ausgiebige Diskussion mit ihrer Schwester nach sich ziehen würde, und so blieb sie ruhig und hoffte, dass Jared Snyder nicht auf die Geschehnisse der vergangenen Nacht eingehen würde. Vielleicht hatte sie Glück im Unglück und es ging schlicht und ergreifend um Phils Auftritt heute Abend.

Claudine stellte ihr Wasserglas ab und lauschte aufmerksam.

»Ich … äh … ich hoffe, dass ihr zwei Süßen gut nach Hause gekommen seid letzte Nacht?« Snyder klang unsicher, und er betonte das »ihr zwei Süßen« mit übertriebener Heiterkeit. »War ja recht spät, und ich … äh … also, ich wollte dich eigentlich nur noch mal an den Gig heute Abend erinnern. Wäre gut, wenn du ein bisschen früher aufrocken könntest. Das Klavier steht noch im Backstage. Oh, und … äh … grüß mir deine Frau.«

Ein schrilles Piepen beendete Jareds Nachricht, und die synthetische Telefonsexstimme erklang erneut: »Speicherzeit für diese Nachricht: vierzehn Tage. Wenn Sie …«

Amanda ließ die Roboterfrau nicht weitersprechen, sondern drückte hektisch die Löschen-Taste und warf Claudine einen vorsichtigen Blick zu. Das Gesicht ihrer Schwester zeigte eine alarmierende Mischung aus Verärgerung und Betroffenheit, und Amanda war klar, dass Claudine längst zwischen den Zeilen gelesen und die tiefere Bedeutung hinter der scheinheiligen Unverfänglichkeit von Snyders Nachricht erkannt hatte.

»Was glaubst du eigentlich, wie lange Phil das noch aushält?«, fragte Claudine und sah ihre Schwester ernst an.

Amanda antwortete nicht. In ihrem Gesicht lag eine Hilflosigkeit, die Claudine nicht kannte. Beide schwiegen eine Weile, und als Claudine registrierte, dass Amanda zu zittern begonnen hatte, legte sie behutsam den Arm um sie und rückte ein wenig näher.

»Ich habe immer wieder diesen Traum, Claude«, flüsterte Amanda. »Es ist …« Sie stockte und holte tief Luft. »Es ist kein gewöhnlicher Traum. Es findet irgendwo dazwischen statt. Zwischen Traum und Realität.«

Claudine wurde flau im Magen. »Sprich weiter«, sagte sie leise.

»Da ist ein totes Kind mit einer Haut wie … Asche.« Amanda sprach langsam und machte nach jedem Wort eine Pause, als käme die Artikulation der wenigen Worte einem unheimlichen Kraftakt gleich.

»Die Haut sieht aus wie kalte, graue Asche. Eine Totgeburt mit einer grauen ledrigen Aschehaut.« Reflexartig griff Amanda nach Claudines Hand und umklammerte sie, als wäre sie das einzige Schiff in einem sturmgepeinigten Ozean.

»Und da ist dieses Mädchen … Es kniet auf dem Boden. Und da ist dieser Raum … Das Mädchen kniet in der Mitte eines riesigen, weißen, quadratischen Raumes. Ein Raum wie ein … wie ein Würfel. Ja, ein Würfelraum mit Milchglaswänden. Es … es fühlt sich so an, als wäre *ich* dieses Mädchen, aber …« Amanda schüttelte energisch den Kopf und starrte mit weit aufgerissenen Augen ins Leere. »Aber … ich bin das nicht. Es fühlt sich so an, aber es ist unmöglich. Ich *kann* nicht sie sein. Sie ist dünn. Und blond. Und sie sieht ganz anders aus als ich. Aber es fühlt sich an, als … als wäre ich in ihr drin. Verstehst du? Ich höre mit ihren Ohren, sehe durch ihre Augen, und ich …«

Amanda schnappte nach Luft. Das Einatmen fiel ihr schwer und ihr war, als würde die Verzweiflung ihre Lungenfunktion lahmlegen. Panisch sog sie die abgestandene Zimmerluft ein, und das Geräusch, das sie dabei von sich gab, erweckte tatsächlich den Eindruck, als ersticke sie. Sie versuchte, ruhig zu bleiben und sich nur auf das Atmen zu konzentrieren.

Claudine strich ihrer Schwester beruhigend über ihr pechschwarzes Haar. Dann atmete sie ganz langsam und tief ein und aus und forderte Amanda mit einer motivierenden Handbewegung dazu auf, es ihr gleichzutun. Ihr war eiskalt. »Hat das Kind einen Namen?«, fragte sie schließlich, als sich Amandas Atem zu normalisieren begann. Sie klang leise und sanft wie ein Rabbi.

Amanda nickte, und die unabwendbare Klarheit, die in ihren moosgrünen Augen aufblitzte, erschütterte Claudine bis ins Mark.

»Ana. Ihr Name ist *ANA*!«

Stille.

Claudine rang nach Worten. Sie wusste nicht, was sie sagen sollte. Ihr Mund stand offen, doch sie brachte keinen Ton heraus.

Manchmal, wenn das Unaussprechliche aus der feuchten Dunkelheit der menschlichen Seele emporsteigt, aus dem nebelverhangenen Keller der Verdrängung ausbricht, spricht die Stille eine sehr deutliche Sprache.

Claudines Augen waren wie Bernsteine, die einen Punkt in weiter Ferne anstarrten, einen Punkt, der irgendwo unter den Trümmern ihrer Kindheit begraben lag und all die Jahre nur darauf gewartet hatte, endlich ausgegraben zu werden.

Amanda saß immer noch regungslos auf dem Sofa. Dann wich von einer Sekunde auf die andere alle Spannung aus ihrem Körper, und sie sank in sich zusammen wie ein zerstochener Fußball. Die Sonne war bereits untergegangen. Sie hatte einer schmalen Mondsichel Platz gemacht, und das Zwielicht der Abenddämmerung kroch mit gleichgültiger Selbstverständlichkeit über den Wohnzimmerteppich.

»Weiß Phil davon?«

Amandas Körper verkrampfte sich erneut. Erschrocken löste sie sich aus Claudines Umarmung und wich bis in die äußerste Ecke des Sofas zurück.

»Um Gottes Willen, nein!«, rief sie entschieden. »Er würde es nicht verstehen, Claude.«

Claudine umwickelte ihren Zeigefinger mit einer dicken braunen Haarsträhne und schwieg. Sie musste ihrem Gehirn einen Moment Zeit geben, die Geschehnisse zu verarbeiten und die Informationen zu sortieren.

Er weiß nichts davon, und das soll auch so bleiben. Ich werde ihm kein Sterbenswörtchen erzählen, und du wirst das auch nicht tun, Schwesterherz! Keinen Ton wirst du ihm sagen, sonst lernst du mich kennen! Amanda sprach ihre Gedanken nicht aus, sondern wartete auf eine Reaktion ihrer Schwester. Sie hoffte inständig, dass Claudine kein Fass aufmachen, sondern die Dinge auf sich beruhen lassen würde, und ärgerte sich bereits darüber, dass sie die Traumgeschichte nicht für sich behalten hatte. Hätte sie doch bloß den Mund gehalten! Sie kannte ihre Schwester gut genug, um zu wissen, dass dieses Thema sie schockiert hatte. Aber jetzt war es zu spät und Amanda hatte den Salat: ein kurzer Moment der Schwäche, in dem die unselige Mischung aus Bedürftigkeit und Verzweiflung die Mauer ihrer rigiden Selbstkontrolle außer Kraft gesetzt hatte, und schwuppdiwupp hatte sie den gesamten Morast ihres zerrütteten Geisteszustandes herausposaunt. *Schöne Scheiße*, dachte sie, und ein Blick auf Claudines Armbanduhr komplettierte die Verfahrenheit der Situation mit höhnischer Beiläufigkeit: Es war fast halb elf. Phil würde in spätestens einer halben Stunde heimkommen.

*

Amanda füllte ihr Glas und trank es in einem Zug leer, um es direkt im Anschluss erneut zu füllen. Ihr Gehirn weigerte sich standhaft, die Realität zu akzeptieren, und ein guter Champagner war ein verlässliches Werkzeug, mit dessen Hilfe man die Fehler im Drehbuch des eigenen Lebens ohne großen Aufwand übermalen konnte. Ein guter Champagner war wie Tipp-Ex für das verpfuschte Bild der eigenen Existenz, und Amanda fühlte sich ein wenig besser, als die Promille in ihrem Blutkreislauf fangen spielten. Sie schloss die Augen und gab sich dem einsetzenden Rausch hin. Ein warmer, beruhigender Rausch, der ihre Seele mit mütterlicher Behutsamkeit in seinen Armen wiegte und ihrem Herzen zuflüsterte, dass alles gut werden würde.

Claudine leerte ihr Glas Wasser und ein knackendes Geräusch ertönte, als die Eiswürfelreste zwischen ihren Backenzähnen zerbarsten. Sie sehnte sich nach einem Kaugummi oder nach irgendetwas anderem, auf dem sie herumkauen konnte, um die unerträgliche Spannung in ihrem Kiefer abzubauen.

»Weißt du«, begann sie schließlich, »vielleicht muss er das auch gar nicht verstehen. Vielleicht wäre die Tatsache, dass du einmal in deinem Leben wirklich ehrlich zu ihm wärst, schon Hilfe genug – nicht nur für ihn, sondern auch für dich, Mandy.«

Amanda gab ein verächtliches Lachen zur Antwort und starrte missmutig in ihr Sektglas. Claudine war klar, dass sie sich auf verdammt dünnem Eis bewegte, und ihr war ebenso klar, dass sie ihre Schwester mit ihrer Hartnäckigkeit überforderte. Aber der Ernst der Lage ließ ihr keine Wahl. Amanda war dem Wahnsinn näher als jemals zuvor, und sie konnte nicht zulassen, dass diese Tatsache weiterhin leichtfertig ignoriert wurde. Wenn weder Amanda noch ihr Ehemann in der Lage dazu waren, vernünftig miteinander zu kommunizieren, weil sie beide die Wahrheit nicht ertrugen, dann musste eben sie, Claudine, etwas nachhelfen und sowohl ihre Schwester als auch Phil dazu zwingen, endlich hinzusehen. Auch auf die Gefahr hin, dass sie beide an dem, was sie sehen würden, zerbrachen. Sie ergriff Amandas Hand und suchte ihren Blick, doch die Augen ihrer Schwester blieben starr auf das halb volle Sektglas gerichtet.

»Rede mit ihm!«

Die Eindringlichkeit in Claudines Stimme befremdete Amanda, und sie griff routiniert zu der kelchförmigen Champagnerflöte aus Muranoglas, um ihre Angst und Wut herunterzuspülen. Als sie aus dem Augenwinkel registrierte, dass Claudine aufgestanden war, fuhr sie entsetzt herum und starrte ihre Schwester mit weit aufgerissenen Augen an.

»Wo willst du hin?«, fragte sie bestürzt. *Du lässt mich jetzt nicht alleine, Claudine! Das kannst du jetzt echt nicht bringen. Bitte geh nicht! Ich werde mit ihm reden, aber nicht heute. Er wird müde sein, wenn er heimkommt. Der Zeitpunkt könnte wirklich nicht ungünstiger sein. Ich rede morgen mit ihm, okay? Ganz ehrlich. Komm schon, wir sitzen einfach noch ein bisschen zusammen und lassen den Abend harmonisch ausklingen. Ich bestelle uns 'ne große Portion Sushi oder Pizza. Pizza mit Ananas und extra viel Schinken drauf, so wie du sie am liebsten magst. Und dann erzählst du mir, wie es Johan geht und Korbinian … Korbinian geht doch mittlerweile schon auf eine weiterführende Schule, oder? Ich flehe dich an, Claude, lass mich jetzt nicht allein! Phil wird fragen, warum du weg bist, und … er ist doch auch so schon misstrauisch genug. Das gibt eine Katastrophe! Bitte gib mir wenigstens bis morgen Zeit! Lass mich wenigstens in Ruhe überlegen, wie ich ihm das alles am besten erkläre. Bitte geh nicht!*

Claudine lehnte im Türrahmen und lächelte ein mitfühlendes Lächeln.

»Ja, ich weiß, dass du nicht willst, dass ich gehe. Du würdest das Ganze lieber totschweigen und den Abend harmonisch ausklingen lassen. Du würdest jetzt am liebsten Sushi bestellen, von Schampus auf Sake umsteigen und über Dinge reden, die dich eigentlich überhaupt nicht interessieren«, sagte sie ruhig, und Amanda war ebenso ergriffen wie wütend darüber, dass ihre große Schwester sie immer noch in- und auswendig kannte und selbst in ihrem Schweigen lesen konnte wie in einem offenen Buch.

»Ich bin in dem Motel ein Stück die Straße runter. Das sah schnuckelig aus«, erklärte Claudine, während sie ihren Rucksack griff und gen Haustür marschierte.

Amanda wusste, dass sie ihre Schwester nicht aufhalten konnte und blieb auf dem Sofa sitzen. Die dicken, salzigen Tränen, die ihre blassen Wangen hinabrannen, spürte sie nicht. Sie betrachtete die Tränenflüssigkeit, als wäre sie das Relikt einer außerirdischen Realität, die sie nicht verstehen konnte. Claudine öffnete die Haustür und drehte sich ein letztes Mal zu ihrer Schwester um. Sie in diesem Moment alleine zu lassen, gehörte zu den schwierigsten Dingen, die sie in ihrem Leben je hatte tun müssen, und eine Sekunde lang war sie geneigt, Amandas Vorschlag nachzugeben und bei Sake und Sushi noch einen Abend lang so zu tun als ob. Aber sie blieb hart.

Als sie die Haustür hinter sich verschlossen hatte, verharrte sie noch ein paar Minuten auf der obersten Treppenstufe und entledigte sich ihrer Brille, um sich die Tränen aus ihren müden Augen zu wischen.

Ich liebe dich, Mandy, dachte sie. *Ich liebe dich.*

9

PORZELLANPUPPENAUGEN

Es war kurz nach Mitternacht, als Phil den Mustang in der Garage parkte. Er stieg aus, tippte den vierstelligen Code in das silberne Tastenfeld der Schließanlage und trat in die Einfahrt hinaus. Das weiße Rolltor senkte sich mit einem Brummen und ein leises Piepen ertönte, als es auf dem Boden einrastete. Phil verweilte einige Minuten in der Einfahrt und musterte die Straßenlaternen. Sie flackerten in unregelmäßigen Abständen. Die laue Sommernacht versank in einer Symbiose aus zirpenden Grillen und Verkehrsrauschen. Es war vollkommen windstill. Phil passierte den metallenen Gartenzaun und die sorgfältig gestutzten Hecken, die den kleinen Vorgarten des Hauses säumten. Als er vor der Haustür zum Stehen kam und den Schlüssel aus der Innentasche seiner hellblauen Wildleder-Collegejacke hervorholte, wandte er sich erneut den flackernden Straßenlaternen zu. Eine surrende Mückenschar tanzte nervös um die Lichtquelle herum. Der unruhige Schimmer der veralteten Laternen schien die Friedfertigkeit der kalifornischen Vorstadtidylle mit hintergründiger Beständigkeit zu zersetzen, und Phil ging entschlossen hinein, ehe sich der nächtliche Vorgarten vor seinen Augen in eine drohende Kulisse verwandeln konnte. Er hängte seine Jacke an den unscheinbaren Garderobenhaken links neben der Kommode und betrat das Wohnzimmer.

Seine Frau saß auf dem Sofa und trank Champagner. Aus den meterhohen Boxen der Bose-Anlage ertönte *The Host of Seraphim* von Dead Can Dance. Phil lauschte den sakralen Klängen des Stückes und fröstelte. Als Amanda ihn bemerkte, stand sie auf, und die verschlagene Beiläufigkeit, mit der sie ihren schwarzen Satinmorgenmantel öffnete, ließ Phil in freudiger Erregung erschauern. Er kannte diese Geste nur zu gut und wünschte sich sehnlichst, dass er sie auch dieses Mal richtig interpretierte. Seine Frau kam direkt vor ihm zum Stehen und sah ihn aus ihren sättigenden grünen Augen an. Amanda Curan befand sich offenbar im Göttinnen-Modus, und in ihrem durchdringenden Blick lag eine Intimität, die Phils aufkeimende Erregung so sehr anstachelte, dass er einen Ständer bekam. Er seufzte, als er spürte, wie sein Schwanz anschwoll und hart und steif gegen seinen Hosenbund drückte. Amanda lächelte lüstern, als sie die Wölbung in Phils Schritt registrierte. Behutsam knöpfte sie seine Hose auf, während er sich hektisch seines T-Shirts entledigte. Sie hatten lange nicht miteinander geschlafen. Sie hatten gefickt, aber miteinander geschlafen hatten sie nicht. Der Gedanke an die stumpfsinnige, mechanische Bedürfnisbefriedigung, zu welcher ihr Liebesakt in den letzten eineinhalb Jahren verkommen war, schickte einen Schwall Magensäure in Phils staubtrockenen Mund. Er hielt inne, schloss die Augen und senkte den Kopf. Er wollte, dass es dieses Mal anders sein würde als all die Male zuvor. Er wollte keine weitere Runde liebloses Sportficken. Er wollte keine ordinäre Maschinengewehrnummer. Er wollte Gefühl. Er wollte Hingabe. Er wollte gemeinsam mit seiner Frau den Gipfel der vollkommenen Vertrautheit erklimmen, und er wollte das trostlose, totgeliebte Schlafzimmer in jenes berauschende Refugium der Geborgenheit zurückverwandeln, das es bei ihrem Einzug gewesen war. Er wollte sie lieben dürfen … nur dieses eine Mal.

Amanda ließ den schwarzen Morgenmantel an ihrem nackten Körper hinabgleiten und entblößte ihre runden, vollen Brüste, deren aufgerichtete Nippel wie kandierte Kirschen auf zwei saftigen Schokoladentörtchen anmuteten. Phil atmete scharf ein, und seine Hände glitten wie automatisch über ihren warmen Oberkörper. Er zog sie an sich und vergrub sein Gesicht in ihrem Haar. Es roch nach einer Mischung aus Paul-Mitchell-Shampoo und Gucci-Parfüm.

»Sag, dass du mich willst«, flüsterte Amanda, während sie ihren Mann mit routinierter Geschicklichkeit vollends entkleidete.

»Ich will dich,« Phil atmete schwer, »ich will dich, Baby.«

Er stöhnte auf und versuchte, an etwas Unangenehmes zu denken, um eine vorzeitige Ejakulation zu verhindern.

Amanda krallte sich mit ihren spitzen Fingern in seinem Nacken fest und umschlang seinen Oberkörper mit ihren straffen Schenkeln. Phil biss die Zähne aufeinander, umfasste ihren Apfelpo mit beiden Händen und trug sie ins Schlafzimmer. Als Amanda vor ihm in die Kissen sank und mit leicht geöffnetem Mund zu ihm aufblickte, wurde Phil von der zügellosen Gewalt seines Triebs übermannt. Sein Verlangen war so übermächtig, dass sein Verstand aussetzte und er über ihren nackten Körper herfiel wie ein ausgehungertes Tier über seine Beute.

»Ich will dich, Baby!«, wiederholte er, als er in sie eindrang und sich behutsam in ihr zu bewegen begann. Ihre Brüste schaukelten im Rhythmus seiner Stöße, und kurz bevor es ihm kam, suchte Phil Blickkontakt. Er versuchte verzweifelt, irgendeine Form von seelischer Verbindung herzustellen, doch in Amandas Blick lag vollkommene Leere. Der Moment, in dem sie auf Autopilot schaltete, kam plötzlich wie immer. Innerhalb eines Sekundenbruchteils verwandelte ihr heißer, schweißnasser Körper sich in ein kaltes, lebloses Etwas, und die Wollust in ihren Augen verschwand. Mit sadistischer Treffsicherheit entglitt sie ihm immer genau dann, wenn er den Point of no return gerade hinter sich gelassen hatte, und sein folgender Kampf zwischen Vernunft und Trieb grenzte stets an Folter.

Nein! Bitte nicht! Nicht jetzt! BITTE!! Komm zurück, Amanda! KOMM ZURÜCK!

Phil bäumte sich auf und keuchte.

Sie ist tot. Du liebst eine Puppe. Du liebst eine Illusion. Du fickst einen Körper ohne Seele. Porzellanpuppenaugen. Da sind nur schwarze, leblose Porzellanpuppenaugen …

Hör auf! Hör SOFORT auf! Das willst du nicht. Nicht jetzt. Nicht hier. Nicht so!

Seine Erektion schmerzte erbärmlich, und der Druck war so unerträglich geworden, dass Phil keine andere Chance hatte, als die

Sache zu Ende zu bringen. Ein gepresstes Wimmern entwich seiner Kehle und er schloss die Augen, um den Porzellanpuppenblick seiner Frau in der Schwärze, die sich vor seinem Blick ausbreitete, zu ertränken.

Und dann kam er, lautlos, aber heftig.

Amanda starrte teilnahmslos an die Zimmerdecke und Phil presste sein Gesicht in das bordeauxrote Kopfkissen links neben ihr, damit sie ihn nicht ansehen konnte.

Was hast du getan? Um Himmels willen, was hast du getan?

Amanda strich beruhigend über seinen Rücken, wie eine Mutter, die ihr schreiendes Baby zum Schweigen bringen will.

»Es ist okay, Liebling. Es ist okay …«, flüsterte sie, und Phil vergrub seine Zähne in dem Satinkopfkissen, um nicht laut aufzuschluchzen. Er spürte die Kühle ihres Eherings auf seiner feuchten Haut, und ihm war, als stünde Gott mit erhobenen Händen hinter ihm, während eine donnernde Stimme ein finales, alles vernichtendes »Game over!« durch die drückende Zimmerluft hallen ließ. Mit einer ruckartigen Bewegung zog er sich aus ihr zurück. Dann drehte er ihr den Rücken zu und winkelte die Beine an. Wie ein hilfloser Embryo, die Knie fest an seine Brust gedrückt, lag Phil Curan in dem Ehebett, das keines mehr war und starrte verstört ins Nichts. Einige Minuten versanken in drückendem Schweigen. Irgendwann schaltete Amanda die Nachttischlampe aus.

»Ich habe Angst, Phil«, sagte sie leise, und ihre Stimme klang blechern und fremd. Phil schluckte, und er sah seinen Tränen dabei zu, wie sie von seiner Nasenspitze tropften und den frisch gewaschenen Baumwollstoff des Spannbettlakens unter ihm durchnässten.

»Ich auch«, erwiderte er.

10

DREI MONATE SPÄTER

Die Türen der U-Bahn schlossen sich mit einem dumpfen Geräusch, und Claudines Halstuch flatterte im Fahrtwind des Zuges, der sich wenige Meter von ihr entfernt in Bewegung setzte. Schnellen Schrittes lief sie gen Ausgang und hechtete pfeifend die Stufen hinauf. Als sie den Hermannplatz betrat, schlug ihr ein eisiger Wind entgegen, und ihre hellbraunen Winterstiefel versanken in einem zentimeterhohen Schneeteppich. Sie vergrub ihre Hände tief in den Taschen ihrer grauen Jack-Wolfskin-Jacke und beobachtete das geschäftige Treiben des Berliner Feierabendverkehrs. Die Bäckerei Süß auf der gegenüberliegenden Straßenseite hatte bereits geschlossen. Claudines Blick haftete auf ihren Winterschuhen, als sie den Taxistand und das verrauchte kleine Internetcafé an der Straßenecke passierte. Sie bog links ab, kam einige Sekunden später vor einem kernsanierten Altbau zum Stehen und lächelte vorfreudig, als sie das Fenster im ersten Stock erblickte: Es erstrahlte in dem anheimelnden Glanz ihrer neuen Deckenlampe, und auf dem Fenstersims erblühte eine goldene Weihnachtsdekoration. Nächste Woche würden Johan und Korbinian einen Tannenbaum fällen, und Claudine wurde warm ums Herz, wenn sie des Freudentaumels, den dieses alljährlich wiederkehrende Ritual bei ihrem Sohn auslöste, gedachte.

*

Die Wohnung duftete nach Zimt und frischgebackenem Kuchen. Korbinian saß in der Küche und starrte gebannt auf den kleinen Ofen links neben der Spülmaschine. Das Backblech war mit sternförmigen Teiglingen bestückt, und aus dem blauen Küchenradio erklang *Sweet Child o' Mine* von Guns N' Roses. Claudine warf ihre

Stiefel in den Schuhschrank im Flur und schlüpfte in ihre grauen Filzpantoffeln.

»Ist Papa gar nicht da?«, fragte sie, während sie die Küche betrat und ihrem Sohn einen Kuss auf die Wange drückte.

»Ihhh! Lass das, Mama!«, schrie Korbinian und rieb sich genervt die Wange.

»Entschuldige. Ich vergaß: Du bist ja viel zu cool für 'nen Kuss von Muttern«, sagte Claudine. Es machte ihr immer noch ein wenig Angst, wenn ihr die Tatsache, dass der kleine Korbi längst nicht mehr klein war, sondern mitten in der Pubertät steckte, so deutlich vor Augen geführt wurde.

»Papa musste noch los. Der hat doch Bereitschaft heute«, murmelte Korbinian, und Claudine wollte sich gerade mit einem Topflappen bewaffnen, um den herrlich duftenden Ofeninhalt zu probieren, als das Telefon klingelte. Korbinian machte keinerlei Anstalten, seinen Platz am Küchentisch zu verlassen, und so spurtete Claudine ins Wohnzimmer und hob ab. Zunächst hörte sie nichts als ein Rauschen und presste den Telefonhörer fester an ihr Ohr.

»Wer ist da?« Die Stimme, die sich nach einigen Sekunden durch das bedrückende Rauschen fraß, war schwer zu verstehen, doch Claudine erkannte sie sofort.

»Claude, ich bin 's.«

»Phil?« Sie lauschte angestrengt und ließ sich auf den durchsichtigen Plastikstuhl neben dem Fernseher fallen.

»Ja. Hast du kurz Zeit? Ich …« Er stockte und räusperte sich unsicher.

»Phil, kannst du etwas lauter sprechen, bitte? Ich versteh dich echt schlecht.«

»Warte mal …« In der Leitung war ein leises Knacken zu vernehmen, und dann war das Rauschen verschwunden.

»So besser?«, fragte Phil und Claudine bejahte erleichtert.

»Ich hatte die Freisprechanlage eingeschaltet, sorry«, erklärte Phil jetzt klar verständlich. Er klang nicht gut, und Claudine nahm den Telefonhörer in die andere Hand und machte es sich auf dem Siebziger-Jahre-Retro-Plastikstuhl bequem. Das konnte ein längeres Gespräch werden.

»Ich weiß nicht recht, wie ich es sagen soll, Claude«, begann Phil. »Aber ich …« Er hielt inne und seufzte. »Ich weiß nicht mehr weiter.«

Claudine schloss die Augen. »Es geht um Mandy, richtig?«

Ihre Frage klang eher wie eine Feststellung, und bei dem Gedanken an ihren vergangenen Sommerurlaub in Los Angeles stieg eine dumpfe Beklemmung in ihr auf. Phil überging ihre Frage und kam gleich zur Sache. »Kennst du irgendjemanden, der Aiden heißt, Claude?«

»Nein. Wieso?«

»Bist du dir ganz sicher? Bitte denk nach! Gibt es irgendeinen Aiden in eurem gemeinsamen Berliner Bekanntenkreis? Oder hat Amanda mal von jemandem gesprochen, der so heißt?«

Die Dringlichkeit in Phils Stimme befremdete Claudine, und sie dachte nach. Schließlich schüttelte sie den Kopf. »Nein. Wirklich nicht. Wieso zur Hölle fragst du mich das?«

Kurzes Schweigen. »Weil sie mich manchmal Aiden nennt.«

Claudine atmete aus, bis sämtlicher Sauerstoff aus ihren Lungen entwichen war, und ihr Blick verlor sich in der ungemütlichen Novembernacht, die sich wie ein schwarzes Tuch vor dem Wohnzimmerfenster ausbreitete.

»Du weißt, dass ich mich nie eingemischt habe. Ich habe sie immer machen lassen. Ich habe sie machen lassen, weil ich sie ernst genommen und mit dem Respekt behandelt habe, den sie verdient. Trotz allem. Ich habe ihr nie hinterherspioniert. Ich habe weggesehen, wenn ich wegsehen sollte. Ich habe sie nie verurteilt, weil ich weiß, dass sie nichts dafür kann. Aber … Claude!« Er verstummte, sein Atem zitterte. Claudine stand auf und ging unruhigen Schrittes im Wohnzimmer auf und ab.

»Ich halte das nicht mehr aus! Ich halte das einfach nicht mehr aus!« Jetzt schrie er beinahe. »Wenn du mir nicht erklären kannst, warum sie mir den Namen eines anderen Mannes gibt, werde ich ihre Nachtischschublade öffnen und es selbst herausfinden! Und wenn ich in der Schublade nichts finde, werde ich ihr nachsteigen, wenn sie sich mit ihren Freundinnen trifft oder wenn sie zu ihrem Therapeuten geht! Ich werde sie verfolgen wie ein verfickter Detektiv, und zwar so lange, bis ich endlich weiß, was hier gespielt wird!«

Phil redete sich merklich in Rage. Diese unkontrollierte, aufbrausende Wut passte überhaupt nicht zu dem verhaltenen, höflichen Phil Curan, den Claudine kannte.

»Gibt es denn niemanden in L. A., der …«

Er ließ sie nicht aussprechen. »Nein! Niemanden«, entgegnete er entschieden. Korbinian steckte seinen Kopf durch die Wohnzimmertür und machte seine Mutter kauenderweise darauf aufmerksam, dass die Plätzchen fertig waren.

Claudine winkte ab. »Jetzt nicht!«, zischte sie und Korbinian begriff sofort. Er nickte stumm, schloss vorsichtig die Tür und verschwand in seinem Zimmer.

»Wie heißt denn ihr Therapeut mit Vornamen?«, fragte Claudine, und im ersten Moment war ihr der Gedanke, der sich hinter dieser Frage verbarg, gar nicht bewusst. Als sich dies änderte, biss sie sich verärgert auf die Lippen. Wie konnte sie auch nur im Entferntesten an so etwas Absurdes denken? Und wie konnte sie so unfassbar unsensibel sein und diesen Gedanken auch noch laut aussprechen?

Die Stille am anderen Ende der Leitung wurde lediglich von Phils bebendem Atem erfüllt. Eine gefühlte Ewigkeit verstrich, ehe er antwortete. »Robert«, sagte er tonlos, »ihr Therapeut heißt Robert.«

Ratlos sank Claudine erneut auf den Plastikstuhl.

»Ich werde jetzt diese verdammte Schublade öffnen. Ich nehme irgendeine Büroklammer und spiele MacGyver. Sie kann ja vergessen haben, sie abzuschließen, und ich … ich habe ihren Ersatzautoschlüssel gebraucht. Genau! Sie hat vergessen die Schublade abzuschließen, so was kann passieren. So was kann sogar ihr passieren. Gott sei Dank ist es ihr passiert … sonst wäre ich nicht pünktlich im *Case* gewesen, weil ich meinen Autoschlüssel verplempert habe. Ich hab ihn einfach verplempert … einfach verplempert hab ich ihn …«

Phil klang, als würde er ein Mantra aufsagen, und die Besessenheit in seiner Stimme war gespenstisch.

»Das kannst du nicht machen, Phil! Ich beschwöre dich: Tu das nicht. Rede mit ihr! Sie ist deine Frau, verdammt noch mal. Ihr müsst doch ehrlich zueinander sein!«, flehte Claudine. Erst als das monotone Besetztzeichen durch den Hörer klang, realisierte sie, dass ihr Schwager bereits aufgelegt hatte.

11

SCHLAMPENBRUNCH

»Sag mal ... kann das sein, dass du tierisch zugenommen hast, Mandy?« Serena Salinger machte ein angewidertes Gesicht und schüttete Cayennepfeffer in ihr lauwarmes Evian.

Amanda ignorierte die Frage und blickte teilnahmslos in die Runde. Es war Sonntagmittag und sie saß mit ihren Freundinnen an einem großen runden Tisch im *The Palm,* um sich bei Martinis und kulinarischen Wunderwerken einer Tratschorgie auf *Sex and the City*-Niveau hinzugeben. Vor einigen Monaten war sie dazu übergegangen, dieses wöchentliche Societyritual insgeheim als Schlampenbrunch zu betiteln, und während sie Serena Salinger dabei zusah, wie sie mit akribischer Gründlichkeit den gehobelten Grana Padano von ihrem Rucolasalat entfernte und die hauchdünnen Käsescheibchen anschließend auf einem kleinen Beistellteller platzierte, erschien dieser Begriff ihr treffender als je zuvor.

»Ich will ja nicht unhöflich sein, aber dein Top sitzt wirklich ganz schön eng«, sagte Charlene Cooper und nickte Serena bestätigend zu. Amanda ergriff ein Steakmesser und schnitt ihr Rinderfilet in der Mitte durch, um herauszufinden, ob es auch auf den Punkt genau gebraten war. Die Klinge glitt durch das Fleisch wie durch geschmolzene Butter, und ein Rinnsal wässrigen Blutes mischte sich unter das Zitronengrasdressing des Beilagensalats.

»Hast du das Prozac abgesetzt? Als ich das Zeug vor einem Jahr abgesetzt habe, da habe ich nämlich auch übelst zugenommen. Ich hab gefressen wie ein Scheunendrescher! Brian hat damals sogar geglaubt, ich sei schwanger! Das war echt widerlich«, fuhr Charlene fort. Serena kicherte.

»Halt die Klappe, Coop!«, raunte Amanda kühl und schob sich ein großes Stück Filetsteak in den Mund.

»Ich wollt's ja nur gesagt haben. Kann halt passieren, dass der Stoffwechsel verrücktspielt, wenn man irgendwelche Pillen absetzt oder ...« Sie leerte ihr Martiniglas. »Oder nimmst du Beruhigungsmittel? Da gibt es auch welche, die ...«

Amanda ließ Charlene nicht aussprechen. »Xanax«, entgegnete sie kauend, und sowohl Charlene als auch Serena starrten sie aufgebracht an.

»Nicht dein Ernst! Wo um alles in der Welt kriegst du die ganzen Pillen her, Mandy? Echt jetzt ... Mein Arzt hat sich geweigert, mir mehr als drei verschiedene Psychopharmaka gleichzeitig zu verschreiben. Der will wohl auf seine alten Tage noch mal den Moralapostel raushängen lassen.«

Charlene schüttelte entnervt den Kopf, und in Serenas graugrünen Augen funkelte blanker Neid. Amanda machte ein feierliches Gesicht.

»Mein Psychiater steht auf Enddarmerotik«, bemerkte sie schließlich, und ein lautes Gelächter zerschnitt die trockene Heizungsluft. Beim Schlampenbrunch war alles eine Frage der Verpackung. Man konnte die schmutzigsten Geschichten raushauen und sich mit der eigenen Verdorbenheit brüsten, bis der Arzt kam. Man musste nur dazu in der Lage sein, diese Verdorbenheit originell und souverän in Worte zu kleiden.

Mein Psychiater steht auf Enddarmerotik klang wesentlich würdevoller als *Ich lasse mich von meinem Psychiater regelmäßig in den Arsch ficken und kriege für jede Darmgartenparty ein Rezept meiner Wahl.*

»Wortgewandt wie immer«, bemerkte Charlene anerkennenden Blickes, und Amanda quittierte die Aussage ihres Gegenübers mit einem trockenen »Berufskrankheit«. Charlene schürzte die Lippen. »Ich finde, du solltest dieses Thema in deiner nächsten Kolumne aufgreifen, Mandy. Ernsthaft jetzt! Dann weiß der Nachwuchs gleich, wie der Hase läuft«, flötete sie, während sie sich mit einer exaltierten Handbewegung eine blonde Haarsträhne von der Wange strich.

Amanda schrieb seit einem knappen Jahr für die *Teen Vogue.* Phil hatte seine Kontakte spielen lassen und ihr ohne Umwege einen Termin in der Chefetage besorgt. Sein Vitamin-B-Booster hatte seine Wirkung wie üblich nicht verfehlt, und so konnte Amanda das Klinkenputzen überspringen und gleich zur Sache kommen. Das Bewerbungsgespräch hatte keine dreißig Minuten gedauert, und nach einem feudalen Abendessen mit anschließendem Schäferstündchen im hauseigenen Whirlpool des Herausgebers war die Sache in trockenen Tüchern gewesen und Amanda der neue Stern am It-Girl-Himmel. Sie hatte sich mit ihrer bissigen Kolumne innerhalb kürzester Zeit Kultstatus erschrieben und wurde als Fashion-und Lifestyle-Ikone gefeiert. Amanda empfand diese zweifelhafte Vorbildfunktion für verwöhnte, pubertierende Rotzgören zwar nicht als befriedigend, rechnete sich durch das öffentliche Interesse aber bessere Verkaufschancen für ihre Romane aus. Diese hatten natürlich keine verwöhnten, pubertierenden Rotzgören als Zielgruppe, aber diese Jugendlichen hatten für gewöhnlich reiche Eltern, welche die Entwicklung ihrer heranwachsenden Prinzessinnen penibel kontrollierten. Diese Kontrolle schloss das ausgiebige Studieren der »Prinzessinnen-Gute-Nacht-Lektüre« natürlich mit ein.

There is no business like show business.

»Ladys, ich bin wirklich enttäuscht von euch.«

Serena wechselte gekonnt das Thema. Sie ertrug es nicht, wenn sich der Fokus der allgemeinen Aufmerksamkeit von ihr abwandte. Sie brauchte die Wärme des Spotlights wie die Luft zum Atmen und konnte extrem ungemütlich werden, wenn der Strahler des öffentlichen Interesses damit aufhörte, ihre eingefallenen Wangen und hellroten Schlauchbootlippen anzustrahlen.

»Was ist denn los, S?« Charlenes Piepsstimme hatte einen mütterlichen Tonfall angenommen, und sie wandte sich ihrer schmollenden Tischnachbarin zu. Amanda rollte die Augen und lauschte dem R.E.M.-Song, der verhalten aus den Deckenlautsprechern drang.

»Es ist euch wirklich nicht aufgefallen, oder?«, maulte Serena, während sie ihre Gabel sinken ließ und demonstrativ die rechte Hand ausstreckte. An ihrem dürren Ringfinger steckte ein lupenreiner Dreikaräter. Der gesellschaftliche Oberliga-Verlobungsring war deutlich zu wuchtig für Serenas zierliche Hand; das kostbare Schmuckstück saß gefährlich locker.

»Krass!«, murmelte Charlene und ihr Mund stand einen Spalt weit offen, als sie den funkelnden ovalen Diamanten studierte.

Serena lächelte selbstzufrieden.

»Tray und ich heiraten nächsten Sommer auf Bora-Bora«, flötete sie. Charlene quiekte und klatschte begeistert. Amanda lehnte sich zurück und verlor sich in der Musik, die sanft und beständig von der Decke tropfte: *I suffer the dreams of a world gone mad. I like it like that and I know it …*

»Herzlichen Glückwunsch«, sagte sie schließlich und musterte die vergoldete Gabel, die neben ihrem halb aufgegessenen Rinderfilet auf dem gleichfarbig melierten Porzellanteller lag. Lediglich die kalte Abscheu, die in ihrer Stimme mitschwang, gab einen vagen Hinweis auf ihre tatsächlichen Gedanken.

Ich frage mich, wie spitz diese Gabelzinken wohl sind, S. Ob sie ebenso butterweich durch deinen Handrücken gleiten würden wie durch mein Rinderfilet. Würde ich diese wundervollen goldenen Zinken in deinen knöchernen Handrücken rammen, wärest du im wahrsten Sinne des Wortes am Tisch festgenagelt, sodass ich dieses ebenso wundervolle goldene Messer hier nehmen könnte, um dir deine verdammten manikürten Finger abzuschneiden.

Amanda umfasste ihr Steakmesser und schloss die Augen. Heißer, kupferner Blutgeruch strömte in ihre Nase. Sie hörte das Zersplittern eines Mittelhandknochens.

Ich würde sie einfach abschneiden, und dann würde ich sie auf deinem Kopf drapieren wie ein Diadem. Du hättest den exklusivsten Brautschmuck aller Zeiten, Darling. Ganz L.A. wäre hingerissen von deiner High-End-Fashion-Hochzeitskrone, und von Scarlett Johans-

son bis Victoria Beckham würde jede Frau mit Rang und Namen vor Ehrfurcht erstarren. Alle Augen wären nur auf dich gerichtet, wenn dein aufgeplustertes Ego in deinem fitnessgestylten Size-Zero-Körper Richtung Altar schwebt. Na, wie gefällt dir das, Serena? Wäre das nicht ein großartiges Hochzeitsgeschenk? Ich meine, das wäre wenigstens mal originell, und ich bin mir sicher, dass deinem Hochzeitsoutfit ein bisschen Originalität nicht schaden wird. Seien wir doch mal ehrlich: Es wird nicht Tray sein, der das Kleid aussucht. Sein Papi wird es für dich anfertigen lassen, und Tray wird brav nicken, ehrfürchtig »Danke, Papi« sagen und die Schnauze halten. Scheißegal, ob Papi das gute Stück nun bei Lagerfeld höchstpersönlich in Auftrag gegeben hat oder ob er mit selbst zusammengenähten Kartoffelsäcken anrückt. Tray wird Papi dankbar sein, und du wirst Papi ebenso dankbar sein, weil Papi der mit der schwarzen Kreditkarte ist. Papi zahlt, und deswegen hat Papi Recht. Ist es nicht so, du dämliche, geldgeile Vogelscheuche?

*

»Ich denke, ich sollte gehen.« Abwesend, aber bestimmt platzierte Amanda ein Bündel Dollarnoten neben ihrer kunstvoll gefalteten Stoffserviette und wandte ihren Blick der Garderobe zu, um ihren beigefarbenen Burberry-Trenchcoat zu lokalisieren.

»Jetzt schon?«

Charlene klang überrascht. Serena schwieg und stocherte beleidigt in ihrem Salat herum. Sie hatte von Amandas Seite wohl ein wenig mehr Begeisterung erwartet und empfand ihre sparsame Reaktion auf die frischbesiegelte Verlobung mit einem der reichsten Junggesellen in West Hollywood als massive Kränkung. Amanda kniff die Augen zusammen und versuchte vergeblich, das Bild der abgetrennten, blutüberströmten Hand mit dem ovalen Diamantring am abgemagerten Ringfinger aus ihren Gedanken zu löschen. Das Knirschen der brechenden Knochen haftete noch immer in ihrem Gehörgang, und der metallene Blutgeruch fraß sich in ihre Nasenschleimhäute wie erstklassiges kolumbianisches Koks. Ein heißer Schauer der Erregung kroch ihren Rücken hinunter, und sie bekam eine Gänsehaut, als sie den wachsenden Hunger zwischen ihren Beinen spürte.

»Grüß Phil!«, rief Charlene, und ihr alkoholisierter Schleierblick ruhte entrückt auf dem Hintern eines Kellners, der ihren Nachbartisch mit frischem Geschirr eindeckte.

Amanda nickte bemüht und verabschiedete sich mit aufgesetzter Höflichkeit.

»Geht klar, Coop! Grüß Brian und …« Amanda hielt inne und schenkte einem anderen Kellner, der mit ihrem Burberry-Trenchcoat im Gepäck auftauchte und ihr umständlich in den Mantel half, ein schiefes Lächeln.

»Nochmal herzlichen Glückwunsch, Serena«, beendete sie ihren Satz schließlich, ohne Serena noch eines Blickes zu würdigen. Dann drehte sie sich auf dem Absatz und tauchte wenige Sekunden später in den festlich illuminierten Straßen von Los Angeles unter.

12

PHIL

Phil Curan saß auf dem braunen Wohnzimmersofa und starrte das Telefon an. Die American Spirit in seiner Rechten war bis auf den Filter niedergebrannt, und die Asche, die wie ein steifer Regenwurm zwischen Zeige- und Mittelfinger hervorlugte, drohte sich Richtung Fußboden zu verabschieden. Sein mintgrünes T-Shirt war voller Kaffeeflecken, und das schmutzige Weiß seiner verwaschenen Ralph-Lauren-Boxershorts ging knapp oberhalb der Knie über in ein ebenso schmutziges, behaartes Hellbraun. Sein dunkelblondes Haar war ungekämmt. Die hohe Stirn lag in tiefen Falten, und die fettigen Haarsträhnen, die über seinen Brauen klebten, ähnelten den Tentakeln eines Minitintenfisches. Langsam stand er auf, und seine müden Augen wanderten zögernd in Richtung Flur. Ein milchiger Schleier hatte sich über seine ozeanblaue Iris gelegt, sein Blick war stumpf und trübe.

Phil wusste nicht, wann er zum letzten Mal länger als zwei Stunden am Stück geschlafen hatte. Das Ausmaß seiner seelischen Erschöpfung war schon lange nicht mehr zu ignorieren. Das Gehen fiel ihm schwer, was er aß, erbrach er postwendend, weil alles gleich verdorben schmeckte, und seine Gedanken drehten Runden in der Endlosschleife einer ausgewachsenen Depression. Er hatte kein Zeitgefühl mehr, Tag und Nacht, Stunden und Minuten, alles verwischte in Grautönen, die er nicht mehr voneinander unterscheiden konnte. Langsam, aber sicher verglühten auch die letzten Funken Lebendigkeit im dampfenden Sumpf seiner inneren Dunkelheit. Die Momente, in denen sich so etwas wie Widerstand und Handlungsfähigkeit in ihm aufbäumten, wurden seltener, und diese Tatsache war ihm bewusst. Ebenso wie ihm bewusst war, dass es zunehmend schwerer wurde, jene Momente sinnvoll zu nutzen.

Meistens verpufften diese letzten Funken Lebensenergie einfach ungehört ins Leere.

Schlüssel. Nachttischschublade. Schlafzimmer.

Phil presste die Lippen aufeinander und versuchte die Gedankensplitter in seinem Kopf auf ein imaginäres Kehrblech zu fegen, damit er zumindest den Hauch einer Chance hatte, sie wieder zusammenzusetzen. Der Zigarettenstummel entglitt seinen Fingern, und er ließ ihn achtlos zu Boden fallen. Auf der Suche nach einer Büroklammer steuerte er schließlich schweren Schrittes auf das Klavierzimmer zu.

Gleich wirst du diese Schublade öffnen, Phil. Du wirst ein bisschen MacGyver spielen, und dann wirst du wissen, was Sache ist. Besondere Situationen erfordern besondere Maßnahmen, und in dieser Situation ist es absolut gerechtfertigt, dass du mal kurz von deinen moralischen Grundsätzen abweichst. Du bist immer schon viel zu nachgiebig gewesen. Jetzt siehst du, wohin diese verschissene Selbstlosigkeit und dieses ebenso verschissene Gutmenschentum dich gebracht hat: Du bist eine Witzfigur. Du bist eine gottverdammte Witzfigur, und jämmerlich bist du obendrein.

Nachdem er das Zimmer rechts neben dem Hauseingang betreten hatte, ließ er den Kopf sinken und stützte sich mit den Händen ab auf seinen leicht angewinkelten Knien. Die paar Meter, die er hinter sich bringen musste, um vom Wohnzimmer in den schallisolierten Übungsraum zu gelangen, hatten seinen ausgebrannten Körper dermaßen geschwächt, dass er sich fühlte, als hätte er einen olympischen Marathonlauf hinter sich. Er hatte Mühe, sich auf den Beinen zu halten. Schweratmend fixierte er die beschriebenen Notenblätter, die feinsäuberlich zusammengeheftet auf dem weißen Fazioli-Flügel thronten.

Komm schon. Nur noch ein paar Schritte.

Er versuchte sich zu motivieren, während das Echo seiner heiß gelaufenen Gedankenmaschine anschwoll und sein Gehirn weichklopfte.

Deine Frau verarscht dich doch nach Strich und Faden. Und weißt du, was? Ich glaube, sie hat Spaß daran. Sie spielt ihr kleines perfides Spielchen mit dir und du spielst mit. Du bezahlst ihre Designerfummel, ihre Alkoholexzesse in den teuersten Clubs und ihre wöchentlichen Spa-Besuche. Du bezahlst ihren Friseur, ihren Plasmafernseher und ihre Fußbodenheizung im Bad. Du bezahlst sogar das gottverdammte Klopapier, mit dem sie sich den Arsch abwischt, und lässt dir das alles gefallen. Du fragst nicht mal nach, wenn sie wieder mal nicht nach Hause gekommen ist. Und warum? Weil du schlicht und ergreifend Angst vor einer Auseinandersetzung hast. Wie tief willst du noch sinken, Phil?

Phil stöhnte auf und schlug mit seiner rechten Faust gegen seinen Schädel in der Hoffnung, dass der Schmerz ihn wenigstens einige Sekunden von den lähmenden Gedanken ablenken würde …

Sie ist krank! Sie kann doch nichts dafür! Sie ist krank und sie lässt sich behandeln. Mehr kann sie nicht tun. Mehr könnt ihr beide nicht tun. Meinst du, dass irgendjemandem geholfen ist, wenn du jetzt die Nerven verlierst und ihr eine Riesenszene machst, nur um deine verletzte Eitelkeit zu rächen? Selbst wenn diese lächerliche Spionagenummer, die du hier abziehst, irgendwelche pikanten Details ans Licht bringt: Was hast du davon? Willst du wirklich wissen, warum sie dich Aiden nennt oder was genau sie so alles anstellt, während du im Club bist, um zu arbeiten? Ist ihre Krankheit nicht Erklärung genug? Du hast gewusst, worauf du dich einlässt, als du sie geheiratet hast. Jetzt leb mit den Konsequenzen.

Phil keuchte, schüttelte energisch den Kopf und rappelte sich auf. Sein außer Kontrolle geratener Hirnstoffwechsel hatte sowohl seinen Körper als auch seinen Geist in einen Ausnahmezustand katapultiert, und sein emotionales Bewusstsein hatte sich auf ein Minimum heruntergefahren. Diese Verrohung kam Phil jedoch nicht ungelegen und stellte den mit Abstand angenehmsten Nebeneffekt seiner Depression dar.

Auge in Auge mit dem substanzlosen Inbegriff seiner vollkommenen Vernichtung wurde er zum Sklaven der menschlichen Urinstinkte. Der Korridor seiner Wahrnehmung verengte sich zu einem finsteren Tunnel. Ein Tunnel mit einem kleinen, flackernden Licht am Ende. Ein kleines, flackerndes Licht, wie eine sinnvolle Insel mitten im Meer der Sinnlosigkeit. Und dieses Licht war die verschlossene Nachttischschublade seiner psychisch kranken Ehefrau. Jene quadratische, weiß lackierte Birkenholzschublade, in der all ihre schmutzigen Geheimnisse schlummerten. All die kleinen und großen Sünden, die Amanda Curan während der vergangenen fünf Jahre begangen hatte. All die kleinen und großen Geheimnisse, die sich seit ihrer Hochzeit angesammelt hatten, warteten geduldig darauf, von einem verzweifelten Ehemann ans Tageslicht befördert zu werden, um Antworten auf all die Fragen zu liefern, die er nie zu stellen gewagt hatte.

Nirgendwo ist die Luft so klar und rein wie auf dem absoluten Nullpunkt. Die Gewissheit, dass er nichts mehr zu verlieren hatte, gab Phil Curan die Freiheit, seine Grundsätze über Bord zu werfen. Es war an der Zeit, sich einen Weg durch die bonbonfarbene Zuckerwatte des Wunschdenkens zu bahnen, um sich ohne Angst mit der Wahrheit zu konfrontieren.

Schlüssel. Nachttischschublade. Schlafzimmer.

*

Die untergehende Sonne hatte sich hinter einem regenschwangeren, schwarzblauen Wolkenknäuel versteckt. Es war kurz nach sechs. Phil studierte die beschriebenen Stapel Notenpapier, die in einem akkuraten Abstand von etwa fünf Zentimetern nebeneinander auf dem Flügel lagen. Das Datum, das links oben auf den Deckblättern stand, führte ihm die künstlerische Wüste, in der er in den vergangenen zwei Jahren herumgeirrt war, schmerzlich vor Augen. Die glorreichen Tage des Komponierens waren lange vorbei. Irgendwann hatte er begriffen, dass sich das unbeschriebene Notenpapier nicht mehr füllen würde – egal wie viele Nächte er damit zubrächte, es anzustarren. Er akzeptierte zunächst die Leere auf dem Papier und als logische Konsequenz daraus irgendwann auch die in seinem Kopf. Die Überbleibsel seiner Tage als Komponist genügten für ein abendfüllendes Liveprogramm, und da das Publikum im *Case* zum Großteil aus internationalen Jetsettern bestand und von Woche zu Woche wechselte, fiel es nicht weiter auf, wenn Phil sein Programm nicht großartig veränderte. Snyder war von seinen angestellten Musikern grundsätzlich nicht gelangweilt, solange sie Geld in die Kasse brachten, und Phil selbst war einfach dazu übergegangen, sich die lähmende Routine seiner immer gleichen Konzerte spannend zu trinken. Nach einer halben Flasche Whiskey klang jede Note wie ein Schritt auf unbekanntem Terrain, und wenn er noch zwei bis drei Gläser Cognac nachschüttete, verwandelte sich ein Stück, das bereits locker sechshundert Darbietungen auf dem Buckel hatte, in ein Innovationsmonstrum. Phil ergriff den zweiten Stapel von links und entfernte die silberne Büroklammer, die das Ergebnis einer tagelangen Komponiersession zusammenhielt. Während er bitteren Speichel schluckte, verstaute er die Büroklammer in der Tasche seiner Shorts. Die beschriebenen Notenblätter segelten hinab wie leere Plastiktüten im Wind und verteilten sich auf dem grauen Teppich. Als Phil sich auf den Weg ins Schlafzimmer machte, begann er zu pfeifen, um die Stille mit Leben zu füllen und seiner Tätigkeit eine gewisse Beiläufigkeit zu verleihen. Er versuchte, sich lockerzumachen.

Ich brauchte dringend deinen Ersatzautoschlüssel. Du weißt doch, dass ich deine Privatsphäre respektiere, das habe ich immer getan. Aber ich brauchte den verdammten Schlüssel, und ich wusste, dass du ihn immer in der Schublade aufbewahrst. Ich wäre sonst zu spät zu meinem Auftritt gekommen, und du weißt doch, wie Jared auf Unpünktlichkeit reagiert. Der hätte mir so tief in den Arsch getreten, dass ich bis ans Ende meiner Tage seine Zehen gelutscht hätte. Oder er hätte mich gleich auf die Straße gesetzt. Das verstehst du doch, Baby, oder?

Als er vor Amandas Nachttischschränkchen zum Stehen kam, verstummte er, und der Nachhall seines pseudoentspannten Pfeifkonzertes erstarb. Es roch nach verblichenem Gucci-Parfüm und getrocknetem Schweiß. Beharrliche Stille klebte an den kahlen Wänden. Als Phil sich vor das Birkenholzschränkchen hockte und das münzengroße Schloss mit der Büroklammer bearbeitete, fühlte er keine Bitterkeit mehr. Die Bitterkeit der vergangenen Monate hatte einer masochistischen Neugier Platz gemacht, und seine Lippen formten ein seelenloses Lächeln, als das Schloss nachgab.

Du musst sterben, Herz. Sonst überlebst du nicht.

13

FLASHBACK

Es war bereits dunkel geworden, und Amanda hatte keinen blassen Schimmer, wie lange sie nun schon auf der Parkbank am Straßenrand saß und die angestrahlte Fassade des Beverly Centers anstarrte. Die Schaufenster wurden von gigantischen Lamettagirlanden eingerahmt, und zwischen riesigen Werbeplakaten und Leuchtreklamen sprossen pinkfarbene Tannenbäume aus funkelndem Kunstschnee. Der Mond hatte sich von seinem Wachtposten über den Dächern wegbewegt und verteilte sein kaltes Licht nun außerhalb von Amandas Sichtweite. Sollte er doch. Konnte ihr nur recht sein. Mondlicht war nie romantisch, nie tröstend. Jedes Schlachthaus hatte ein liebevolleres Licht.

Sie leerte ihren Coffee to go mit einem Schluck und platzierte den Pappbecher auf dem Gipfel des kniehohen Müllberges, der sich neben einem überfüllten Mülleimer zu ihrer Linken türmte. Die fatale Mischung aus Übermüdung, Alkohol, Aufputschmitteln und Koffein ließ ihr System dermaßen delirieren, dass sie dem Amoklauf in ihrem Kopf hilflos ausgeliefert war. Erst waren es nur vereinzelte Bilder, die sich durch die rosafarbenen Tannenbäume und Leuchtreklamen fraßen, unzusammenhängende, scheinbar wahllose Momentaufnahmen. Amanda hörte ihrem Herzen dabei zu, wie es einen aus dem Takt geratenen Stepptanz aufführte, und fühlte, wie ihr Körper schrumpfte. In Lichtgeschwindigkeit nahm er ein kompaktes Kleinkindformat an, und Arme und Beine schienen plötzlich nicht mehr die ihrigen zu sein. Es war, als hätte jemand fremde Extremitäten an ihren Rumpf genäht und dabei vergessen, die Sehnen, Muskeln und Nervenstränge miteinander zu verbinden.

Fleischstücke. Nichts als fremde Fleischstücke.

Langsam, aber stetig löste sich die Umgebung vor ihren Augen auf, das aggressive Licht der blinkenden Leuchtreklamen, das Brummen der vorbeifahrenden Autos, die lamettabehängten Schaufenster, die feuermelderrote Zipfelmütze der lebensgroßen Santa-Claus-Figur vor Macy's. Alles schien miteinander zu verschmelzen. Die Grenze zwischen Bild und Ton verwischte, Formen zerfielen, und alles vermengte sich zu einem zähflüssigen, unirdischen Brei, der Amandas kapitulierenden Geist zu verschlingen drohte, um die Essenz ihres Ichs ein für alle Mal auszuradieren. Und dann, dann fiel der Vorhang. Dann machte es Peng in ihrem Kopf und Amanda hielt sich die Ohren zu.

Sie sah sich von oben. Sie sah sich selbst dabei zu, wie sie sabbernd und mit weit geöffnetem Mund auf dieser kleinen Parkbank saß und dachte: *Die hat sie nicht mehr alle.* Dann kam der Flashback. All die bösen Erinnerungen, die sie tief in ihrem Unterbewusstsein vergraben hatte, verbissen sich in ihrem Gehirn wie ein Rudel Straßenköter, um sich danach zu einem ebenso bösen Film zusammenzufügen. Ein Film in High Definition. Ein Film mit glasklarem Surround-Sound.

Amandas Verstand weigerte sich zu akzeptieren, was sich vor ihrem geistigen Auge abspielte, und verzweifelt suchte sie nach einem Ausweg aus ihrem abgeriegelten Privatkino.

Stopp! Stopp! Das ist nicht real! Umschalten, Amanda! Wegdrücken! Komm schon, nimm einfach die Fernbedienung und schalte um!

Es war sinnlos. Sie hatte keine Chance. Der Projektor brummte. Die Stimmen wurden lauter. Die Realität existierte nicht mehr.

Es ist Freitagabend. Im ZDF laufen die Sieben-Uhr-Nachrichten, und die emotionslose Stimme des Nachrichtensprechers mischt sich mit dem Geheul des Windes, der wie ein amoklaufender Einbrecher an den verschlossenen Fensterläden rüttelt. Ana lehnt im Türrahmen und beobachtet ihre Mutter.

Mama steht vor der Spüle und braust sechs hart gekochte Eier mit kaltem Wasser ab. Ihre hängenden Mundwinkel zittern, und die Trauerfurchen, die sich bis zu ihrem Kinn hinabziehen, verleihen ihrem Gesicht eine Verbissenheit, die Ana an die hölzernen Züge eines Nussknackers erinnert. Ein gespenstisches Summen liegt auf diesen hölzernen Lippen. Mama summt immer, wenn sie versucht, sich selbst zu beruhigen. Die Zeit hat Ana allerdings gelehrt, dass dieser Versuch scheitern wird. Mama wird nicht in der Lage sein, sich selbst zu beruhigen.

»Magst du schon mal die Teller hinstellen, Schätzchen? Papa müsste jede Minute heimkommen, und er freut sich bestimmt, wenn der Tisch schön gedeckt ist.«

Mamas Hände pellen dampfende Eier. Sie dreht sich zu ihrer Tochter um, als sie mit weinerlicher Duckmäuschen-Stimme fortfährt: »Wir sind doch eine Familie. Und ich finde es ganz wichtig, dass der Tisch schön gedeckt ist, wenn wir schon mal alle beisammen sind. Der Papa hat bestimmt Hunger, wenn er kommt. Ich hab russische Eier gemacht. Die mag er doch so gern«

Ana nickt und öffnet schweigend den Geschirrschrank.

Kannst du verdammt noch mal aufhören, so furchtbar traurig zu klingen, Mama?

Die Nachrichten sind vorbei. Im ZDF läuft nun irgendeine Arztsendung. Ana verteilt schweigend die Teller auf dem Wohnzimmertisch. Sie zündet eine goldene Kerze an und schaltet den Fernseher aus. Auf ProSieben hat vor zehn Minuten die *Bill Cosby Show* angefangen, und wie so oft wünscht Ana sich einen eigenen Fernseher. Und sie wünscht sich, groß zu sein. So groß wie ihre Schwester. So groß, dass sie ihr familiäres Gefängnis verlassen und weit wegziehen kann. So wie es Claudine vor zwei Jahren gemacht hat. Dann müsste sie nicht mehr mit ihren Eltern zu Abend essen und jedes Mal aufs Neue darauf hoffen, dass Papa ausnahmsweise einmal nüchtern nach Hause kommt. Dann könnte sie die *Bill Cosby Show* anschauen, wann immer sie will. Dann könnte sie damit aufhören, dieses grauenhafte, längst schon verlorene Heilige-Familie-Spielchen mitzuspielen. Dann müsste sie nicht mehr ständig in das aufgelöste Gesicht ihrer Mutter blicken, dieses zerfurchte, rückgratlose Nussknackergesicht, das sie immer wieder daran erinnert, dass sie es sich nicht erlauben kann, ein unbeschwertes Kind zu sein.

Ana hält inne, als sie hört, wie sich die Haustür öffnet. Ein eisiger Luftzug zersetzt das Kerzenlichtambiente und Ana hält unwillkürlich den Atem an. Vorsichtig lugt sie durch den Spalt der geöffneten Wohnzimmertür und versucht einen Blick in den Flur zu erhaschen. Papa schwankt, als er sich die Schuhe auszieht. Ana verspürt den Reflex, zu ihm zu laufen und ihn festzuhalten, damit er nicht stürzt. Doch sie rührt sich nicht, weil sie weiß, dass es Papa nur wütend machen würde.

Mama hat aufgehört zu summen. Sie hält ein Schälchen mit Mayonnaise in der Hand. Ihr Lächeln wirkt so angestrengt und schwermütig, dass man meinen könnte, sie wäre auf einer Beerdigung und nähme Kondolenzwünsche entgegen. Der unterwürfige Blick in ihren Augen trifft Ana bis ins Mark, und sie ballt ihre Kinderhände zu mandarinengroßen Fäusten. Die Rotweinreste in Papas Mundwinkeln haben ein groteskes Grinsen in sein Gesicht gemalt. Er ist geistig abwesend, wie immer. Seine Gedanken kreisen entweder um die letzten zwanzigtausend Mark, die er sich von Mama geliehen und anschließend an der Börse verbrannt hat oder um diese rothaarige Zahnärztin aus Hamburg, die ledige Mittdreißigerin mit den großen Brüsten, der er schon vor vier Monaten versprochen hat, reinen Tisch zu machen, damit er endlich mit ihr gemeinsam in eine kernsanierte Dachgeschosswohnung in Eimsbüttel einziehen kann. Mama weiß das genau, und der emotionale Kraftakt, den die Verdrängung dieser Tatsachen mit sich bringt, verwandelt sie Stück für Stück in etwas, das so bemitleidenswert ist, dass man nicht weiß, ob man Wut, Ekel oder Mitgefühl empfinden soll, wenn man ihr dabei zusieht.

»Wir haben mit dem Essen auf dich gewartet. Ana hat schon den Tisch gedeckt und es gibt russische Eier.«

Einen Moment lang glimmt ein kindliches Leuchten in Mamas Augen. Es ist ein illusorisches Leuchten. Ein Leuchten wie eine Fata Morgana unter der sengenden Saharasonne. Ein Trugbild, das der verlorene Abenteurer sieht, kurz bevor er von Hunger, Durst und Erschöpfung dahingerafft wird.

»Ich habe keinen Hunger, Gabi.« Papa taumelt leicht, als er Ana beiseite schubst und zielstrebig auf die üppig ausgestattete Hausbar neben dem großen Wohnzimmerschrank zusteuert. Sein Gesicht schimmert in einem eitrigen Gelb, und Ana hat Angst. Sie hat furchtbare Angst und weiß noch nicht einmal genau, wovor. Aber die Angst ist nicht das Schlimmste.

Das Schlimmste ist die Stille. Diese Stille, die so laut ist, dass sie selbst mit Ohropax nicht zu ertragen wäre. Diese nagende, nicht greifbare Grabesstille, die sich wie ein Krebsgeschwür durch die glatte Fassade dieser glücklichen Familie aus der oberen Mittelschicht frisst.

Papa öffnet die Vitrine links neben dem Fernseher, und wenig später kehrt er mit einer Flasche blauem Spätburgunder und einem Rotweinglas an den Wohnzimmertisch zurück.

»Gib mir mal 'nen Öffner.«

Seine Stimme klingt herrisch. Der Rotwein hat seine Zähne blau gefärbt. Es sieht ein bisschen so aus, als hätte er mit Tinte gegurgelt. Mama stellt die Schale mit Mayonnaise sowie eine Flasche Öl und Balsamicoessig neben die gepellten Eier und wendet sich ihrer Tochter zu.

»Hast du nicht gehört, was Papa gesagt hat?«, zischt sie wütend. Ohne es zu merken, schüttelt Ana den Kopf und zuckt erschrocken zusammen, als sich Mamas Duckmäuschen-Stimme urplötzlich in das Keifen einer wahnsinnig gewordenen Hexe verwandelt. »Hol gefälligst den verdammten Flaschenöffner aus der Küche und mach Papa die Weinflasche auf!«

Ana gleitet mit ihrer Zunge über ihre rissigen Lippen und tut, was Mama sagt. Wenn Mama zu keifen anfängt, sollte man keine Fragen stellen. Wenn Mama zu keifen anfängt, sollte man die Klappe halten. Wenn Mama zu keifen anfängt, sollte man tun, was von einem verlangt wird, und beten, dass die Situation nicht eskaliert.

»Schau her, ich habe auch Brötchen aufgebacken«, säuselt Mama in Papas Richtung und klingt jetzt wieder sanft wie ein Lamm. Es ist, als hätte sie jemand mit einem Zauberstab berührt und binnen Sekunden von der keifenden Hexe in das devote Duckmäuschen zurückverwandelt.

»Ich habe keinen Hunger, Gabi«, wiederholt Papa tonlos. Ana reicht ihm die geöffnete Weinflasche, und grinsend füllt er sein Glas.

»Ich habe mir solche Mühe gegeben, Thomas.«

Mama gibt noch nicht auf. Sie setzt sich neben Papa und reicht ihm den Brotkorb. »Willst du denn wirklich nichts …«

»Nein!« Jetzt brüllt Papa, und Mama schiebt sich ängstlich ein Stück Baguette in den Mund, während sie Ana einen verzweifelten Blick zuwirft. Es ist ein Blick, der sprechen kann. In einer Sprache, die nur Ana versteht. *Kannst du nicht wenigstens ausnahmsweise einmal versuchen, ein anständiges Kind zu sein? Ich meine es doch nur gut! Ich habe immer alles für die Familie getan, und was ist der Dank dafür? Ihr lasst mich alle im Stich! Ihr lasst mich alle allein!*

Ana weicht Mamas Blick aus, starrt auf ihren leeren Teller. Sie weiß, dass sie jetzt etwas sagen sollte. Irgendetwas, um die Situation zu retten. Irgendetwas Schönes. Irgendetwas Lustiges. Irgendetwas Alltägliches. Doch Ana hat keine Kraft mehr. In ihrem Kopf herrscht Leere, vollkommene Leere.

Lass dir was einfallen, du dumme Kuh! Zur Not erfinde irgendwas. Mach aus der Fünf in Mathe einfach eine Drei, dann wird Mama nicht mehr so furchtbar traurig sein, und vielleicht geht Papa dann schlafen, bevor er die zweite Flasche Wein aufmacht. Das ist eine Notlüge! Und wenn die Sache auffliegt, dann bestimmt an einem Tag, an dem es Mama besser geht und an dem Papa nicht zu Hause ist. SAG WAS, ANA! SAG WAS!

Mamas monolithischer Blick erinnert Ana immer an radioaktive Strahlung. Sein Zerstörungspotenzial ist unsichtbar. Er zerfrisst ihr kleines Kinderherz mit einer Beständigkeit, die irgendwann tödlich enden wird. Für Ana. Oder für Mama. Oder für beide.

»Ich kann es nicht mehr sehen. Ich kann es einfach nicht mehr sehen.« Papas Stimme ist kaum hörbar, und seine blaurot gefärbten Mundwinkel zittern. Die Luft in dem festlich beleuchteten Wohnzimmer wird immer dünner, und Ana merkt erst, dass sie aufgehört hat zu atmen, als sie rot anläuft. Sie hebt den Kopf und will etwas sagen. Aber Papa kommt ihr zuvor.

»Du hängst mit deinem Gesicht gleich im Essen, Gabi. Du hängst über dem Teller wie ein Hund über seinem Napf.«

Papas Stimme ist immer noch leise, aber der Ekel, der in ihr mitschwingt, ist rasiermesserscharf. Mamas manikürte Fingernägel krallen sich in den dunkelgrünen Bezug des teuren Wohnzimmerstuhls. Ihre Lippen formen einen zitternden Kussmund. Das tun sie immer, bevor Mama in Tränen ausbricht. Ana hasst diesen Kussmund fast so sehr wie Papa. Er zeigt genau das, was keiner der Anwesenden ertragen kann. Er zeigt das Fass, das kurz vor dem Überlaufen ist. Er zeigt den Schnellkochtopf, den man nicht mit kaltem Wasser abbraust, bevor man den Deckel aufmacht.

Mamas Augen füllen sich mit Tränen. Papa leert die Weinflasche. Der Wind heult und rüttelt an den Läden. Ana ist gelähmt. Wie angewurzelt kauert sie vor ihrem leeren Teller und ist unfähig zu reagieren, als Mama in der Küche kreischend zusammenbricht.

14

PHIL II

Phil hatte die Deckenlampe eingeschaltet, und der 234 Watt starke LED-Strahler präsentierte ihm den Inhalt der geöffneten Nachttischschublade mit kompromissloser Deutlichkeit. Phil erhob sich, setzte sich auf die Bettkante und holte tief Luft, ehe er sich dem Schubladeninhalt zuwandte.

Sie war bis zum Rand gefüllt mit Pillendöschen und Tablettenschachteln, und Phil war gleichermaßen entsetzt wie irritiert, als er die Medikamente näher in Augenschein nahm. Von Adderall bis Abilify, von Prozac bis Promethazin und von Xanax bis Seroquel: Was er hier vorfand, glich dem vollausgestatteten Medikamentenschrank einer psychiatrischen Notaufnahme. Er fragte sich, wie Amanda zu einem derartigen Tablettenvorrat gelangt war. Und er dachte an Claudine. Er dachte daran, wie sie ihn im vergangenen Sommer nach dem Verlauf von Amandas Therapie gefragt hatte. Die Antwort, die er ihr daraufhin gegeben hatte, hallte in seiner Erinnerung wieder und er schloss die Augen.

Sie spricht mit mir nicht über die Therapie.

Jetzt war ihm auch klar, warum Amanda ihre Tabletten nicht mehr im obersten Fach des Badezimmerschrankes aufbewahrte: Es war schlicht und ergreifend zu klein geworden.

Langsam, ganz langsam begannen sich die Puzzleteile in seinem Kopf zusammenzusetzen. Phil sehnte sich nach einem Drink. Ein Teil in ihm weigerte sich, weiter zu puzzeln, weil ihm klar war, dass das fertige Puzzle beschissen aussehen würde. Noch hatte er zwar keine Vorstellung davon, wie beschissen, aber das Psychopharmaka-Biotop zu seiner Rechten lieferte ihm eine vage Ahnung von dem, was hinter der Hochglanzfassade seiner Frau tatsächlich vor sich ging.

Es verging eine gute halbe Stunde, ehe er sich einen Ruck gab und die Medikamente aus der Schublade räumte, um zu sehen, ob Amanda sonst noch etwas in ihr aufbewahrte. Und natürlich wurde er fündig. War ja klar: Das Leben hatte es sich zur Gewohnheit gemacht, noch mal richtig derbe nachzutreten, wenn er bereits am Boden lag. Immer, wenn Phil Curan glaubte, den absoluten Tiefpunkt erreicht zu haben, zeigte es ihm mit schelmischem Grinsen die Arschkarte und machte ihm unmissverständlich klar, dass es noch Luft nach unten gab. Die gab es immer, und dieses Mal befand sie sich in einem schlichten weißen Pappschnellhefter.

Es mussten so um die hundertfünfzig Seiten sein. Komplett beschrieben. Ohne Absätze. Schriftgröße zehn.

Phil sah aus wie frisch ertrunken, als er den Schnellhefter an sich nahm und seine Fingerspitzen über die durchsichtige Schutzfolie gleiten ließ. Mit zusammengekniffenen Augen betrachtete er den futuristischen Schriftzug, der wie ein riesiges Warndreieck auf dem Deckblatt prangte:

Amanda Curan
SEELENFRAKTUR
Roman

Er zögerte eine Weile, ehe er die Seite umblätterte, um einen Blick in das Manuskript zu werfen. Ihm war bewusst, dass seine Frau ihn umbringen würde, wenn sie herausbekäme, dass er ihren unfertigen Roman in die Finger bekommen hatte. Amanda war immer schon extrem zurückhaltend gewesen, wenn es um Details ihrer Arbeit ging. Wenn sie an einem Roman arbeitete, tauchte sie ab. Wenn sie an einem Roman arbeitete, waren die Figuren, die sie in ihren Geschichten zum Leben erweckte, ihre einzigen Freunde, und Phil hatte sich damit abgefunden, dass seine Frau während des Entstehungsprozesses eines neuen Buches zeitweise vollkommen aus dem realen Leben ausstieg, um sich kettenrauchend hinter ihrem

Notebook zu verbarrikadieren. Er war nicht begeistert darüber, dass sie ihm keinerlei Sonderrechte einräumte und darauf bestand, dass er, wie alle anderen auch, auf den offiziellen Veröffentlichungstermin warten musste, ehe er in den Genuss ihres neuen Buches kam. Allerdings hatte er großen Respekt vor Amandas schriftstellerischen Fähigkeiten, und da ihm klar war, dass man das Verfassen eines Buches in keiner Weise mit seinen dreimal wöchentlich stattfindenden Klavierkonzerten vergleichen konnte, akzeptiere er, dass Amanda ihn in dieser Hinsicht aus ihrer Welt ausschloss. Es tat weh, aber Phil hatte keine Ahnung vom Schreiben, und so stand es ihm nicht zu, sich einzumischen oder ihre Arbeitsweise zu kritisieren.

Doch hier, in diesem Fall, sah er sich gezwungen, eine Ausnahme zu machen. Außerdem hatte er die unsichtbare Schwelle zur Intimsphäre seiner Frau bereits in dem Moment überschritten, in dem er ihre Nachttischschublade aufgebrochen hatte. Das Kind war schon in den Brunnen gefallen. Jetzt gab es kein Zurück mehr. Die verbotene Schublade stand sperrangelweit offen, und Amandas Privatsphäre präsentierte sich ihm auf einem Silbertablett. Die Sache war gelaufen. Jetzt kam es auch nicht mehr drauf an, ob er ein wenig in ihrem aktuellen Manuskript herumblätterte oder nicht.

Ein Blick auf die silberne Citizen-Pilot-Funkuhr, die locker um sein rechtes Handgelenk baumelte, beendete seine Unschlüssigkeit. Phil holte tief Luft, positionierte sich im Schneidersitz auf der ungemachten Satinbettwäsche und begann in dem Schnellhefter herumzublättern. Es war bereits nach acht, und er durfte keine Zeit verlieren, wenn er nicht auf frischer Tat ertappt werden wollte.

Amandas Schreibstil war dicht und komplex. Die Sätze waren so lang und verschachtelt, dass sie entfernt an die von Thomas Mann erinnerten, und Phil überflog den Text zunächst nur. Er hatte nicht genug Zeit, um sich Satz für Satz mit ihm auseinanderzusetzen. Auf Seite vierundfünfzig jedoch hielt er inne. Da war ein Wort, das sich mit der alarmierenden Zielsicherheit eines Laserpointers aus dem Satzgefüge schälte. Ein Wort, das sich ohne Umweg direkt in seine Augen bohrte, sodass Phil sich wünschte, auf der Stelle zu erblinden. Fünf Buchstaben, die über ihn kamen wie eine Geißel Gottes:

AIDEN

Phils Hände zitterten, seine Augen brannten, und die Anspannung ließ seine Gesichtszüge entgleisen, als er zu lesen begann:

Aiden war bis ans äußerste Ende des Sitzes zurückgewichen und lehnte mit seinem Kopf am Fenster der Fahrertür. Sein Atem zitterte und in seinem Gesicht zeichnete sich eine Betroffenheit ab, die so bodenlos war, dass Ana sich so schuldig fühlte wie nie zuvor in ihrem Leben. Sie fühlte sich schuldig und hilflos. Und sie schämte sich. Sie schämte sich furchtbar. Aber sie wusste nicht, warum. Sie ekelte sich, aber sie wusste nicht, wovor. War das Selbstekel? Oder ekelte sie der Akt des Küssens an sich an? Oder ekelte sie sich etwa vor … Sie schnitt ihre Gedanken abrupt ab und schüttelte energisch den Kopf. Nein, das war unmöglich! Sie liebte Aiden. Sie liebte ihn, wie sie noch nie zuvor einen Menschen geliebt hatte. Genau genommen war er es gewesen, der ihr gezeigt hatte, was Liebe eigentlich ist. Wieso um alles in der Welt …

Die Beine sind schwer wie Blei. Es ist, als wären es gar nicht MEINE Beine. Fremde Fleischstücke. Nichts als fremde Fleischstücke. Alles ist warm und weich. Ich bin von Watte umgeben. Flauschige, cremefarbene Watte. Der Nebel in meinem Kopf lässt mich schweben. Ja, ich schwebe und die Luft duftet nach Frühling.

Du sabberst, A! Mach den Mund zu.

Sabbern? Wieso finde ich das jetzt witzig? Also … nicht Lachflash-mäßig witzig, aber irgendwie erheiternd. Heiter bis wolkig. Alles heiter bis wolkig.

Mund will nicht zugehen. Auch egal. Bleibt er halt offen.

Alter Falter! Du hast offenbar die absolute Tranquilizer-Jacobs-Krönung intus, was?

Durch meine Adern cruist der Rolls-Royce der Sedativa. Mit beschwingter Heiterkeit schwebt er durch den Nebel.

Wo kommt diese Stimme her? Alles dumpf. Alles weich. Alles sauber. Alles sicher. Aber … die Stimme … die Stimme … die STIMME …

Aiden öffnete den Mund, um etwas zu sagen, schloss ihn aber sogleich wieder. Ana starrte mit weit aufgerissenen Augen durch ihn hindurch. Ihre Pupillen waren so stark geweitet, dass ihre Augen wie zwei Löcher wirkten. Zwei schwarze Löcher in einem Engelsgesicht. Augen, welche die Realität in sich aufsogen, um sie auf ihrer Netzhaut zu brechen und anschließend durch das Kaleidoskop des Wahnsinns zu schicken. Übrig blieb das Zerrbild einer Wirklichkeit, die Ana vollends entglitten zu sein schien.

»Du willst mich, nicht wahr? Du willst, dass ich meinen harten, heißen Schwanz in deinem hungrigen Arschloch versenke. Krankes, geiles Luder. DU KRANKES GEILES LUDER! Soll der Herr Doktor es dir mal so richtig besorgen, ja?! Soll der Herr Doktor …«

»Was tun Sie da?«

Du träumst, Ana!

Die Gier in seinen Augen! Die Gier hinter der Ray-Ban-Brille. Das Gesicht kommt näher … immer näher, und dieser Geruch … dieser furchtbare Geruch: faulig und süß. Es riecht nach Sterben! ER riecht nach Sterben!

Alles gut, Ana! Einfach wegschweben … tiefer in den Nebel hinein.

Meine Beine: fremde Fleischstücke. Nichts als fremde Fleischstücke. Und … siehst du die Gier?! G-I-E-R! Widerliche, schreiende, abgründige, seelenlose GIER … hinter der Brille. Die Ray-Ban-Brille …

Ich brauche Luft. Jemand muss atmen! – Atme, Ana! ATME!

*

Phil atmete aus und stellte in der nächsten Sekunde fest, dass er nicht mehr einatmen konnte. Es fühlte sich an wie ein Lungenkrampf. Er wollte atmen, aber sein Gehirn schmierte ab. Es machte sich selbstständig. Es legte einfach so die Arbeit nieder und weigerte sich, mit seiner Lunge zu interagieren. Phil ließ den Schnellhefter sinken und drückte seinen Hals. Da war ein Pfropf in seiner Gurgel. Blockade. Keine Luftröhre. Er wollte schreien, und dann kam sie, die Luft. Sie kam, aber sie ging nicht rein. Seine Lungenflügel bettelten um Sauerstoff, und Phil war sich sicher, dass er ersticken würde. Das war die Strafe für seine Neugier. Das war der Preis, den er für sein kleines Sherlock-Holmes-Spielchen zu zahlen hatte. Er würde einfach so ersticken. Jetzt. In diesem Moment. Es wurde hell um ihn herum. Dann wurde es dunkel. Dann tanzten Sternchen durch die Schwärze vor seinen Augen. Er versuchte aufzustehen, doch seine Beine gehorchten ihm ebenso wenig wie seine Lunge, und er brach auf dem Laminat vor dem Bett zusammen, als ein kleines, gemeines, Klarheit bringendes Zitat aus Amandas Skript seine Gedanken belagerte.

Du willst mich, nicht wahr? Du willst, dass ich meinen harten, heißen Schwanz in deinem hungrigen Arschloch versenke. Krankes, geiles Luder. DU KRANKES GEILES LUDER! Soll der Herr Doktor es dir mal so richtig besorgen, ja?! Soll der Herr Doktor …

Phil würgte und dann … endlich: Luft! Ein Rinnsal von Luft, das sich am Pfropf in seiner Kehle vorbeischlängelte. Ein warmes, erlösendes Rinnsal von Luft, das in seine brennende Lunge sickerte. Sein Brustkorb hob sich. Und senkte sich. Und hob sich erneut. Es atmet, dachte Phil. Gut so, weitermachen. Ein. Und aus. Ein. Und aus. Ganz ruhig. Ganz langsam.

Alles schmerzte, aber die Luft blieb. Und dann ging sie, um einen Atemzug später wiederzukommen. Sie ging und blieb und fand schließlich einen konstanten Rhythmus. Phil kauerte auf dem Boden wie ein geprügelter Hund, und die Nachwehe seiner Panikattacke verlieh ihm die Ausstrahlung eines aufgeweichten Gummibärchens. Er wirkte wie ferngesteuert, als er das Skript in die Schublade zurücklegte und die Medikamente einräumte, und es dauerte eine Weile, ehe er die Kraft fand aufzustehen und ins Bad zu gehen, um den stinkenden Schweiß von seiner Haut zu waschen. Er duschte, bis die Innenflächen seiner Hände furchig waren. Die Schärfe seines Mundwassers betäubte seinen Rachen, als er den kalten Ekel, der stur und trocken in seinem Mund haftete, in den Ausguss spuckte.

15

RADIKALE AKZEPTANZ

»Der Professor ist schon vor zwei Stunden gegangen, Mrs. Curan. Es tut mir leid, aber ich kann wirklich nichts für Sie tun«, erklärte die Sekretärin, und das Mitgefühl in ihrer Stimme war beinahe so künstlich wie ihre wassermelonengroßen Brüste.

Amanda hob den Kopf und musterte den überdimensionalen Computerbildschirm, hinter dem das mandelbraune Sekretärinnengesicht vor wenigen Sekunden verschwunden war. Die Frau musste neu eingestellt worden sein. Amanda hatte sie noch nie zuvor gesehen. Vielleicht braucht Mister Freuds Liebeskanone ab und zu ein bisschen Abwechslung, da kommt der knackige Arsch einer devoten Vorzimmerdame doch durchaus gelegen, schoss es ihr durch den Kopf, und ihre Verzweiflung mischte sich mit einer unbändigen Wut.

»Dann rufen Sie ihn an, verdammt noch mal!«

Amandas Stimme bebte, und sie schlug mit der Faust auf die laminatbeschichtete Gütespanplatte des dunkelbraunen Empfangstresens. Hinter dem Computerbildschirm tat sich etwas und Amanda erkannte durch den Schleier ihrer Tränen hindurch, dass die Sekretärin aufgestanden war. Sie umrundete das wuchtige Empfangsmobiliar und kam unmittelbar vor Amanda zum Stehen.

»Das kann ich leider nicht tun, Mrs. Curan. Der Professor befindet sich nicht im Dienst und ich bin angehalten, Patienten mit einer akuten Krise an den psychiatrischen Notdienst zu verweisen«, stellte sie routiniert fest, während sie Amanda beschwichtigend eine Hand auf die Schulter legte. »Die Kedren-Klinik ist nicht weit von hier und ich bin sicher, dass man Ihnen dort weiterhelfen wird. Ich kann Sie hinfahren, wenn Sie möchten.«

Amanda taumelte ein paar Schritte nach hinten und ließ sich in einen violetten Sessel fallen, der rechts neben dem Empfangstresen an der Wand stand.

»Der Professor behandelt mich seit vielen Jahren, und er hat mir ausdrücklich gesagt, dass ich ihn im Falle einer akuten Krise auch außerhalb der Sprechzeiten kontaktieren kann«, log sie und hielt den Atem an, als die Sekretärin vor ihr in die Hocke ging und sich ein paar M&Ms in den Mund schob. Ein Aroma von Imbiss und schlechter Laune ging von ihrem champagnerfarbenen Hugo-Boss-Kostüm aus, und Amanda hätte ihr am liebsten mitten ins Gesicht geschlagen, um dieses teilnahmslose Lächeln aus ihrer gepuderten Visage zu prügeln. Doch sie tat nichts dergleichen, sondern gab weiterhin das Opferlamm, da sie diese Rolle für effektiver hielt. Außerdem brauchte sie tatsächlich Hilfe. Sie brauchte dringend Hilfe, und sie brauchte Medikamente. Je stärker, desto besser.

»In Ordnung«, murmelte die Sekretärin kauend. »Ich werde ihn anrufen.« Sie stand auf und leerte die M&Ms-Tüte. Die Mischung aus Schokolade, zerkauten Nüssen und zähflüssigem Speichel färbte ihre Zähne in einem Ton, der gefährlich an Scheiße erinnerte, und Amanda wurde übel.

»Warten Sie hier«, fügte sie bestimmt hinzu und verschwand im Behandlungsraum. Amanda blieb zurück und rekapitulierte den Tag, an dem sie zum allerersten Mal auf dem antiken Ledersofa im Behandlungsraum Platz genommen hatte. Vor ungefähr zweieinhalb Jahren.

Es ist brüllend heiß, und ihr scharlachrotes Sommerkleid von Coccinelle klebt wie eine zweite Haut an ihrem Hintern, als sie schweigend aus dem Auto steigt. Die Felgen reflektieren die erbarmungslosen UV-Strahlen des kalifornischen Sommers und Amanda blinzelt, als sie ihren Ehemann über das silberne Autodach hinweg ansieht. Muss das wirklich sein? Muss sie jetzt tatsächlich dort reingehen und ihre Intimsphäre vor einem Seelenklempner ausbreiten?

»Komm schon, Baby. Jeder zweite US-Bürger geht zum Psychologen. Das gehört schon fast zum guten Ton. Das ist Peanuts. Ungefähr so ausgefallen wie Zähneputzen. Und wenn du nach dem Erstgespräch nicht zufrieden bist, brauchst du ja nicht wiederkommen. Niemand zwingt dich zu irgendwas. Es ist doch nur ein Versuch. Es ist eine Chance, Mandy …«

Phils wochenlange Überzeugungsarbeit hatte Amanda irgendwann nachgiebig gestimmt. In einem Moment tiefster Reue, den ihr letzter kokaininduzierter Ausraster im eigenen Ehebett nach sich zog, hatte sie eingewilligt und sich bereiterklärt, eine Therapie zu machen. Vordergründig, um ihre Ehe zu retten, tatsächlich aber auch um ihrer selbst willen. Amanda weiß, dass ihre pathologische Untreue und die zahlreichen Alkohol- und Drogenabstürze nur ein Symptom darstellen. Ein Symptom, dessen Ursache nicht nur ihre junge Ehe, sondern auch sie selbst zerstören wird, wenn sie nichts unternimmt. In Anbetracht dieser unumstößlichen Gewissheit hat sie ihren Stolz an diesem Donnerstagmittag zu Hause gelassen und ist bereit, dem Psychiater eine Chance zu geben. Sie ist bereit, sich zu öffnen. Sie ist bereit für einen bilderbuchmäßigen Seelenstriptease, und Phil lächelt ihr aufmunternd zu, als sie ihn am Empfang zurücklässt und die Tür zum Behandlungsraum hinter sich schließt.

Das Büro des Psychiaters atmet die Atmosphäre von antikem Eichenholzmobiliar und Büffelleder. Links neben seinem wuchtigen Schreibtisch tickt eine alte englische Standuhr vor sich hin. Das kupferne Ziffernblatt ist in ein massives Gehäuse aus feinstem Mahagoni eingearbeitet, und Amanda fragt sich, welches Möbelstück in diesem Raum wohl das teuerste ist. Vermutlich kämpft die Standuhr mit dem royal anmutenden Ledersofa, in dessen Mitte Amanda zögernd Platz genommen hat, um die finanzielle Poleposition. Der Psychiater blättert mit abgezirkelten Bewegungen in Amandas Krankenakte, und sein feines Lächeln wirkt wie eine doppelt verriegelte Tür. Amanda beobachtet, wie er in regelmäßigen Abständen aufblickt und seine Augen scheinbar zufällig in ihrem Ausschnitt ruhen lässt.

»Nun, Mrs. Curan, was kann ich für Sie tun?«, beginnt der hochgewachsene Endfünfziger schließlich ein belangloses Gespräch, an dessen genauen Inhalt sie sich nicht mehr erinnern kann. Seine Stimme hat einen Klang, der dem Schnurren einer Katze gleicht, und sie hat eine seltsam beruhigende, beinahe hypnotisierende Wirkung auf Amanda. Das stoische Ticken der Standuhr ist einschläfernd wie ein Wiegenlied, und die komplette Therapiestunde wäre wie ein warmer Windhauch einfach an Amanda vorbeigeweht, hätte der Psychiater kurz vor Ende der obligatorischen fünfzig Minuten nicht eine Aussage getätigt, die sie mit der kompromisslosen Wucht einer Naturgewalt aus ihrem mentalen Standby-Modus reisst.

Der schnurrende Tranquilizer-Sound seiner Stimme ist einer unerwarteten Stringenz gewichen. Der Blick, der durch das High-Index-Glas seiner Ray-Ban-Brille schießt, ist aufmerksam und stechend, und mit einem Mal wirkt er älter, als er tatsächlich ist. Viel älter.

»Am Ende des Tages sind wir alle Opfer, Mrs. Curan. Ich denke, dass Sie diese Tatsache annehmen sollten.«

Amanda weicht seinem Blick aus und betrachtet die Monet-Reproduktion an der Wand hinter ihm. Nachdem sie eine Weile über seine Aussage nachgedacht hat und feststellen muss, dass sie nicht sicher ist, was genau er damit meint, versucht sie eine Frage zu formulieren.

»Sie sprechen von …«

»Ich spreche von radikaler Akzeptanz. Für Sie hat Sex sehr viel mit Schmerz zu tun. Sie brauchen diesen Schmerz, weil Sie sich Ihre eigene Lust nur erlauben, wenn Sie gleichzeitig dafür bestraft werden. Lustempfinden und Liebe sind für Sie nicht miteinander vereinbar, und Sie brauchen jemanden, der Ihnen wehtut … ab und an. Sie brauchen jemanden, der Sie misshandelt, damit sie sich nicht selbst misshandeln müssen. Akzeptieren Sie das. Hören Sie auf, darüber nachzudenken. Hören Sie auf, nach dem Warum zu fragen. Sie würden die Antwort nicht überleben.«

Amanda ist gleichermaßen irritiert wie beschämt über die plötzliche Unverblümtheit ihres Gegenübers. Sie spürt, wie eine heiße Schamesröte blitzartig in ihren Kopf schießt und die Haut über ihren Wangenknochen färbt.

»Soll das heißen …«

»Das soll heißen, dass Sie ihre Erinnerungen an bestimmte Dinge einfach dort lassen sollten, wo sie sind. Versuchen Sie nicht, in Ihrem Unterbewusstsein herumzukramen, sondern akzeptieren Sie sie im Hier und Jetzt. Verdrängung muss nicht zwangsläufig Schwäche bedeuten. Manchmal ist Verdrängung überlebenswichtig. Es gibt keine Heilung, Mrs. Curan. Es gibt nur Akzeptanz und Demut.«

Jetzt erwidert Amanda den Blick des Psychiaters und registriert, dass das Braun in seinen Augen Feuer gefangen hat.

»Aber ich kann so nicht weiterleben!«, entgegnet sie und schluckt ihre Verunsicherung hinunter, um Kontrolle über die Situation zu erlangen. Der Psychiater entledigt sich seiner Ray-Ban-Brille und lächelt ein Lächeln, das irgendwo zwischen Gier und Güte changiert.

»Doch, Sie können. Und ich werde Ihnen dabei helfen.«

Amanda lacht laut auf. »Und wie wollen Sie das anstellen?« Die Verächtlichkeit in ihrer Stimme ist unüberhörbar, doch ihr Gegenüber lässt sich nicht aus der Ruhe bringen.

»Es gibt Medikamente, die dafür sorgen, dass gewisse Dinge nicht so leicht in Ihr Bewusstsein vordringen können. Medikamente, die Sie schützen und Ihnen vieles erleichtern.«

»Das ist alles?«, fragt Amanda, und die Höflichkeit in ihrer Stimme klingt ironisch. Sie ist im Begriff, die Sitzung vorzeitig zu beenden, als der Psychiater plötzlich aufsteht und neben ihr auf dem Sofa Platz nimmt. Er sieht sie an, und sie spürt seinen warmen Atem in ihrem Gesicht. Er riecht nach Kautabak und gerösteten Kaffeebohnen.

»Nicht ganz«, antwortet er schließlich, und Amanda fährt zusammen, als er seine Hand auf ihren rechten Oberschenkel legt und mit seinen Fingern über den Saum ihres Kleides streicht. »Ich kann Ihnen geben, was Sie von Ihrem Ehemann nicht bekommen können.«

Amanda starrt ihn fassungslos an und wischt sich durch das Gesicht. Seine Hand liegt immer noch auf ihrem Oberschenkel. Mit unverfrorener Selbstverständlichkeit umkreisen seine Fingerspitzen ihre Kniescheibe.

»Ich verstehe nicht …«, antwortet sie schließlich mit heiserer Stimme, und der Psychiater nickt bedächtig. Amanda versucht verzweifelt, auf das, was da gerade geschieht, in angemessener Form zu reagieren, aber die bodenlose Gier, die in seinen Augen lodert, löscht ihre kognitiven Fähigkeiten vollständig aus. Sie radiert sowohl die Vergangenheit aus als auch die Zukunft, und zurück bleibt nichts als ein alles verzehrender Hunger.

»Ich werde Ihnen den Schmerz geben, den Sie brauchen. Sie werden sich erlauben, Lust zu empfinden, weil ich Sie dafür bestrafen werde. Und Sie werden mir dankbar dafür sein, dass ich Sie misshandle.«

Die Stimme kommt von weither. In Amandas Gesicht kämpft Erregung mit Angst. Ihr Unterleib zieht sich zusammen und ihre Gesäßmuskulatur verkrampft sich, als sie die Nässe zwischen ihren Beinen registriert. Er hat sie. Und er hat vom ersten Moment an gewusst, dass er sie bekommen würde. Er hat es gewusst, ehe sie auch nur ein Wort miteinander gewechselt hatten. Sie mag dazu in der Lage sein, ganz Los Angeles mit ihrer abgefuckten Laszivität hinters Licht zu führen, aber ihm kann sie nichts vormachen. Amanda Curan ist das perfekte Opfer. Sie darf es nur nicht merken. Es ist alles nur eine Frage der Perspektive. Eine leichte Korrektur der Sichtweise, und schon ist der Täter zum Retter geworden. Ein paar Worte vom Fachmann, ein paar Psychopillen und eine ordentliche Portion gespieltes Mitgefühl, und schwuppdiwupp wird aus seiner attraktiven Patientin sein ganz persönlicher Pornostar. Menschen in Not sind unfassbar leicht zu manipulieren, wenn man weiß, welche Knöpfe man drücken muss, und, bei Gott, das weiß er.

Manchmal, wenn er mit seiner Frau zu Abend isst und beobachtet, wie die Kerzen in dem schweren Silberleuchter in der Mitte des Tisches niederbrennen, meldet sich sein Gewissen. Es erklingt in seinem Hinterkopf und stellt ihm in zaghaftem Aufbegehren immer wieder dieselbe Frage: *Warum tust du das?*

Die Antwort ist ebenfalls immer dieselbe. Sie ist simpel, aber effektiv, und sie bringt sein Gewissen stets anstandslos zum Schweigen: *Weil ich es mir leisten kann.*

16

JARED II

Es war bereits weit nach 21 Uhr, als Phil den Club erreichte, und er war gewappnet für eine gehörige Standpauke, als er die Tür zu Snyders Büro öffnete. Genau genommen handelte es sich eher um ein umfunktioniertes Hinterzimmer, und wenn man Jared Snyder kannte und um seinen gesellschaftlichen Status wusste, wirkte der spartanisch eingerichtete Raum fast provisorisch und unangemessen. Die verputzten Wände des schlauchförmigen Zimmers waren grau und kahl. Bis auf einen gigantischen Mac-Bildschirm und eine schicke Funktastatur zeugte nichts von der großspurigen Opulenz, mit der sich der Nightlife-Mogul für gewöhnlich umgab. Diese Tatsache lag allerdings keinesfalls in finanziellen Engpässen begründet. Die Bescheidenheit, die im Hinterzimmer des *Case* vorherrschte, erklärte sich dadurch, dass es sich bei dem Raum nicht um das eigentliche Büro, sondern um eine Art Zweigstelle handelte. Jareds Hauptoffice befand sich in einem feudal eingerichteten Loft an der Third Street Promenade in Santa Monica. Eine Gegend, die von abgefucktem Snobismus geprägt war. Snyders Büro wirkte zwischen den aalglatten Glasfassaden der umliegenden Bankgebäude und Modelagenturen durchaus homogen. In den weitläufigen Räumlichkeiten mischte sich feinstes Designermobiliar mit aufwendigen Lichtinstallationen. Im Empfangsbereich floss literweise Champagner, und ein Panasonic-Beamer mit WXGA-Auflösung projizierte Musikvideos auf eine motorbetriebene Einbauleinwand. Jareds Hauptoffice erinnerte eher an einen Vergnügungspark für Ferrari fahrende Geschäftsleute und glamourgeile It-Girls als an ein Chefbüro, aber das war schließlich der Sinn der Sache. Wenn man es in einer Stadt wie Los Angeles zu etwas bringen wollte, musste man dafür sorgen, dass man sich von der Masse abhob. In Hollywood wurde geklotzt statt gekleckert. Damit hatte Jared nie ein Problem gehabt, da ihm der Hang zur Selbstinszenierung im Blut lag. Man kaufte ihm sein Auftreten, das irgendwo zwischen Krösus und Graf Koks angesiedelt war, tatsächlich ab, und sein Konzept funktionierte hervorragend. Bei Champagner und Kanapees verliefen geschäftliche Verhandlungen wesentlich zufriedenstellender als bei Coca Cola und Keksen. Snyder war diese Tatsache schon lange in Fleisch und Blut übergegangen, doch Phil fühlte sich immer noch wie ein Aussätziger, wenn er Jared im Hauptoffice aufsuchte. Wenn er die Sitzgelegenheiten des Empfangsbereiches passierte, wich er dem substanzlosen Lächeln der langbeinigen Chefsekretärin aus, und das Gefühl vollkommener Unzugehörigkeit klebte wie Schleim auf seiner Haut. Die wenigen Anlässe, zu denen Phil seinen Chef in dem Loft an der Third Street Promenade besuchte, hinterließen jedes Mal einen bitteren Nachgeschmack. Jedoch fanden etwaige Besprechungen zwischen Jared und ihm zumeist im *Case* und nicht in Jareds Hauptoffice statt und dieser Umstand kam Phil durchaus gelegen.

*

Die ersten Tropfen eines aufziehenden Gewitters klopften mit sanften Fingerspitzen auf die Dächer, und Phil war außer Atem, als er im Ledersessel vor dem Schreibtisch seines Chefs Platz nahm und diesen unruhig musterte. Snyder nuckelte an einer glühenden Cohiba und schob den großen Computerbildschirm beiseite, um Blickkontakt zu seinem Gegenüber herzustellen. Schwerer Zigarrenrauch quoll aus seinem Mund, und als er die Cohiba schließlich in einen fußballgroßen Marmoraschenbecher sinken ließ und sich betont langsam zurücklehnte, erinnerte er Phil ein kleines bisschen an Don Corleone. Jared konnte sehr autoritär und erhaben wirken, wenn er es darauf anlegte, und die mafiöse Selbstzufriedenheit, die er in solchen Momenten ausstrahlte, hatte nie ihre einschüchternde

Wirkung verloren, auch wenn Jared und Phil sich seit Jahren kannten.

»Du bist zu spät«, bemerkte Snyder. Er sprach mit eisiger Höflichkeit und die Rauchwölkchen, die aus seinen Nasenlöchern krochen, verliehen ihm den Ausdruck eines wütenden Stiers.

Phil nickte betreten. Ja, er war zu spät. Er war sogar viel zu spät, und das nicht zum ersten Mal. Er hatte in den vergangenen Monaten deutlich abgebaut. Die schwelenden Konflikte in seiner Ehe schlugen sich mittlerweile in Unzuverlässigkeit nieder. Phil wusste, dass das ein unhaltbarer Zustand war, aber er wusste auch, dass er daran momentan nichts ändern konnte. Jared setzte ein Pokergesicht auf und bemühte sich um einen sachlichen Tonfall, als er fortfuhr. »Ich weiß nicht, was bei dir im Moment abgeht, Phil, aber offensichtlich ist es so gravierend, dass es deine Arbeitsweise in nicht tragbarem Maße beeinflusst. Du bist in den vergangenen drei Monaten zwei Mal zu spät gewesen, und zwei Mal bist du gar nicht erst erschienen. Ich mag dich, Phil. Herrgott, ich mag dich wirklich, aber …« Snyder machte eine dramatische Pause, und sein Zorn wuchs zusehends. »Ich kann keine Rücksicht auf deine privaten Probleme nehmen. Du hast ’nen dicken Sympathiebonus bei mir, aber so geht es einfach nicht weiter. Vielleicht ist es auch in deinem Sinne, wenn du dir eine kleine Auszeit nimmst. Mach mal Urlaub! Flieg mit deiner Frau nach Honolulu oder geh angeln in Montana oder …«

Phils Gesicht hatte die Farbe von Corned Beef, er rutschte nervös im Sessel hin und her. War er gerade im Begriff, seinen Job zu verlieren? Handelte es sich bei Jareds pseudokonstruktiven Urlaubsvorschlägen in Wirklichkeit um eine durch die Blume formulierte Kündigung? Er hatte bereits seine Würde und seine Lebensfreude verloren. Er war drauf und dran, seine Frau zu verlieren – und damit die einzige Person, die er je wirklich geliebt hatte. Sollte er jetzt allen Ernstes auch noch seinen Job verlieren?

Phil warf Snyder einen verzweifelten Blick zu und musste bestürzt feststellen, dass der ohnehin recht kurze Geduldsfaden seines

Chefs schon vor langer Zeit gerissen war. Das betonierte Lächeln in Jareds Gesicht war nicht verständnisvoll, sondern mitleidig, und die Resignation in seinen Augen machte deutlich, dass er seine Entscheidung längst gefällt hatte.

»Du feuerst mich?«

Phil zog es vor, die Dinge beim Namen zu nennen. Man braucht nicht immer den Knall zu hören, um zu wissen, dass eine Tür zugefallen ist, und die Tatsache, dass Jared ihn wie ein rohes Ei behandelte und seine Kündigung durch irgendwelche absurden Urlaubsvorschläge in Watte packte, machte ihn wütend und traurig zugleich. Sein Chef meinte es gut mit ihm, aber für Phil war sein weichgespültes Geschwätz nichts als eine Demütigung. Jareds wohlwollende Wortwahl führte ihm seine desolate Situation noch einmal explizit vor Augen, und gespieltes Mitleid war das Letzte, was er gebrauchen konnte.

Der Regen rieselte an dem Kellerfenster hinab und das Grummeln des nahenden Gewitters wurde lauter. Phil dachte an seine Frau. Er fragte sich, ob sie mittlerweile herausgefunden hatte, dass er sich an ihrer Nachttischschublade zu schaffen gemacht hatte. Bevor er ins Case gefahren war, hatte er den Ersatzautoschlüssel des silbernen Mustangs aus der Schublade geholt, um sicherzustellen, dass seine dürftige Ausrede Amanda gegenüber wasserdicht war. Da er seiner Frau glauben machen musste, dass er seinen eigenen Autoschlüssel verlegt hatte und nur deswegen an ihre Nachttischschublade herangegangen war, hatte er den Hauptschlüssel in einer Ritze des Wohnzimmersofas versteckt und sorgfältig ein großes Kissen auf der Ritze positioniert. Selbstzufrieden war er dann ins Case gefahren, wo sein Chef ihn nun in einem wolkigen Attributstil auf die Straße gesetzt hatte.

Phil hatte seinen Job verloren, doch alles, woran er denken konnte, war Amanda. Er sah sie vor sich, sah, wie sie den kleinen silbernen Schlüssel in das münzgroße Schloss der Nachttischschublade steckte und feststellte, dass sie nicht verschlossen war. Er sah, wie sich ihre moosgrünen Augen weiteten und sich ihr Blick nach einem kurzen Moment der Erkenntnis bedrohlich verdunkelte. Er konnte hören, wie ihr Ehering geräuschvoll an dem Griff entlang schrammte, kurz bevor sie die Schublade aufriss, und er spürte die Wut, die in ihren Eingeweiden zu brodeln begann. Eine unbändige, bodenlose Wut, die sich als markerschütternder Schrei entlud und von kirschroten Lippen gegen die Schlafzimmerwand geschleudert wurde.

Phils Blick ruhte starr in seinem Schoß, während Jared ihm Zigarrenqualm entgegenblies. Schließlich sagte Jared etwas, das Phil nicht wirklich registrierte, da er sich gedanklich immer noch in seinem Schlafzimmer befand. Zunächst konnte er das Gefühl, dass die Vorstellung seiner wutentbrannten Ehefrau in ihm auslöste, nicht einordnen. Es war intensiv und hinterließ einen wohlbekannten, bitteren Geschmack in seinem Mund. Phil spürte, wie in seinen Handflächen klebriger Schweiß ausbrach, und als er schließlich begriff, dass es sich bei dem lähmenden Gefühl um nichts als blanke Angst handelte, füllten seine trüben Augen sich mit Tränen, und er warf reflexartig den Kopf in den Nacken. Oh ja, er hatte Angst. Er hatte eine Scheißangst vor seiner eigenen Ehefrau. Oder vielmehr vor dem, was sie aus ihm machte. Amanda Curans Selbstschutzmechanismen verwandelten ihn in ein hilfloses Opfer. Sie stahlen ihm seinen Stolz, seine Männlichkeit und schließlich auch seinen freien Willen. Sie nahmen ihn Stück für Stück auseinander. Die Wellen ihrer Anziehungskraft schlugen Jahr um Jahr in das Küstengestein seiner Identität und höhlten es nach und nach aus. Ein Blick von ihr, und er würde all die Dinge aussprechen, die er nie wieder sagen wollte. Eine Berührung ihrer Pfirsichhaut, und er würde all die Dinge tun, die er nie wieder tun wollte. Ja, er gehörte ihr. Und sie vergewaltigte seine Seele mit ungenierter Beiläufigkeit und verbannte sie anschließend an einen Ort, an dem die Sonne bereits am Morgen unterging. Doch das war nicht das Schlimmste. Das Schlimmste war, dass er ihr nicht böse sein konnte, weil auch sie ein Opfer war. In diesem Krieg gab es Angeklagte, aber keine Kläger. Es gab Opfer, aber keine Täter.

*

»Es tut mir leid, Phil. Es tut mir ehrlich leid.« Snyders Stimme kam von weither. Er kratzte sich am Kopf und seine Augen wanderten nervös durch den Raum.

Die Tatsache, dass er direkten Blickkontakt vermied, ließ darauf schließen, dass er mittlerweile echten Anteil an der Situation nahm. Das geheuchelte Mitgefühl, das er zu Beginn der Unterhaltung aus Contenance an den Tag gelegt hatte, hatte sich in echte Anteilnahme verwandelt, und das missfiel Snyder. Er hatte eine rein geschäftliche Entscheidung getroffen, und er hatte diese Entscheidung treffen müssen. Phil hatte ihm keine andere Wahl gelassen, und wenn es ums Geschäft ging, war Sentimentalität fehl am Platz. Jared konnte es sich nicht erlauben, Personalentscheidungen von irgendwelchen Emotionen abhängig zu machen, und er konnte nur hoffen, dass Phil sich dessen bewusst war. Am Ende des Tages war Phil Curan nicht sein Freund, sondern sein Angestellter, und deswegen musste Jared Snyder am Ende des Tages nicht als Freund, sondern als Geschäftsmann handeln. Wie wenig kompatibel diese beiden Positionen waren, wurde ihm schmerzlich bewusst, als er sah, wie Phils Tränen von seinen Lippen tropften und anschließend in seinem Schoß zerschellten.

»Das war's also?«

Phils brüchige Stimme wurde von einem Donnergrollen überschallt, aber Snyder hatte die Frage von seinen Lippen abgelesen und nickte stumm. Dann erhob er sich und streckte Phil die Hand entgegen. Er wollte die Sache endlich hinter sich bringen und dieses Häufchen Elend, das ihm gegenüber vor dem Schreibtisch saß, aus seinem Blickfeld verbannen, ehe sein rebellierendes Bauchgefühl ihn von seiner Entscheidung abbringen konnte. Phil taumelte leicht, als er aufstand und Jareds Hand schüttelte. Sein Blick haftete starr auf seinen Füßen und die Demut, die sein gesenkter Kopf ausdrückte, war für Snyder nur schwer zu ertragen.

»Nimm's nicht persönlich, Kumpel«, sagte er. Er wusste um die Deplatziertheit der Aussage, aber er wusste auch, dass es in einem solchen Moment ausschließlich deplatzierte Aussagen gab und war dankbar, dass Phil seinen Wink mit dem Zaunpfahl verstand. Er zog die Nase hoch, wischte sich mit dem Ärmel seines lindgrünen Calvin-Klein-Pullovers durchs Gesicht und trottete aus dem Büro.

17

FLASHBACK II

Die Dunstschwaden des heißen Wassers hüllten das Badezimmer in feuchten Nebel. Amanda saß reglos auf dem Boden der quadratischen Duschkabine und beobachtete das Blut, das ihre ausgestreckten Beine entlang lief. Das dunkelrote Rinnsal bahnte sich einen Weg vorbei an ausgerissenen Haarbüscheln, die wie pechschwarze Seeschlangen durchs Wasser glitten und gluckerte dann gleichgültig den Abfluss hinunter. Amanda schloss die Augen und rekapitulierte die vergangenen Stunden.

Sie hatte nicht lange warten müssen. Der Psychiater kam keine vierzig Minuten, nachdem er vom Fräulein Melonenbrust über den spontanen Besuch seiner Patientin aufgeklärt worden war, in die Praxis gestürmt. Er hängte sein Sakko an die Garderobe und geleitete das Fräulein Melonenbrust in ihren wohlverdienten Feierabend. Dann bat er Amanda ohne ein Wort in den Behandlungsraum. Der kontemplative Gesichtsausdruck, den Amanda von ihm kannte, hatte wieder dieser unheiligen Allianz aus Gier und Güte Platz gemacht, und tief in ihrem Innersten wusste sie, was das bedeutete. Allerdings fehlte ihr eine Vorstellung von dem Ausmaß, das seine unkonventionellen Behandlungsmethoden dieses Mal annehmen würden. Sie hatte tatsächlich geglaubt, heute innerlich gewappnet zu sein. Sie war körperlich und seelisch auf Grenzerfahrung programmiert und spürte sogar wieder dieses vorfreudige Kribbeln im Unterleib, jenes abgründige Kribbeln, das sich immer bemerkbar machte, kurz bevor der Herr Doktor mit seiner Behandlung begann. Doch die folgende Gewaltorgie sprengte alles, was Amandas dunkelste Fantasien hergaben. Was der Herr Doktor mit der schnurrenden Stimme an diesem Abend mit ihr anstellte, fand weit jenseits ihres persönlichen ABCs der Abgefucktheit statt.

Für eine solche Behandlung konnte sie nicht gewappnet sein. Niemand konnte das.

Sein Fleisch war bleich und kalt wie das einer Schnecke, als er eine knappe Stunde später mit ihr fertig war und splitterfasernackt hinter seinem Schreibtisch Platz nahm. Er stellte Amanda ihre verdienten Rezepte aus. Sie hatte keine Gefühle mehr. Wie ferngesteuert zog sie sich an, spürte, wie warmes Blut aus ihrem Anus floss und in ihren Slip sickerte und hoffte, dass der schwarze Stoff ihres bodenlangen Tellerrockes das Schlimmste kaschieren würde.

*

Amanda hielt ihr Gesicht in den Strahl der Massagebrause, die wie eine silberne Deckenlampe in die geflieste Duschwand eingelassen war. Das beständige Rauschen des Wassers überschallte das wütende Unwetter, und die warmen Dunstschwaden schienen ihren geschundenen Körper in Watte zu packen. Als sie die Praxis des Psychiaters vor einer knappen Stunde verlassen hatte, war ihr, als wäre eine Atombombe in ihren Gedärmen explodiert, und sie hatte Mühe gehabt, aufrecht zu gehen. Jetzt ließ der Schmerz ein wenig nach.

Hoffentlich ist mein Arsch bald ausgeblutet, dachte Amanda und hätte diesem Gedanken ein krankes Gelächter folgen lassen, wenn sie die Kraft dazu gehabt hätte. Aber die Pillen, die sie sich eingeworfen hatte, wirkten schnell. Sie schaffte es nicht einmal, die Augen zu öffnen. Aber das brauchte sie auch nicht. Sie brauchte in diesem Moment gar nichts zu tun. Sie konnte einfach sitzen bleiben. Sie konnte ihre hellrot gefärbte Haut mit dem kochenden Wasserstrahl der Grohe-Luxus-Spa-Brause malträtieren, bis sie Blasen warf. Sie konnte sich die Haare ausreißen und den langen schwarzen Büscheln dabei zusehen, wie sie sich in Seeschlangen verwandelten, wenn sie mit dem dampfenden Gemisch aus Wasser, Blut und Tränen zu ihren Füßen in Berührung kamen. Sie konnte sich zurücklehnen, dem Todesröcheln ihres Geistes lauschen und ihren eigenen seelischen Untergang betrachten, ohne dass es sie auch nur im Entferntesten kümmerte. War es das, was der Herr Doktor unter »radikaler Akzeptanz« verstand? Würde sie nun endlich Erleichterung finden? Hatte der Herr Doktor ihr wirklich dabei geholfen, sich ihren inneren Dämonen zu stellen und mit ihnen zu verhandeln? Hatte er ihr die Möglichkeit gegeben, ihre dunkelsten Abgründe in einem geschützten Rahmen auszuleben und somit eine Form der Kontrolle zurückzuerlangen? Sollte sie ihm nun dankbar sein?

Amandas Gedanken flatterten durch ihre Gehirnwindungen wie ein Schwarm fetter, hungriger Geier. Sie brauchte mehr Pillen. Da war eindeutig zu wenig Midazolam in ihrem Blutkreislauf. Zu wenig, um ihre Gedanken auszuschalten. Zu wenig, um die fetten Aasfresser aus ihrem Kopf zu verbannen, damit sie endlich aussteigen konnte, aussteigen aus ihrem Elend. Aussteigen aus ihrem Körper. Aussteigen aus ihrer zerstörten Existenz.

Irgendwo inmitten des Gekreisches und Gemurmels in ihrem Kopf erkannte Amanda die Stimme ihrer Schwester. Zunächst waren es nur Fetzen, zusammenhanglose Sprachbausteine, die sich langsam und zäh aus dem Wirrwarr ihrer Gedanken schälten. Aber Claudines Stimme wurde lauter, und schließlich war es Amanda, als könne sie im wabernden Dunst des verdampfenden Wassers ihr Gesicht erkennen.

Willst du das, Mandy? Willst du das wirklich? Sieh dich doch an! Was hat das mit Kontrolle zu tun? Bist du dir sicher, dass du die bist, die hier hinterm Steuer sitzt? Lenkst du oder wirst du gelenkt? Kannst du deine eigenen Gedanken überhaupt noch von seinen unterscheiden? Das, was hier läuft, ist keine Therapie. Das ist Gehirnwäsche. Das ist dein Ticket ins Jenseits. Wach auf, Mandy! Um Himmels willen! WACH AUF!

Ein ohrenbetäubendes Donnergrollen verjagte die kreisenden Geier in Amandas Kopf und brachte Claudine zum Schweigen. Sie öffnete die Augen und schlang die Arme um ihren Oberkörper. In Anbetracht ihrer vollkommenen Nacktheit und des nicht verebbenden, tiefroten Rinnsals, das beständig ihre Beine entlang lief, wirkte die Geste wie ein verzweifelter Versuch, sich selbst zu umarmen. Es schien, als versuche Amanda, sich selbst eine Mutter zu sein. Eine Mutter, die ihr Kind vor dem Ertrinken rettet und anschließend fest an ihre trostspendende Brust drückt, um es zu wärmen. Eine Mutter, die ihr dahinsiechendes Kind glauben lässt, dass alles gut wird. Eine Mutter, die ihr Kind dazu bringt, sein Sterben zu vergessen, damit es diese Welt in einem Kokon der Geborgenheit verlassen kann.

Amandas spontaner Anflug mütterlicher Selbstfürsorge war allerdings ebenso schnell vorüber, wie er gekommen war, und der damit verbundene Stillstand ihrer Gedanken rein temporär. Das erlösende Schweigen in ihrem Kopf wurde von einem dumpfen Brummen zerfressen, und Amanda schrie laut auf, als sie begriff, was ihm folgen würde. Ihr Privatkino hatte heute einen ganz besonderen Film im Abendprogramm.

Das Auge des brummenden Projektors warf ein kegelförmiges Licht auf ihre innere Leinwand, und gleich würden die ersten Bilder aus dem Fundus ihrer abgespaltenen Erinnerungen auftauchen. Gleich würde es wieder »Peng!« machen, dieses Unverkennbare, matschige »Peng!« in ihrem Hinterkopf. Dieses Geräusch einer implodierenden Realität, das sie mit nichts als dem blanken Wahnsinn zurücklassen würde.

»NEIN!«

Amandas Stimme ertrank nahezu vollständig in dem Amazonasregen, der aus der silbernen Massagebrause auf sie niederprasselte. Sie versuchte, sich aufzurichten und die Dusche zu verlassen. Die Tablettenschachtel lag nur wenige Zentimeter neben der verglasten Kabine auf dem Fußboden, und ihr Körper schrie nach Betäubung. Doch ihre Beine waren wie Gummi, und sie atmete stoßweise, als sie auf allen vieren vorwärts kroch und vergeblich versuchte, die gläserne Trennwand beiseitezuschieben. Das Brummen wurde lauter. Es walzte das beruhigende Plätschern des Wassers nieder mit der Kompromisslosigkeit eines Panzers. Ein kehliges Stöhnen tropfte von ihren leicht geöffneten Lippen, und Amanda schlug mit dem Kopf gegen das Glas. Einmal. Zweimal. Dreimal. Es half nichts. Das gleißende Licht des Projektors brannte in ihren Augen, und sie begann, um sich zu schlagen wie ein blindes Tier. Dann stockte ihr Atem, und die Haltung ihres Körpers erinnerte an eine schockgefrostete Weihnachtsgans.

Der Flashback überrollte Amanda wie eine Lawine. Ihre Arme und Beine knickten ein wie zerbrochene Streichhölzer.

Sein Gesicht ist hohlwangig und ausgezehrt. Die Lippen sind so schmal, dass man sie fast als nicht vorhanden bezeichnen könnte. Aber auch schmale Lippen sind Lippen, und hinter seinen versteckt sich ein scheußliches Pferdegebiss, dessen dunkelgelbe Färbung auf ausschweifenden Tabakkonsum schließen lässt. Schmutzige, kaputte Brillengläser verschleiern seine schwarzbraunen Augen, und auf seiner fettigen Halbglatze thront eine neongrüne Basecap. Unter seinen Fingernägeln klebt der Dreck, den sein Beruf mit sich bringt, und er riecht nach einer Mischung aus Dünger, Stroh und Pferdescheiße. Heinrich Beimer geht stramm auf die sechzig zu, und er weiß, dass er auf diesem Hof mit dem feudalen Herrenhaus und den weitläufigen Koppeln, auf denen im Sommer die Pferde grasen, bis zum Sankt-Nimmerleins-Tag schuften wird. Er wohnt mietfrei in einem kleinen Appartement gleich rechts neben dem Haupthaus und ist eigentlich zufrieden, solange er sich von seinem mickrigen Monatsgehalt Schnaps, Tabak und Pornohefte kaufen kann. Allerdings gibt es Tage, an denen er sich seine Einsamkeit nicht mehr schöntrinken kann. Tage, da ihm die platinblonde Miss Juni im aktuellen *Playboy* nicht mehr genügt. An solchen Tagen frisst ein nagendes Verlangen sich durch seinen konstanten Alkoholpegel, ein Verlangen nach heißem Fleisch. Ein Verlangen nach duftendem, salzigen Mädchenschweiß. Es ist ein Verlangen, das die leblose Hochglanzpüppi auf dem Cover des Schmuddelheftes unter seinem Kopfkissen nicht stillen kann, und es wächst im Zeitraffer. Es wächst so schnell, dass Heinrich Beimer ernsthaft in Betracht zieht, seinen täglichen Schnapskonsum zu reduzieren, um das Gesparte auf dem Straßenstrich zu investieren. Allerdings wird ihm immer schnell klar, dass diese Rechnung nie aufgehen wird. Man muss kein Mathegenie sein, um zu wissen, dass selbst die hässlichste, billigste Junkie-Nutte unter der Sonne sein Budget sprengen würde, egal, auf wie viele Flaschen Kaliskaya Premium Wodka er verzichtet.

*

Es ist kurz nach sieben, als Ana ihr Fahrrad an die Backsteinmauer des Pferdestalls lehnt. Die Luft duftet nach Frühling. Der runde Knauf der Holztür schmiegt sich kühl in ihre Hand. Sie lässt enttäuscht den Kopf hängen, als sie feststellt, dass sie verschlossen ist. Ana ist gern im Pferdestall. Sie liebt den Geruch der dunkelgrünen Haferpellets in den metallenen Futtertrögen und die kohlrabenschwarzen Knopfaugen des jungen Wallachs in der zweiten Box. Sie liebt diese Augen, weil sie eine Güte ausstrahlen, die Ana beruhigend findet. Eine Güte, nach der sie vergeblich sucht, wenn sie die Blicke ihrer Eltern oder ihrer Klassenkameraden studiert. Es ist eine Güte, die menschliche Augen nicht transportieren können, und die Zeit, die Ana Auge in Auge mit dem jungen Wallach verbringt, gehört zu den wenigen Dingen, auf die sie sich wirklich freuen kann, wenn sie morgens aufsteht und den Tränen ihrer Mutter dabei zusieht, wie sie scheinbar selbstverständlich in ihren klumpigen Frühstücksgrieß tropfen. Ana ist es gewohnt, dass Mamas Tränen ihr Frühstück versalzen, und geschmacklich ist das vollkommen in Ordnung für sie. Sie mag es lieber zu salzig als zu süß.

Ein feiner Wind wiegt die majestätischen Kastanien im Hof. Hier und da flitzen die Schatten vorbeifliegender Vögel auf dem hellen

Grau der zementierten Zufahrt. Das Summen der Bienen, die im ungemähten Gras hin- und hertaumeln, scheint die Stille noch drückender zu machen, und Ana beschließt, den Heimweg anzutreten und am nächsten Tag eine Stunde früher hier zu sein. Wahrscheinlich sind die Pferde schon am frühen Nachmittag von der Koppel geführt worden, und wahrscheinlich hat Herr Beimer längst Feierabend gemacht.

»Wir sehen uns morgen«, flüstert Ana und drückt ihr linkes Ohr ans kalte Holz der Tür, als erwarte sie eine Antwort, doch der Wallach in der Box kann sie nicht hören, und Ana weiß das. Sie spricht trotzdem mit ihm, denn wenn sie die Augen schließt und ganz fest an den vierbeinigen Freund mit dem gütigen Blick und den schäumenden Nüstern denkt, dringt ein leises Wiehern in ihr Ohr.

»Wen haben wir denn da?«

Herr Beimer hat eine ungewöhnlich helle Stimme, die wie tausend Nadeln auf Anas Haut prickelt, und sie fährt erschrocken herum. Die Abendsonne malt krumme Schatten auf seinen dunkelgrünen Overall, und zwischen seinen nicht vorhandenen Lippen glimmt eine Marlboro.

»Ich wollte ...« Ana errötet, ihre pinkfarbenen Sandalen spielen nervös mit ein paar Kieseln.

Beimers Augen sind schwärzer als Schwarz.

»Willst du die Pferde füttern?«, fragt er.

Ana nickt. Sie weiß nicht genau, warum sie sich fühlt, als wäre sie gerade bei einem Vergehen ertappt worden, und sie weiß auch nicht, warum seine Stimme so auf ihrer Haut kribbelt und wofür sie sich eigentlich schämt, aber Herr Beimer lässt ihr keine Zeit, darüber nachzudenken. Er tritt seine Zigarette aus, zieht einen Schlüsselbund aus der ausgebeulten Brusttasche seines Overalls und schließt den Stall auf. Ana weht der schwere Duft des getrockneten Hafers entgegen und sie lächelt bescheiden.

»Wenn du mir einen kleinen Gefallen tust, schließe ich gleich die zweite Box für dich auf und du kannst deinen Freund füttern, Kleines.«

Der Teer, der in Beimers Lunge nistet, verursacht ein leises Pfeifen, wenn er einatmet. Ana sieht die kohlrabenschwarzen Augen ihres Lieblingspferdes durch die Gitterstäbe der zweiten Box schimmern.

»Was denn für einen Gefallen?«, fragt sie zögernd.

Beimer antwortet nicht, aber sein Blick klebt an ihrem Körper wie der Schleim einer Nacktschnecke. Ana kennt einen solchen Blick nicht, weder von ihm noch von sonst irgendjemandem, und sie kann ihn nicht einordnen. Ana hat Angst, als sie Herrn Beimer in die erste Box direkt neben dem Eingang folgt, aber das kümmert sie nicht wirklich. Angst ist das mit Abstand am besten ausgebildete Gefühl in ihrem seelischen Repertoire. Genau genommen ist dieses Gefühl ständig präsent, und es ist Ana mittlerweile so vertraut wie Mamas Nussknackergesicht. Sie hat schon vor langer Zeit damit aufgehört, Angst vor der Angst zu haben oder sonst irgendwie auf dieses Gefühl zu reagieren. Sie spürt die gütigen Augen ihres Lieblingspferdes wie ein Versprechen auf der Haut, und das gibt ihr ein Gefühl von Sicherheit und Zuversicht. Ja, es wird alles gut werden.

Die Box links neben dem Eingang ist lange nicht gesäubert worden. An den aschgrauen Backsteinen der Wand lehnt einsam eine Mistgabel, und der Boden ist bedeckt mit feuchtem Stroh und Pferdekot.

»Zieh dich aus.«

Beimers Stimme kommt von weither und seine Aufforderung klingt so beiläufig, als wünsche er Ana einen guten Morgen. Ana versteht nicht, warum sie das tun soll, und irgendwie fühlt es sich nicht richtig an. Aber sie weiß, dass sie ihr Lieblingspferd nur füttern darf, wenn sie tut, was Herr Beimer sagt.

»Keine Sorge, Kleines. Ich tu dir nicht weh. Es wird ganz schnell gehen. Tu einfach, was ich dir sage, und in fünf Minuten ist alles vorbei und ich lasse dich mit deinem Freund allein.«

Ana zieht ihr T-Shirt aus. Sie fröstelt, als die muffige Luft über ihre blanken Arme kriecht. Beimer nickt und deutet auf ihre Beine.

»Die Hose ...«

Ana zieht ihre Sandalen aus und streift die violette Jeans über ihre nackten Füße. Aufgeweichtes Stroh klebt zwischen ihren Zehen, und eine süßliche Mischung aus Fäulnis und Urin steigt ihr in die Nase.

»Sehr schön.«

Herr Beimer geht ein paar Schritte auf sie zu und nimmt ihr Gesicht in seine Hände. In seinem rechten Mundwinkel haftet zähflüssiger Speichel und er leckt sich die Lippen. Ana lauscht seinem pfeifenden Atem und ihr ist kalt. Ihr ist so kalt, dass sie fast dankbar ist, als er sie an sich zieht und ihr Gesicht in den Stoff seines Overalls drückt. Er riecht schlimmer als das mit Exkrementen vollgesogene Stroh unter ihren Füßen, aber Ana versucht den Geruch auszublenden. Sie schmiegt sich eng an ihn, um etwas von seiner Körperwärme abzubekommen und dann, dann geht es ganz schnell.

Beimer packt Anas Arme und schleudert sie zu Boden. Sie fällt weich, aber die plötzliche Rohheit in seinen Bewegungen erschreckt sie, und sie presst ihren zitternden Körper gegen den Boden. Vielleicht gibt es ja doch einen Gott. Einen Gott mit Augen, die ebenso viel Güte transportieren wie die ihres Lieblingspferdes in der zweiten Box. Einen Gott, der heute besonders gute Laune hat und der macht, dass sich der Boden unter ihr auftut, um sie zu verschlingen. Einen Gott, der eine geheime Falltür unter das goldbraune Stroh zaubert. Eine Falltür, die aufgeht, wenn Ana sich nur fest genug dagegen drückt.

Beimer zieht seinen Overall aus. Und sein verwaschenes T-Shirt. Und seine scharlachrote Unterhose. Seine Bewegungen sind hektisch, beinahe fahrig, und Anas Augen sind weit aufgerissen. Eigentlich will sie wegsehen, doch die kompromisslose Kraft des Entsetzens zwingt sie dazu, ihn anzuschauen. Es scheint, als hätte eine unsichtbare Macht Besitz von ihm ergriffen, und irgendwie ist da ein unfassbarer Druck, der sich seines gesamten Wesens zu bemächtigen scheint. Ana kann diesen Druck ebenso wenig einordnen wie die fiebrige Gier, die hinter seinen schmutzigen Brillengläsern brennt. Ihr ist schlecht. Beimers zerknitterte Haut ist trocken, ledern, zäh. Sein Speichel tropft in ihr Gesicht. Sie versinkt in der Schwärze unter den grauen Wirbeln seiner Brauen und erstarrt, als er ihre pinkfarbene Herzchenunterhose zerreißt und in seine rechte Hand spuckt.

»Halt still und wehr dich nicht.«

Jetzt spürt sie seine nasse Hand zwischen ihren Beinen und begreift, dass der Boden sie nicht verschlingen wird. Gott wird sie nicht retten. Niemand wird sie retten. Sie ist allein.

»Deine Muschi ist ja ganz ausgetrocknet«, raunt Beimer und spuckt erneut in die Hände, um diese anschließend wieder zwischen ihren Beinen verschwinden zu lassen.

Ana schließt die Augen. Der Schmerz springt sie an, als hätte er in dieser Box auf sie gewartet, und sie denkt sich weg. Sie denkt an die Glockenblumen in Mamas Garten, Glockenblumen so dunkelblau wie der Abendhimmel. Sie denkt an Straßen, die Schneisen aus Licht in die dörfliche Friedfertigkeit ihrer Heimat schneiden. Die warme Frühlingsluft liebkost ihre Haut, und sie hört den Wind in tausend Blättern, und …

Kalte Flammen lodern in Anas Unterleib, als sie ihre Jungfräulichkeit verliert. Beimer stöhnt laut auf, und das Echo seiner Stimme flattert um sie wie ein zerfetztes Tuch. Dann ist es still.

Die Stille ist der Nachhall der Lügen und unerfüllten Versprechen. Die Stille ist die Hüterin des Unaussprechlichen. Sie ist der Nährboden für ihren zerbrochenen Verstand. Die Stille ist, was übrig bleibt von ihrem Schrei. Die Stille ist Anas Zukunft.

18

HASSLIEBE

Das Gewitter hatte nachgelassen. Die Nacht atmete im Hausflur wie ein dunkles Tier. Phil sah sich um.

Das Wohnzimmer ertrank in Schwärze, und die Küchentür war verschlossen. Ein Lichtstrahl kroch unter der Badezimmertür hindurch und breitete sich wie eine Lache gelben Blutes auf dem Sandsteinboden aus. Phil fröstelte und vergrub die Hände in den Taschen seiner Jeans, als er langsamen Schrittes auf das Licht zusteuerte. Das Rauschen des fließenden Wassers bahnte sich einen Weg in seinen Gehörgang, und seine hagere Gestalt wirkte vollkommen verloren in der zwielichtigen Endlosigkeit des Flurs. Die Furcht, die er verspürte, war kindlich wie ein Traum, der keinen realen Bezugspunkt hatte.

Phil wäre am liebsten schnurstracks in die Küche marschiert, um eine Dose Budweiser aus dem Kühlschrank zu holen und sich ein Sandwich zu machen. So wie er es immer tat, wenn er spät nach Hause kam. Er sehnte sich nach diesem kleinen Ritual wie nie zuvor in seinem Leben. Der Gedanke an die kühle Dose in seiner Hand und an den Geschmack von labberigem Toast und Mayonnaise im Mund löste ein Gefühl von Geborgenheit in ihm aus, aber er konnte es mit keiner Erinnerung verknüpfen. Irgendetwas hielt ihn eisern fest im Hier und Jetzt, und ein strohtrockenes, tonloses Pfeifen entwich seinem Mund, als er begriff, dass sich die Tür zu den schönen Momenten seiner Vergangenheit geschlossen hatte. Die ausschweifende Hochzeit in Berlin, die Flitterwochen in Venedig und die Liebesnacht in dem muffigen Backstage-Raum, all diese Erlebnisse waren versunken hinter einem alles ausradierenden Weiß. Phil blieb nichts als eine unerträgliche Gegenwart, der er nicht entkommen konnte. Wenn Schwarz das Fehlen von Licht ist, dann ist Weiß das Fehlen von Erinnerungen, dachte er, und seine Füße waren wie Federn, die nur darauf warteten, weggeweht zu werden.

Ich weiß nicht mehr ...

Er seufzte tief und starrte die Badezimmertür an. Sie schien sich ihm entgegenzuneigen, und jetzt verspürte er den unnachgiebigen Drang sie zu öffnen, um nach seiner Frau zu sehen.

*

Amanda atmete in fiebrigen, kurzen Stößen und genoss die Stille in ihrem Kopf. Das Brummen des Projektors war übergegangen in ein statisches Rauschen, was dafür sprach, dass die Vorstellung in ihrem Privatkino zu Ende war. Sie blinzelte und hielt den Atem an.

Es ist vorbei. Du kannst ruhig hinschauen. Es ist vorbei. Finito. Game over!

Amanda öffnete zögernd die Augen. Dann schloss sie sie wieder und blinzelte wenige Sekunden später erneut. Die Realität sollte sich langsam und behutsam aus der körnigen Dunkelheit ihres Blickfeldes schälen, damit ihr brachliegendes Gehirn die Eindrücke portioniert verarbeiten konnte. Der heiße Wasserdampf verwandelte das scharfkantige Interieur des Badezimmers in ein diffuses Schattenspiel und dimmte das gleißende Licht der Halogenstrahler auf ein augenfreundliches Level. Amanda kam dieser Weichzeichnereffekt nicht ungelegen, und sie ließ den Blick eine Weile ziellos durch den Nebel schweifen, ehe sie sich aufrichtete und nach der Schiebetür der Kabine tastete. Ihre Beine zitterten, aber sie hielten das Gewicht ihres Körpers lange genug, um es ihr zu ermöglichen, die Tür mit der flachen Hand beiseitezuschieben. Mit zwei unbeholfenen Schritten stolperte sie in die feuchten Schemen des Raumes und sah sich um. Viel konnte sie nicht erkennen, aber es war genug, um sie behutsam wieder ins Hier und Jetzt zu geleiten, und als sie vollständig realisiert hatte, wo sie sich befand, atmete sie erleichtert aus. Sie hatte die Slums ihres Herzens erfolgreich verlassen. Sie hatte den unfreiwilligen Ausflug zum Strandgut ihrer Erinnerung wieder einmal überlebt und konnte aufatmen. Vorerst.

Sie war im Begriff, die Tablettenschachtel, die vor der Toilette auf dem Fußboden lag, aufzuheben, als sie einen Schatten registrierte. Ein Schatten, der vorher nicht da gewesen war. Ein Schatten, der sich bewegte. Er tanzte an der Wand und schwoll an. Amanda erstarrte, als sie begriff, wem er gehörte.

*

Phil rieb sich die Augen und ließ die Badezimmertür weit geöffnet in der Hoffnung, dass sich die Dampfwolken möglichst schnell verflüchtigen würden.

»Mandy?«

Seine Stimme klang dumpf, und er wedelte ein paar Mal reflexartig in der Luft herum, als könne er den Nebel mit den Händen beiseiteschieben. Schweiß drang ihm aus allen Poren und mischte sich mit der Feuchtigkeit zu einer klebrigen Suppe, die seine Kleidung durchnässte.

»Mandy?«, wiederholte er, und jetzt klang es wesentlich energischer als zuvor. Im Nebel schimmerte ihre phosphoreszierende Haut, und der haselnussbraune Klecks ihrer Scham tanzte verschleiert vor seinen Augen. Sie hockte neben der Duschkabine auf dem Boden, und ihre Kleider lagen auf dem Boden verstreut wie schlafende Tiere. Nach und nach krochen die Dampfwolken an Phil vorbei, um in die Kühle des klimatisierten Hausflurs zu flüchten. Sie machten Platz für die ungeschönte Wirklichkeit, und wieder einmal war Phil nicht sicher, ob er wirklich sehen wollte, was sich hinter dem schwindenden Nebel verbarg. Aber er konnte sich auch nicht umdrehen und einfach wieder zur Tür hinausmarschieren. Da war eine unsichtbare Kraft, die ihn dazu zwang, hinzusehen. Diese Kraft kämpfte nun schon seit Jahren gegen seinen Verstand, und auch wenn er dieses Kampfes schon lange müde war, war er nicht in der

Lage, das Schlachtfeld zu verlassen. Wie ein ferngesteuerter Soldat befolgte er die stummen Kommandos seines Herzens, tagein, tagaus. Irgendwo in den hintersten Verästelungen seines erschöpften Gehirns prangte ein riesiges rotes Stoppschild, aber Phil fuhr trotzdem weiter geradeaus. Unfähig, die Kontrolle zurückzuerlangen, unfähig, zu handeln und unfähig, dem Diktat seines Herzens etwas entgegenzusetzen.

*

Amandas Körper war steif und ihre Augen so ausdruckslos wie Glasscherben. Phil tat ein paar Schritte in den Raum hinein, ging vor ihr in die Hocke und musterte sie. Ihre moosgrüne Iris war rot umrändert und schwamm in Tränen, aber ihr Blick war leer. Es war, als hätte ihre Seele sie verlassen wie ängstliche Bewohner ein Haus, in dem es spukt. Phil hatte nicht den Hauch einer Ahnung, was er jetzt tun sollte.

»Um Himmels Willen, Mandy! Was hast du dir bloß angetan?«, flüsterte er, und ein elektrisierter Wind rauschte durch seinen Körper, als seine Frau zu lachen begann. Es war ein süßes, hohes, fieses Lachen, das mit dem Kichern eines Kindes vergleichbar gewesen wäre, wenn es nicht so abgrundtief böse geklungen hätte.

»Falsche Frage«, entgegnete Amanda trocken, und als sie Luft holte, um weiterzusprechen, machten ihre Lungen ein Geräusch, das Phil erschauern ließ. Es war ein toter Laut, so wie Wind in einem leeren Baumstamm.

»Die Frage ist: Was haben wir uns angetan?«, korrigierte Amanda ihn, und Phil schwieg. Er dachte an die zahllosen Tablettenschachteln, die er in ihrer Nachttischschublade gefunden hatte. Dann dachte er an die eine Sommernacht im *Zero Zero* und daran, wie Amanda mit seinem Chef auf die Tanzfläche verschwunden und nicht mehr zurückgekehrt war. Dann dachte er an Claudine, und ihre Worte hallten in ihm wider wie ein Wecker, der viel zu früh klingelt: *Das Problem ist nicht der Sex, Phil. Das Problem ist die Nähe.*

Der blaue Abend im Fensterrahmen über der Toilette hatte sich in eine schwarze Nacht verdunkelt, und Phil sackte kraftlos in sich zusammen und vergrub das Gesicht in den Händen.

Du willst mich, nicht wahr? Du willst, dass ich meinen harten, heißen Schwanz in deinem hungrigen Arschloch versenke. Krankes, geiles Luder. DU KRANKES, GEILES LUDER! Soll der Herr Doktor es dir mal so richtig besorgen, ja?! Soll der Herr Doktor …

Er spürte Amandas Hand in seinem Haar. Er spürte, wie ihre langen, spitzen Nägel behutsam über seine Kopfhaut strichen. Irgendwo an den Grenzen seiner Psyche erschien ein unbestimmtes Schuldgefühl, aber es duckte sogleich wieder.

»Nein!«, schrie er, und es klang, als hätte man ihm das Wort aus dem Mund gerissen wie einen fauligen Zahn. Die Erkenntnis kam plötzlich und unvermittelt, und in seinen Ozeanaugen wütete nichts als kalte Abscheu, als er auf allen vieren zurückwich und mit den Fäusten ziellos und ratternd auf den Steinboden trommelte. Amanda starrte ihn entgeistert an und stand auf. Ihr Anus hatte aufgehört zu bluten. Sie zitterte noch ein wenig, spürte jedoch, wie ihre Lebensgeister langsam zurückkehrten, und mit ihnen kam die Wut. Eine unbändige Wut. Eine Wut, die beinahe an Hass grenzte. Sie musste sich auf die Zunge beißen, um nicht zu schreien, als sie auf ihren Ehemann hinabsah.

Du Waschlappen! Du gottverdammter Versager! Auf allen vieren kniest du hier vor mir und trommelst auf dem Boden rum wie ein kleines Kind, dem man den Lolli geklaut hat. Und warum tust du das? Weil du mich nicht erträgst! Weil du mir nicht gewachsen bist! Du devotes, verweichlichtes Jüngelchen! Steh auf und sei ein Mann, verdammt nochmal! STEH ENDLICH AUF! Steh auf und tu, was jeder gestandene Mann in dieser Situation tun würde! BITTE, PHIL! STEH AUF!

»Kannst du etwas für mich tun?«

Der Nachdruck, der in Amandas Stimme mitschwang, ließ Phil innehalten und er sah sie an. Ihr nackter Körper wirkte aus seiner Perspektive viel gewaltiger, als er es tatsächlich war, und das Kraftfeld des Hasses, das ihn umgab, lähmte ihn. Unfähig zu sprechen, warf er seiner Frau einen fragenden Blick zu. Natürlich konnte er etwas für sie tun. Er konnte immer etwas für sie tun. Was auch immer sie verlangen würde, er würde es tun. Weil er sie liebte. Und weil er tief in seinem Herzen wusste, dass sie unschuldig war.

»Ich will, dass du mich schlägst, Phil. Ich will, dass du mich bestrafst für alles, was ich dir angetan habe. Ich will, dass du aufstehst und tust, was jeder Mann mit einem Funken Selbstachtung im Leib jetzt tun würde.«

Amandas Worte trafen ihn wie Axthiebe. Er musterte seine Hände, die noch immer zu Fäusten geballt waren. Die Haut an den Seiten seiner Handgelenke hatte einen dunklen Violettton angenommen, und die Innenflächen seiner Hände kribbelten, als würden sie von einer Ameisenkompanie auf Futtersuche belagert.

Das ist es also, was du brauchst. Ich verstehe.

Phil erhob sich. Sein Gesicht wippte auf der müden Feder seines Halses. Amanda starrte ihn herausfordernd an.

Na also. Jetzt tu es endlich! Komm schon! Tu es! Prügel mir die Scheiße aus dem Leib!

Aber er tat nichts. Phil stand einfach nur da und nickte. Kompakt und stumm. Kraftlos baumelten die Arme von seinem Oberkörper herab, und er nickte dieses statische Nicken. Ein Nicken, das Amanda als Zustimmung interpretierte, obwohl es in Wahrheit nichts war als der Ausdruck einer Erkenntnis. Eine Erkenntnis, die alles verändern würde. Phils Lächeln war rasierklingendünn, und die nächsten Worte kamen ihm stoßweise von den Lippen, als er seiner Frau den Rücken zuwandte.

»Ich … wünschte … du könntest … dich … mit meinen … Augen sehen.«

Amanda war unfähig zu reagieren. Sie wollte ihn aufhalten, doch sie wusste nicht wie, und als er die Badezimmertür hinter sich schloss, lief die Zeit langsamer als sonst. Die Zeit schien müde zu sein, und es war, als hätte sie nicht mehr genug Kraft, um den natürlichen Gang der Dinge in normaler Geschwindigkeit laufen zu lassen. Amandas Welt stand still, und der Moment schien mit ausgeleierter Stimme »Bitte laden Sie den Akku auf« zu sagen, als sie wie in Zeitlupe zusammenbrach.

Der Schrei, der aus der Resonanzkammer ihres klaffenden Mundes emporkroch, klang wie die Trompeten der Hölle. Ihre Sicherungsleine war durchtrennt worden, und sie driftete hinweg von allem, was auch nur im Entferntesten etwas mit der Realität zu tun hatte.

Phil schritt den Flur hinunter, suchte seine Autoschlüssel und verließ das Haus. Die Nacht war ruhig und pietätvoll, und als er sich gegen den kühlen Lack seines Mustangs lehnte, schloss er die Augen und inhalierte die Stille. Es gab keine Welt mehr für ihn. Seine Welt war geflohen, wie die unliebsame Wirklichkeit unter den Baldachin der Träume flieht. Phil Curan hatte sechs Jahre lang geschlafen – im Wahnsinn seiner Frau.

19

TOTGEBURT

Der Abend ist kühl, und Ana hat sich in eine alte Wolldecke gewickelt. Sie kauert in der rechten Ecke der leeren Garage und betrachtet den Ölfleck, der den Boden vor der verschlossenen Tür schwarz gefärbt hat. Draußen geht die Sonne unter in einem flammenden Gitterlicht aus Rot und Purpur, und Ana versucht an der benzingeschwängerten Luft zu nippen, statt sie einzuatmen. Vor ungefähr vier Wochen hat sie angefangen, von verbrannten Pferdeleibern zu träumen – verkohlte Leiber, die wie verdorbene Früchte von den Kastanien der Hofzufahrt hängen. Ana weiß, dass es nur ein Traum ist, aber sie hat ihren Wallach trotzdem nicht mehr besucht. Manchmal, wenn sie mit ihrem Fahrrad an der Hofzufahrt vorbeifährt und einen scheuen Blick in Richtung Pferdestall wirft, scheint die Luft nach Asche zu schmecken.

Kalte, graue Asche.

Ana hat aufgehört zu sprechen. Mama hatte es gar nicht gefallen, dass Anas Klassenlehrerin sie deshalb zu einem Gespräch in die Schule gebeten hat.

»Wie soll ich das nur deinem Vater erklären? Du trotziges, undankbares Ding! Das hat mir gerade noch gefehlt, dass du jetzt auch noch verhaltensauffällig wirst!«, hatte Mama mit erstickter Stimme gesagt, und dann hatte sie wieder ihren Kussmund gemacht und Ana war gegangen. Einfach so. Sie war in die Garage gegangen, weil sie nicht gewusst hatte, wohin sie sonst gehen sollte. Alles, was sie wusste, war, dass sie gehen musste, weil sie vor den Augen ihrer Mutter nicht zusammenbrechen durfte. Das hätte Mama überfordert, und wenn Mama überfordert war, kam Papa nicht mehr nach Hause oder leerte die Hausbar neben dem Wohnzimmerschrank, und Mama musste ihn dann festhalten, wenn er sich nach der dritten Flasche blauem Spätburgunder über der Badewanne die Seele aus dem Leib kotzte.

Ana spürt etwas Feuchtes zwischen ihren Beinen. Sie traut sich nicht, unter die Decke zu schauen, um herauszufinden, was das für eine Flüssigkeit ist, die da an den Innenseiten ihrer Schenkel hinabrinnt. Vielleicht hat sie in die Hose gemacht? Der Boden ist kalt, sie könnte sich eine Blasenentzündung eingefangen haben. Ja, das wird es sein. Nur eine simple Blasenentzündung …

Tief im ihrem Inneren weiß Ana, dass sie keine Blasenentzündung hat, und sie weiß auch, dass es sich bei der heißen, klebrigen Flüssigkeit nicht um Urin handelt, aber sie klammert sich mit aller Kraft fest an diesem Gedanken. *Bitte, bitte, lieber Gott! Bitte mach, dass ich mir einfach nur in die Hose gemacht habe …*

Ana weiß nicht, warum sie dafür betet, dass ihre Thermostrumpfhose sich mit Urin vollsaugt, aber sie weiß, dass etwas nicht stimmt. Irgendetwas ist nicht in Ordnung mit ihr. Irgendetwas ist ganz und gar nicht in Ordnung. Sie sitzt in der Ecke und versucht, Luft in einem Raum einzuatmen, in dem es bis eben noch genug Luft gegeben hat, die aber nun völlig verschwunden zu sein scheint.

Was passiert mit mir?

Ein monströser Krampf frisst sich durch ihr Innerstes wie das Blatt einer Säge, und Ana schreit, als sie die dunkelroten Flecken auf der kratzigen, grauen Wolldecke realisiert.

Rot! Die Flüssigkeit ist nicht gelb. Sie ist rot! Das ist kein Urin, Ana. Das weißt du! Urin ist nicht rot! Er ist gelb! Aber die Flecken auf der Decke sind rot! Sie sind ROT!

Der Schmerz, der sich durch ihre Eingeweide frisst, kommt jetzt in Wellen, ein leichtes Ziehen im Unterleib, ein Pochen unterhalb des Zwerchfells, ein Brennen in der Magengegend. Erst kann sie den Schmerz noch lokalisieren. Kann ihn beschreiben. Ihn kontrollieren. Aber dann, dann vermischt sich alles zu einem einzigen Overkill des Schmerzes, und er kommt auf sie zu wie eine Flutwelle. Eine meterhohe Welle aus Schmerz, die über ihrem Körper zusammenschlägt und ihn unter sich begräbt. Ein Schmerz, der tausendmal größer und mächtiger ist als Ana selbst.

Sie schließt die Augen und fügt sich. Widerstand ist zwecklos. Ihr zusammengekrümmter Körper scheint in der staubigen Garagenecke zu ertrinken, und Ana hofft auf eine erlösende Ohnmacht, einen Hirnschlag oder einen plötzlichen Herztod. Auf irgendetwas, das die Qual beendet. Jetzt. Sofort.

Als sie die Augen öffnet, glaubt sie das molkegesichtige Antlitz des Leibhaftigen zu erkennen. Es schwebt direkt über ihr. Der Tod manifestiert sich als kahler grauer Schädel, der körperlos in der von bleifreiem Sprit und kalten Abgasen zersetzen Luft hängt. Aus seinen leeren Augenhöhlen schießt eine Salve gieriger Blicke, und Ana streckt ihre Hand nach ihm aus. Wimmernd. Flehend. Aber der Tod erlöst sie nicht. Er nimmt sie nicht mit in die Hölle.

Du schaust nur kurz vorbei, um dich an meinem Leid zu weiden, richtig?, denkt Ana, während die tiefroten Flecken auf der Wolldecke immer größer werden. Doch sie irrt sich. Der Tod ist nicht schadenfroh, und die Rolle des unbeteiligten Zuschauers liegt ihm ganz und gar nicht. Er kehrt von keinem seiner Besuche mit leeren Händen zurück, und eigentlich hätte Ana das wissen müssen. Eigentlich hätte ihr klar sein müssen, dass der hohlwangige Schädel diesen Ort nicht ohne ein Souvenir verlassen wird. Er wird etwas mit sich nehmen. Etwas, das ihr gehört. Etwas, das sich in Anas Körper eingenistet hat wie ein Parasit. Etwas, das in ihr wohnt, seit die Luft am Fuße des Pferdestalls begonnen hat, nach Asche zu schmecken. Etwas, das sie nicht mehr beherbergen kann, weil das Haus ihres Körpers zu klein dafür ist. Etwas, das dunkle, feuchte Küsse auf die Innenseiten ihrer Oberschenkel haucht.

Eine rostige Lanze des Schmerzes bohrt sich in Anas Unterleib, und es folgt etwas, das einer kurzen Ohnmacht gleichkommt.

»Nun sieh dir diese Schweinerei an!«

Der Tod spricht leise. Er flüstert beinahe, aber sein Flüstern klingt nicht behutsam oder ängstlich, sondern wie ein eisiger Luftzug. Die Stimme des Todes hat eine Tonlage, die Anas Trommelfell an die Grenzen der Belastbarkeit bringt, und sie streckt ihm stumm ihre blutigen Finger entgegen. Einen deutlicheren Vorwurf wagt sie nicht.

»Ich weiß«, zischt er, als würde die Tatsache, dass er es weiß, alles erklären und die Angelegenheit in einen rationalen Kontext bringen. Ana strampelt mit den Füßen, versucht sich in der Wand zu verstecken und spürt frische Schmerzen, die wie ekelerregende Insekten in ihrem Körper ausschwärmen. Irgendeine Stimme schreit »Stopp!« in ihrem Kopf.

*

Ana ist allein, als ihre Gebärmutter im Begriff ist, ihr Baby zu erbrechen. Sie macht die Augen zu, weil sie glaubt, dass sie verrückt wird, wenn sie hinsieht. Es fließt Blut, mehr Blut. Ein Sturzbach, der den Fremdling aus seiner kleinen Höhle spült. Ein Sturzbach, der Anas Körper in eine ungesunde gierige Wärme taucht. Es ist so, als hätte ihr eigenes Blut sich mit dem Tod gegen sie verbündet. Ana ist klar, dass das ein verrückter Gedanke ist, aber liegt es nicht in der Natur der Sache, dass verrückte Situationen verrückte Gedanken hervorbringen? Die Schmerzen erreichen ihren Höhepunkt, und als sie schließlich in einem flüssigen Schwall abklingen, muss Ana lächeln.

TOTGEBURT, denkt sie, ohne zu wissen, dass sie es denkt. *TOTGEBURT*. Das Wort hallt in ihr wider wie ein scharfer Herbstwind, der die welken Überbleibsel des sterbenden Sommers mit sich fortträgt. Ein Echo, das in Anas Kopf hinabrieselt und sich wie ein Häufchen Asche zwischen ihren blutigen Beinen manifestiert.

KALTE, GRAUE ASCHE …

20

OPFER

Phils Augen waren zusammengekniffen, und die geschwollenen Tränensäcke, die seine unteren Wimpernkränze wie elliptische Geschwülste säumten, verliehen ihm den Charme eines übernächtigten Killers. Der gewohnte anhaltende Druck in seinem Kopf war zu einem hämmernden Schmerz mutiert. Led Zeppelin spielten *Whole Lotta Love*, und als sich Robert Plants Brunftschreie gegen Ende des Songs zu einem tongewordenen Orgasmus steigerten, schaltete Phil das Autoradio aus. Seine Gedanken schossen ebenso ziellos durch die Nacht wie der Mustang, dessen Scheinwerfer die Straße mit hellgoldenen Fingern betasteten. Er wusste nicht, wohin er fahren würde, aber das machte nichts. Er brauchte kein Ziel. Wichtig war nur, dass er in Bewegung blieb.

Der Mulholland Drive, der sich wie ein schwarzer Bach durch die Hügel schlängelte, war in nächtliche Einsamkeit gesunken, und die Stille, die über der unbefahrenen Straße lag, war ebenso beharrlich wie die Hilflosigkeit, die Phil Curan spürte. Die vergangenen sechs Jahre spielten sich im Schnelldurchlauf vor seinem geistigen Auge ab und kamen ihm vor wie ein Traum. Ein Traum, der sich seiner Kontrolle schon vor langer Zeit entzogen hatte. Er konnte den genauen Moment, in dem sich dieser Traum verselbstständigt hatte, nicht rekapitulieren, doch er wusste, dass dieser Traum irgendwann damit aufgehört hatte, sein eigener zu sein.

Was haben wir uns angetan?

Phil parkte den Mustang auf einem kleinen Stück Rasen am Straßenrand. Die Lichter von Downtown Los Angeles ergossen sich am Fuße der Hügel. Er schaltete den Motor ab und stieg aus. Es roch nach Regen, und mit geschlossenen Augen atmete Phil den Geruch ein. Er liebte es, wenn ein Unwetter den Tag gereinigt und den aufgeheizten Großstadtmief hinfortgespült hatte. Er liebte es, wenn die Luft wie frisch gewaschen war und der weggeatmete Secondhand-Duft von Abgasen und Falschheit in die Kanalisation sickerte. Eine American Spirit glühte zwischen den Fingern seiner Rechten, und Phil warf die leere, zerknüllte Schachtel ins Gras, während er gedankenverloren auf die Stadt hinabsah. Der hetzende Farbentanz, der sich unter ihm erstreckte, lag in stummer Umarmung mit all seinen Ängsten, und wenn er so dort stand und auf dieses unheilige Bündnis hinabsah, war es ihm, als wäre er aus seinem eigenen Leben ausgestiegen. Als stünde er als teilnahmsloser Beobachter vor den Trümmern seiner Existenz. Diese Perspektive erfüllte ihn mit einem tiefen inneren Frieden.

Was haben wir uns angetan?

Er zog an der Zigarette und blies eine Rauchtrompete in die Luft.

»Das hier ist nicht mehr mein Kampf, Mandy«, murmelte er kopfschüttelnd, und mit einem Mal wusste er, was er zu tun hatte. Die Perspektive des Beobachters gab ihm die Möglichkeit, seine subjektive Position zu verlassen, und befähigte ihn zu einer rationalen, aber richtigen Entscheidung. Phils Emotionen waren in diesem Moment mit den Lichtern der Innenstadt verschmolzen. Sie hatten das Haus seines Körpers mit nichts als dem blanken Verstand zurückgelassen, und dieser machte einen außerordentlich guten Job und lotste Phil Curan mit souveräner Geradlinigkeit aus dem Labyrinth seines Gedankenwirrwarrs. Er nahm solche schwierigen Hürden wie Verantwortungsbewusstsein, Selbstzweifel und Sentimentalitäten mit unirdischer Leichtigkeit und überwand am Ende sogar das größte aller Hindernisse: die bedingungslose Liebe zu seiner Frau.

Das hier ist nicht mehr mein Kampf, Mandy.

Der Wind schwoll an und Phil beschloss, weiterzufahren. Er wollte nicht zurück. Noch nicht. Er wollte sich bis zum Morgengrauen Zeit geben. Zeit, um sich an den Gedanken zu gewöhnen, dass er seinen ehelichen Kriegsschauplatz verlassen würde. Zeit, um sich damit abzufinden, dass er Amanda zurücklassen musste, wenn er überleben wollte. Insgeheim hoffte er, dass er seine Gefühle lange genug unterdrücken konnte. Dass er lange genug in der objektiven Beobachterperspektive verweilen konnte und nicht einknicken würde. Irgendetwas verhieß ihm, dass er diesmal tun würde, was er schon viel früher hätte tun müssen. Diesmal gab es keine Kompromisse mehr. Die Fruchtblase der Hoffnung war geplatzt. Die nährende Flüssigkeit des Wunschdenkens war in den verdorrten Acker der Realität gesickert. Phil saß auf dem Trockenen.

Woher nimmst du die Kraft, das zu tragen, Phil? Woher nimmst du die Kraft, das zu ertragen?

Die Luft im Innenraum des Mustangs roch nach kalter Asche, und Phil kurbelte das Fenster hinunter, ehe er auf der kleinen Rasenfläche wendete. Die Hinterreifen wirbelten ockerfarbenen Staub auf, und Grashalme zerstoben. Die Frontleuchten eines nahenden Nightliners bildeten Lichtinseln in der Dunkelheit, und Phil ließ den Reisebus passieren, bevor er die Kupplung kommen ließ und Gas gab.

Der V8-Motor erzitterte und brüllte wie eine hungrige Raubkatze. Eine Raubkatze, die laufen gelassen werden wollte. Ausbrechen. Die Flammen spüren. Nur noch einmal.

*

Amanda lag auf dem Rücken und starrte die Decke an. Der cremefarbene Stoff der Satinbettdecke klebte an ihrem nackten Körper, und sie umklammerte ihre Zipfel mit einer solchen Kraft, dass ihre Fingerknöchel sich weiß färbten. Feuchte Strähnen klebten auf ihren Wangen, und zwischen ihren Schlüsselbeinen hatte sich heißer Schweiß gesammelt. Ihre geschwungenen Lippen formten tonlose Worte. Dann horchte sie angestrengt und nickte wissend, ehe sich ein weiterer schweigender Wortschwall mit der Stille des Zimmers vermählte. Sie presste die Lippen aufeinander. Ihre Augen wirkten wie zwei riesige grüne Murmeln, und ihre Gesichtszüge spiegelten absolute Konzentration. Sie lauschte erneut, dann schüttelte sie energisch den Kopf.

Amanda Curan lag schweißgebadet in ihrem Ehebett, während sie Dinge sagte, die niemand hören konnte, um anschließend eine mal mehr und mal weniger befriedigende Antwort von der Zimmerdecke zu erhalten. Was oberflächlich betrachtet laut und deutlich »Endstation Zwangsjacke« schrie, war in Wahrheit das langsame Erwachen aus einer lebensrettenden Illusion.

Amanda schloss die Augen und lauschte ihrem flatternden Atem. Der Vorhang ihrer Wirklichkeit war zerrissen. Seine scharlachroten Überreste hingen wie Fleischfetzen von der Decke, und auch wenn Amandas Unterbewusstsein sich mit Händen und Füßen dagegen wehrte, wusste ihr Verstand genau, dass sie ihn nicht mehr reparieren konnte. Ihr Körper rebellierte und versuchte sie von diesen Gedanken abzulenken, indem er ihren Magen dazu brachte, eine Mischung aus heißem Leitungswasser und Beruhigungsmitteln zu erbrechen. Doch diese Ablenkungsmanöver waren zu schwach. Zu schwach, um ihre Wahrnehmung voll und ganz auf ihr physisches Überleben zu richten. Zu schwach, um ihre Seele zu beschützen. Zu schwach, um den begonnenen Erkenntnisprozess aufhalten zu können. Amanda wusste nicht mehr, ob sie den Verstand verlor oder ob sie ihn wiederfand, als ihr bisheriges Leben in einer nie gesehenen Version an ihrem geistigen Auge vorüberzog. Da waren keine neuen Erinnerungen. Da waren keine unbekannten Bilder. Da waren keine Flashbacks, die aus dem Nichts kamen, es sich für eine Weile in ihrem Gehirn gemütlich machten und dann wieder verschwanden. Es handelte sich zweifellos um vertraute Erinnerungen. Um ihre eigenen Erinnerungen, und diese Erinnerungen waren real. Zum ersten Mal vielleicht.

Da waren ihre nymphomanischen Exzesse, die endlosen Streitigkeiten mit ihrer Schwester, alkoholgeschwängerte Partynächte auf dem Sunset Strip und ehrfürchtige Blicke ihrer Freundinnen vom

Schlampenbrunch. Da war ihr Psychiater, der mit ihr regelmäßig Rosetten-Reichsparteitag feierte, und schließlich war da ihr Waschlappen von einem Mann, der zu ihren Füßen kauerte und mit den Fäusten auf den Badezimmerfußboden trommelte.

Ich wünschte, du könntest dich mit meinen Augen sehen.

Die Bilder waren klar und vertraut, aber die Perspektive, aus der Amanda sie betrachtete, hatte sich verschoben, und diese Verschiebung hatte alles verändert. Sie ließ Amanda Gedanken denken, die sie nie zuvor hatte denken dürfen. Sie dachte verbotene Gedanken und begann verbotene Fragen zu stellen, während ihr Überlebensinstinkt ohnmächtig danebenstand und dabei zusah, wie sich die zersplitterten Bruchstücke ihres Ichs zusammensetzten. Was, wenn ihr rücksichtsloses Verhalten ihrem Ehemann gegenüber tatsächlich nichts war als Hilflosigkeit? Was, wenn die Bewunderung, die sie all die Jahre in seinem Blick gesehen hatte, in Wahrheit nichts war als Mitleid? Lag Phils Ignoranz ihrem Verhalten gegenüber tatsächlich in seiner charakterlichen Schwäche begründet, oder …

Amandas Magen krampfte sich erneut zusammen, damit sie den Gedanken nicht zu Ende denken musste. Er war jedoch leer, und so erbrach sie nichts als einen krank stinkenden Hauch.

Hören Sie auf, nach dem »Warum« zu fragen. Sie würden die Antwort nicht überleben.

Kontrollierte sie ihren Psychiater oder kontrollierte er sie? War das, was sie nach außen hin zu repräsentieren glaubte, tatsächlich das, was die Menschen in ihr sahen? Was, wenn dem mahnenden Geschwätz ihrer Schwester weitaus mehr innewohnte als Neid, Missgunst und Frustration über die eigenen Grenzen? Was, wenn die Freiheit, die sie durch ihr promiskuitives Verhalten gefunden zu haben glaubte, in Wahrheit ein Käfig war? Was, wenn Phils Unfähigkeit, ihr zu geben, was sie zu brauchen glaubte, weder unmännlich noch devot war? Was, wenn sie nur nicht in der Lage dazu war, das, was er ihr geben konnte, anzunehmen? Was, wenn der Fehler nicht im Außen lag? Was, wenn sie selbst der Fehler war?

Amanda hielt sich die Ohren zu und stieß einen gellenden Schrei aus. Das musste aufhören. Aufhören. Sie durfte diese Gedanken nicht weiterdenken. Sie durfte sich nicht beirren lassen. Sie war eine bildschöne junge Frau und hatte es vom dünnen, schweigsamen Dorfkind bis in die gesellschaftliche Oberliga Hollywoods geschafft. Sie hatte sich von Takko zu Chanel hochgearbeitet.

Du hast dich nicht hochgearbeitet, sondern hochgeschlafen.

Die Schlafzimmerdecke hatte wieder zu sprechen begonnen. Amanda setzte sich auf und fixierte den Feind, der in der weißen Tapete über ihr saß und nicht aufhören wollte sie zu piesacken, mit eisigem Blick.

»Und wenn schon!«, schrie sie, und die Fremdartigkeit ihrer eigenen Stimme erschreckte sie. »Ich bin lieber eine Schlampe als ein …«

… als ein Opfer?

Amanda öffnete den Mund, um etwas zu sagen, aber sie fand keine Worte mehr. Die Zunge klebte ihr am Gaumen, denn ihr Albtraum, ihr schlimmster Albtraum manifestierte sich in diesem einen Wort. Einem Wort, das sich durch das verstrahlte Weiß der Wände fraß, um von dort aus das Schlafzimmer zu belagern. Ein Wort, das für Amanda etwas weitaus Schlimmeres bedeutete als den Tod. Ein Wort, vor dem sie ihr Leben lang davongelaufen war. Es verwandelte die heiß gelaufene Stille, die ihren nackten Körper umwob, in ein Kaleidoskop aus Stimmen. Dutzende von Stimmen. Stimmen, von denen manche flüsterten und andere brüllten. Stimmen, die allesamt wieder und wieder dasselbe finale, vernichtende, alles auslöschende Urteil verkündeten:

D U O P F E R !

21

DO I DRIVE OR AM I DRIVEN?

Die ersten Strahlen der aufgehenden Sonne wirbelten am Himmel, und Phil studierte den Heckscheibenaufkleber des kobaltblauen Plymouth Fury, der vor ihm an der Ampel stand und offenbar im Begriff war, auf den Freeway in Richtung Sacramento abzubiegen. *Do I drive or am I driven?* stand in großen, pinkfarbenen Lettern auf der verdreckten Scheibe, und ein knappes Lächeln erschien auf Phils Gesicht. Der energische Klang einer Hupe riss ihn jäh aus seiner Geistesabwesenheit und Phil zuckte zusammen, als er eine wild gestikulierende junge Frau im Rückspiegel sah. Die Ampel stand auf Grün, und der Plymouth war längst auf den Freeway abgebogen. Phil machte ein entschuldigendes Handzeichen und wandte seine Aufmerksamkeit wieder der Straße zu. Als die Ankündigung einer nahenden Tankstelle in Form eines riesigen Werbeplakates am Straßenrand auftauchte, atmete er auf und nahm die nächste Ausfahrt. Er brauchte dringend Koffein, wenn er den Kampf gegen seine gequälten Augenlider nicht verlieren wollte, und die Vorstellung eines dampfenden Bechers mit frisch gebrühtem Kaffee war Balsam für seine fröstelnden Glieder. Es war zwar nicht wirklich kalt, aber das Schlafdefizit nistete in seinen Knochen und schickte eisige Schauer über seinen Rücken. Außerdem würde er für das, was ihm bevorstand, Energie brauchen. Er würde einiges an Energie brauchen, wenn er sein Vorhaben umsetzen wollte.

Die Chevron-Tankstelle wurde von einem riesigen Parkplatz gesäumt. Ein paar Trucks standen hintereinander am Rand der asphaltierten Zufahrt, und Phil passierte die Wand aus Anhängern, riesigen Autoreifen und verchromten Fahrerhäuschen mit wachsendem Unbehagen. Er musste an seinen Vater denken. Daran, wie er als kleiner Junge auf den Beifahrersitz eines alten blauen Sechstonners geklettert war und seinen Vater beim Essen beobachtet hatte. Eine Mischung aus Thunfisch, Mayonnaise und zerkauten Salatblättern hatte sich in seinen Mundwinkeln abgelagert, und der verqualmte Innenraum des Fahrerhäuschens war von feuchten Schmatzgeräuschen erfüllt worden. Der alte Mr. Curan schmatzte grundsätzlich, egal was er aß. Und er schlürfte, egal was er trank. Der alte Mr. Curan war, was Benimmregeln und Tischmanieren anging, nie sonderlich bewandert gewesen. Dafür war er, selbst nach einer zurückgelegten Strecke von tausend Meilen und mit zwei Flaschen Jack Daniels intus, immer noch fit und unverbraucht wie die frischgewaschene Muschi einer Jungfrau. Er war so fit und unverbraucht, dass er stets genug Zeit fand, um dem kleinen Phil seine Auffassung von Männlichkeit nahezubringen, ehe er seinen Rausch ausschlief und sich von einer seiner wochenlangen Truckreisen erholte. Bis auf ein paar vereinzelte Narben auf seinen Innenhandflächen hatte der Männlichkeitsunterricht des alten Curan keinerlei sichtbare Spuren hinterlassen. Der alte Curan hatte Phils Hände gerne als Aschenbecher missbraucht, und auch wenn die kreisrunden Verbrennungen mit den Jahren verblasst sein mochten – die Erinnerung verblasste nie.

Das leise Zischen, das die Vermählung von Glut und nackter Haut ankündigt. Der Geruch von Schwefel und Nikotin. Der Moment des stromschlagartigen Schmerzes, der in dem kreisrunden Brandmal erblüht und sich von dort aus blitzschnell im gesamten Körper ausbreitet. Das Kribbeln auf der Kopfhaut. Der eisige Schauer, der den Rücken hinabkriecht, als Curan Seniors whiskeygeschwängerter Atem näherkommt. Phils vor Wut aufeinander gepresste Lippen, als der Alte zu lachen beginnt.

»Ein bisschen Pflege für deine zarten Klavierspielerhände!«

Das Lachen steigert sich zu einem hysterischen Gebrüll, als Curan Senior sich eine neue Zigarette anzündet. Phil senkt den Kopf und studiert den einfarbig karierten Belag der Küchenecke.

Seine Mutter betritt den Raum, huscht zum Kühlschrank und entschwindet Sekunden später mit einer Flasche Pepsi in Richtung Wohnzimmer. Sie zieht den Kopf ein. Ihr Körper ist gebückt und verkrampft, und in ihren veilchenblauen Augen leuchtet ein entschuldigendes »Ich bin gar nicht da«, als der alte Curan eine Breitseite finsterer Blicke in ihre Richtung abfeuert.

»Hat er nicht wundervolle Hände?«

Die Wärme in seiner Stimme ist künstlich, und Phil versucht vergeblich, seine Tränen zurückzuhalten. Die roten Karos des Küchenbelages verschwimmen vor seinen Augen.

Curan Senior packt seine verbrannte rechte Hand und stößt heißen Rauch aus. »Oh ja ...er hat wundervolle Hände« beantwortet er schließlich seine eigene Frage, und als die zweite Zigarette bis auf den Filter niedergebrannt ist, flüstert er: »Zarte, dünne Klavierspielerhände.«

*

Der Food Market links neben der Tankstelle war nur spärlich gefüllt, und Phil hatte das Gefühl, gegen eine Mauer aus klimatisierter Luft zu laufen, als er den großzügigen Raum betrat. Er vergrub seine Hände in den Taschen seines violetten Sakkos und presste die Lippen aufeinander.

Verloren blieb Phil im Gang stehen und studierte die brummenden Kühlschränke zu seiner Linken. Die Fächer waren prall gefüllt mit Softdrinks, und in den Gefrierfächern vor seinem Kopf stapelten sich Crushed-Ice-Tüten und Ben & Jerry's-Eiscreme. Letztere lenkten Phils Gedanken zurück zu Amanda, und er schüttelte sich, als könne er sich durch diese Bewegung von der ungebetenen Erinnerung befreien. Amanda liebte Ben & Jerry's-Eis, und der Gedanke daran, wie sie im Schneidersitz auf dem Wohnzimmersofa saß und ungeniert einen Halbliterbecher *Cookie Dough* leerte, tat weh. Er erinnerte Phil daran, warum er sie einst geheiratet hatte, und daran, warum es ihm so unsagbar schwerfiel, sie loszulassen. Es waren diese ungeschminkten Abende vor dem Fernseher, die in ihrer Einfachheit und Authentizität so viel Vertrautheit und Leichtigkeit transportierten, dass alles andere unwichtig wurde. Wenn Amanda in ihrer Yogahose barfuß auf dem Sofa lümmelte und Unmengen ihres Lieblingseises vernichtete, wenn sie dem hollywoodtypischen Schlankheitswahn mit genussvollem Grinsen den Stinkefinger zeigte, während im Fernsehen *Tom und Jerry* lief, wenn sich die laszive Femme fatale vor seinen Augen in ein seliges kleines Mädchen verwandelte, dann, ja dann vergaß Phil alles um sich herum. Diese Verwandlungen waren selten, aber von einer solchen Intensität, dass eine einzige dieser Metamorphosen ausreichte, um alle negativen Erinnerungen zu überschatten. Alle Lügen, alle unausgesprochenen Vorwürfe und Fragen, die wie heiße Steine in Phils Eingeweiden schliefen, alle Erniedrigungen, die er schweigend ertrug, all das wurde bedeutungslos, wenn Amanda ihr Lieblingseis löffelte. Wenn dieses unverwechselbare Leuchten in ihren moosgrünen Augen erblühte. Wenn sie ihre inneren Dämonen vorübergehend ausgesperrt hatte, um das Leben mit der Unbedarftheit und Neugier eines Kindes neu zu entdecken und wirklich und voll und ganz sie selbst zu sein.

»Es gibt jetzt keine Süßigkeiten, Charlie.« Die Stimme einer honigblonden jungen Mutter riss Phil aus seiner Gedankenschleife. Er drehte sich um. Charlie war ein zehnjähriger Bengel mit dunkelbraunem Pottschnitt und einer Zahnlücke. Offenbar missfiel ihm das ausgesprochene Süßigkeitenverbot, und er reagierte mit lautem Protestgebrüll, das wenige Sekunden später in ein nervenaufreibendes Geheul überging. Die Mutter ignorierte das Aufbegehren ihres aufmüpfigen Sohnes und stakste in Richtung Kasse. Charlie blieb plärrend vor dem Süßigkeitenregal in der Mitte des Raumes stehen und wirkte so verzweifelt, dass Phil instinktiv in seine Jackentasche griff. Normalerweise hatte er immer eine Tüte *Life Savers* in der Tasche und irgendwie verspürte er den Drang, das Elend des kleinen Charlie zu beenden. Doch seine Jackentaschen waren leer, und als die honigblonde Mutter wieder in seinem Blick auftauchte, wurde Phil klar, dass es vermutlich ohnehin keine sonderlich gute Idee gewesen wäre, sich in die Erziehung einzumischen.

»Komm jetzt«, befahl die junge Frau hastig und zeigte mit langen, pink lackierten Fingernägeln in Richtung Ausgang. Charlie senkte den Kopf und zog Rotz hoch. Dann wischte er sich mit dem Ärmel seines weißen Nike-Sweaters die Tränen von seinen sommersprossigen Wangen und trottete widerwillig hinter seiner Mutter her.

22

GRENZEN

Die Morgendämmerung kam plötzlich und ungelegen für Amanda. Ihre linke Hand tastete nach der silbernen Fernbedienung, die neben einer zerfledderten *Vogue* und einer halb leeren Xanax-Schachtel auf dem Nachttisch lag. Amandas Augen brannten und sie fror erbärmlich. Die Bettdecke hatte sich mit Schweiß vollgesogen und der nasse, kalte Stoff klebte an ihrem Körper. Die Luft war schwül, und auf dem Kopfkissen blühte ein durchsichtiger Fleck, der den schalen, traurigen Geruch von Erbrochenem verströmte. Amanda fluchte und richtete die Fernbedienung wie eine Waffe auf das Fenster. Ein weißes Rollo glitt mit einem leisen Brummen hinab und sperrte einen Teil der quälenden Morgensonne aus dem Zimmer. Amanda ließ die Fernbedienung auf den Fußboden fallen, richtete sich auf und starrte ins Leere. Langsam kehrte ihr Orientierungssinn zurück, und die Erinnerung wucherte wie Unkraut durch den Schleier des Vergessens, der sie für wenige Stunden in seine wärmenden Arme geschlossen hatte. Am liebsten hätte sie diese Erinnerung als Albtraum abgetan und die substanzlose Mischung aus Schlaf und Beruhigungsmitteln zur Realität erklärt. Aus Albträumen erwachte man irgendwann, aber Amanda konnte tausendmal aufwachen, und die Scheiße würde ihr beim tausendundersten Mal immer noch höhnisch ins Gesicht grinsen.

Ich muss einfach nur weiterschlafen, dachte sie, und ihr nächster Gedanke galt der Schachtel Xanax auf dem Nachttisch. *Weiterschlafen. Ein paar Pillen einwerfen, zurück ins Kissen sinken, die Decke über den Kopf ziehen und vergessen. Es ist so einfach, Mandy.*

Wie ferngesteuert tastete ihre Hand nach der Schachtel. Ihre Pupillen waren tellergroß und ihre blauen, rissigen Lippen verzogen sich zu einem dünnen Lächeln. Es war, als würde man eine Leiche in ihrem Sarg grinsen sehen.

Einschlafen und nie mehr aufwachen. Keine Erinnerung. Keine Vergangenheit. Keine Zukunft. Kein Schmerz. Keine Gedanken. Keine Probleme. Du bist der Realität nicht ausgeliefert, Mandy. Du kannst fliehen. Du kannst Sicherheit, Ruhe und Frieden finden. Du musst einfach nur wieder einschlafen.

Ein brennender Schmerz kroch ihre trockene Kehle empor. Irgendwo an den Grenzen ihrer Wahrnehmung erklang eine Stimme, deren Echo mit ihrer zerrütteten Psyche spielte wie ein reißender Bach mit einem Stück Holz. *Opfer! Du bist nichts als ein bemitleidenswertes Opfer …*

Die Stimme schwoll an, und Amandas Körper versteifte sich. Unwillkürlich spannte sie ihre gesamte Muskulatur an. Das Rauschen des Blutes in ihren Adern klang wie ein startender Düsenjet und sie versuchte verzweifelt, sich irgendwie zusammenzuhalten. Ihre Muskeln verkrampften sich weiter, sie hechelte nach Luft und spürte, dass sie dem Druck in ihrem Inneren nicht mehr lange würde standhalten können. Sie würde explodieren. Ihre Haut würde aufplatzen, und ihr gesamtes Innenleben würde sich mit einem matschigen Geräusch auf die schweißdurchtränkte Satinbettwäsche ergießen. Berstende Schädeldecke. Niederrieselnde Knochensplitter. Warmer, roter Regen und das war's.

Game over!

Der Druck in Amandas Kopf stieg weiter, und ihre Zähne bohrten sich in ihre Unterlippe, als sie vergeblich versuchte die Tablettenschachtel zu öffnen. Sie schmeckte Verzweiflung, und ihre verkrampfte Hand umschloss die kleine Pappschachtel, nur um sich im nächsten Moment wieder zu öffnen. Sie öffnete und schloss sich, öffnete und schloss sich wieder.

Erst hast du Angst, dass du stirbst. Dann hast du Angst, du stirbst nicht.

Amanda ließ sich selbst nicht wissen, was sie dachte, und eine erlösende Stille senkte sich über ihrem inneren Schlachtfeld hinab, als sie die verbleibenden Tabletten Stück für Stück aus der Verpackung drückte. Das Knistern der aufplatzenden Schutzfolie kam ihr lauter vor, als es eigentlich war, und ihr Oberkörper hatte begonnen, vor und zurück zu wippen, rhythmisch und gleichförmig, wie ein Metronom.

Geh doch! Es ist so einfach. Schlaf ein. Zeitlos …

Draußen wälzte sich eine Ansammlung von Haufenwolken vor die Sonne, und eine heftige Böe kündigte einen aufziehenden Sturm an. Amanda hielt inne. Irgendwo unter dem Rauschen des Windes hörte sie das Murmeln einer Bewegung – so, als würde jemand oder etwas näherkommen.

*

Phil stolperte schlingernd in den Flur und zuckte zusammen, als die Tür hinter ihm ins Schloss fiel. Eigentlich wollte er das Haus möglichst geräuschlos betreten, aber er übersah die Stufe, die an den dunklen Flur grenzte, und war gezwungen, die Türklinke loszulassen, wenn er nicht bäuchlings auf dem Sandsteinboden landen wollte.

Der Puls hämmerte in seinen Schläfen, und er verzog das Gesicht. Wenn nur diese verdammten Kopfschmerzen endlich aufhören würden! An den andauernden unterschwelligen Druck in seinem Hinterkopf hatte er sich irgendwann gewöhnt, damit konnte er sich arrangieren. Das chronische dumpfe Pochen unter seiner Schädeldecke war zwar nicht angenehm, aber wenn er sich nicht dagegen wehrte, konnte er damit leben. Die ausgewachsenen Schmerzen hingegen, die sein Gehirn seit wenigen Tagen wie Schraubstöcke zusammenquetschten, waren von einem anderen Kaliber, und Phil spürte den immer stärker werdenden Drang, sich mit einer Betonmauer zu duellieren. Er sehnte sich danach, seinen Schädel solange gegen etwas Hartes zu hämmern, bis eine Ohnmacht ihn von dem Schmerz erlösen würde.

Dieses Vorhaben musste jedoch warten. Wenn er mit Amanda gesprochen hatte, konnte er sich mit der betonierten Fassade irgendeines gottverdammten Bunkers ein Celebrity Deathmatch liefern, bis sein Schädel püriert war, aber erst musste er mir ihr sprechen. Ihm war bewusst, dass er verloren hatte, wenn er sein Vorhaben aufschob. Wenn er seiner Frau Zeit gab, würde sie seine mühselig unterdrückten Emotionen mit einem einzigen Kuss in die Freiheit entlassen, und wenn das geschah, war die Sache gelaufen. Wenn das geschah, würde Phil Curan wieder einschlafen. Dann würde er die Realität aussperren, sich mit der trügerischen Leichtigkeit des Wunschdenkens zudecken und in den ewigen Schlaf des Wegsehens sinken. Er würde bereitwillig mit seiner Frau untergehen, ohne etwas davon mitzubekommen. Er würde sich in ihrem Wahnsinn auflösen, um sich nicht mit seinem eigenen Wahnsinn konfrontieren zu müssen. Als gescheiterter Retter zu sterben war nicht schwer. Als Opfer zu leben hingegen schon.

Der Wind schwoll an, konnte gegen die glatte Hausfassade jedoch nichts ausrichten und strich fast geräuschlos um den kubischen Betonklotz. Nur das Rascheln der Palmen am Straßenrand zeugte von dem aufziehenden Unwetter, und Phil wunderte sich ein wenig über die unterirdischen Wetterverhältnisse der letzten Tage. Feinen englischen Regen gab es in Los Angeles nicht. Wenn es regnete, goss es wie aus Kübeln. Dann regnete es keine Bindfäden, sondern Seile. Allerdings hatte sich die Stadt mit den monsunartigen Unwettern arrangiert.

Die Notfallpläne für Flutkatastrophen waren ausgeklügelt bis ins kleinste Detail, und die Regierung investierte Unsummen in hurrikansichere Architektur. Am Ende des Tages jedoch ließ Mutter Natur sich nicht verarschen. Gegen das Weltuntergangsszenario, das der Jahrhundert-Tsunami vor knapp zehn Jahren an der Küste Thailands heraufbeschworen hatte, konnte selbst der beste Katastrophenschutz nichts ausrichten. Am Ende des Tages investierte man in nichts als ein bisschen Scheinsicherheit, aber diese

Scheinsicherheit schien der Bevölkerung zu genügen. Phil schloss die Augen und stieß einen Seufzer aus.

Das Ertragen der Wahrheit hat noch nie zu den menschlichen Königsdisziplinen gezählt, dachte er, und als er den Flur fokussierte, musste er lächeln. Seine Augen brauchten eine Weile, ehe sie sich an die Dunkelheit gewöhnt hatten. Der schlauchförmige Korridor erstreckte sich zu seiner Linken wie ein dunkelgrauer Tunnel, der in den kubischen Umriss der verschlossenen Schlafzimmertür mündete, und Phil überkam ein seltsames Déjà-vu, als er ihn vorsichtigen Schrittes hinabging.

Schlüssel. Nachttischschublade. Schlafzimmer.

Er verharrte einige Minuten unbeweglich vor der Tür und überlegte, was er sagen würde. Er dachte nach, wie er das Unaussprechliche in Worte kleiden konnte, begriff jedoch schnell, dass es nicht darum ging, *wie* er es sagte. Wichtig war einzig und allein, *dass* er es sagte. Und das würde ihm schwer genug fallen, wenn er seiner Frau gegenüber stand.

Die großen, moosgrünen Augen. Der leicht geöffnete Erdbeermund. Die alabasterfarbene Haut und das lange schwarze Haar, das ihr vollkommenes Gesicht umspielt. Der Duft von Paul-Mitchell-Shampoo und Gucci, und dieser Blick, der dir direkt in die Hose schießt. Ein Blick, der nichts als existenzielles Verlangen versprüht. Ein Blick, der die Grenzen zwischen ihr und dir ausradiert. Und dann ein Flüstern, sinnlich und hungrig. Ein Flüstern, das von ihren kirschroten Lippen tropft. »Ich will, dass du spielst …«

Phil erschauerte und versuchte verzweifelt, seine Erregung zu unterdrücken. Er musste sich zusammenreißen. Er musste Vernunft walten lassen und seine Triebe kontrollieren. Himmelherrgott noch mal! Er war lange genug als Sklave seiner Gefühle durchs Leben getaumelt. Er hatte sich tief genug in ihnen verloren, und er hatte genug gelitten. Er hatte seinen Stolz, seine Selbstbestimmtheit, sein Lachen und am Ende sogar seinen Job verloren. Sein Ich lag in Scherben, und er hatte keinen blassen Schimmer, wie er sich ohne

Amanda wieder zusammensetzen sollte. Alles, was er wusste, war, dass er es zusammen mit ihr nie würde schaffen können. Amanda war nicht die Lösung, sondern das Problem. Dennoch fühlte es sich schrecklich an, und Phil fragte sich, wie etwas, das gut war, so wehtun konnte. Lösungen sollten doch eigentlich Erleichterung bringen. Wieso war ihm, als wenn die Lösung das Einzige war, was ihn von allen Geheimnissen der Hölle trennte? Warum starrte er diese gottverdammte Tür an, als ob sich dahinter ein schwarzes Loch auftäte?

Reiß dich zusammen, Curan. Reiß dich verdammt noch mal zusammen.

Er schloss die Augen, als er die Klinke ergriff und drückte sie hinunter. Es war, als leiste sie Widerstand, als wären unsichtbare titanische Ströme in ihr zusammengeflossen. Als versuche sogar diese gottverdammte Türklinke, ihn von seinem Vorhaben abzuhalten. Sie widersetzte sich der Kraft seines Arms und lag wie ein Stein in seiner kalten Hand, ohne sich auch nur einen Millimeter herunterdrücken zu lassen.

Das geht nicht mit rechten Dingen zu, dachte Phil, und sein Adamsapfel bewegte sich ruckartig, als er das kranke Gelächter, das in seiner Kehle emporschoss, herunterschluckte wie ein unzerkautes Stück Fleisch. Ein milchiger Lichtschein kroch unter der Tür hindurch, und Phil hielt inne und lauschte. Da waren Schritte. Klebrige, nackte Füße, die unbeholfen auf dem Boden herumtapsten. Einige Sekunden Stille, und dann wieder Schritte: Eins, zwei, drei …

Sie wurden lauter, und Phil machte einen Satz nach hinten, als die Klinke von innen heruntergedrückt wurde. Licht flutete den dunklen Korridor, und da stand sie. Mit blutunterlaufenden Augen, schwer atmend und splitterfasernackt.

»Mandy!«, stammelte Phil erschrocken und begriff nicht, wie er noch atmen konnte. Eigentlich hätte er bei dem grauenhaften Anblick der Frau, die da nackt im Türrahmen lehnte, den Verstand verlieren müssen, aber er war immer noch da. Wie bestellt und nicht abgeholt stand er im Flur und starrte Amanda an mit weit aufgerissenen Augen.

Ihre Haut war blaumeliert, ihre Brustwarzen hellrosa, und das strähnige schwarze Haar, das ihr bleiches Gesicht rahmte, stumpf und glanzlos. Die Angst, die Phil spürte, war so heftig, dass er am liebsten schreiend davongelaufen wäre. Er wusste nicht, ob er in diesem Moment Angst um Amanda oder Angst vor ihr hatte, aber er wusste, dass er nicht die Nerven verlieren durfte. Nicht in diesem Moment. Er trat einen Schritt auf sie zu und legte eine Hand auf ihre Schulter.

Amanda taumelte zurück, und Phil folgte ihr ins Schlafzimmer. Das Bett war zerwühlt, und der verblichene Geruch von Erbrochenem hing in der heißen Luft.

»Mir geht's nicht gut«, murmelte sie wie zur Erklärung, und Phil nickte. Er meinte zu spüren, wie heftig ihr Herz schlug und griff nach der weißen Tagesdecke, die neben dem Bett auf dem Boden lag.

»Du frierst«, stellte er mit verhaltener Stimme fest, und nachdem er die Decke um ihre bebenden Schultern gelegt hatte, forderte er sie auf, sich zu setzen. Widerspruchslos tat sie, wie geheißen, und Phil nahm umständlich auf der Bettkante Platz. Er wollte nicht zu nah bei ihr sitzen, und aus irgendeinem unerfindlichen Grund beruhigte ihn der halbe Meter Spannbettlaken, der ihn von dem nackten, zitternden Körper trennte. Er war wie eine neutrale Zone, die Raum zum Abkühlen bot. Ein halber Meter Distanz, den Phil brauchte, um die Kontrolle zu behalten. Ein halber Meter Distanz, der verhindern sollte, dass er sich erneut in Amanda auflösen würde wie eine Vitamintablette in einem abgestandenen Glas Wasser.

Beide schwiegen eine Weile und starrten wie benommen vor sich hin. Schließlich hob Amanda den Kopf und warf Phil einen hilfesuchenden Blick zu. Ihr Herz schrie nach seiner Nähe, aber irgendetwas in ihr kämpfte zugleich dagegen an. Nein, sie würde nicht die Kontrolle verlieren. Sie war kein Opfer, sondern eine Göttin. Und Göttinnen warfen sich nicht wie ein geprügeltes, hilfloses Kind in die Arme eines Mannes. Niemals! Unwillkürlich ballte sie ihre Hände zu Fäusten.

Wenn du jetzt nachgibst, hat er dich. Wenn du jetzt weich wirst, bist du ihm ausgeliefert, und genau das will er, Mandy. Er will deine Hilflosigkeit. Er will, dass du dich in seine Arme wirfst, damit er sich einen Moment lang stark fühlen kann. Dieses gottverdammte Arschloch! Er ist nicht in der Lage, dich körperlich zu befriedigen, weil er schlicht und ergreifend zu weich dafür ist. Er ist ein gefühlsduseliger Waschlappen, und das weiß er ganz genau. Und weil er sich seiner Männlichkeit beraubt fühlt, wartet er nur auf einen Moment wie diesen. Er wartet auf diesen einen Moment der Schwäche. Den Moment, in dem er dir dein Herz rausreißt und es anschließend so aussehen lässt, als hättest du es ihm geschenkt. Ja, er wird dir dein Herz rausreißen und dir danach großzügig all die Liebe schenken, die du dir selbst nicht geben kannst. Weil du ein Opfer bist.

*

Amandas Blick schnitt in Phils Haut, und er wagte es nicht, sie anzuschauen. Er spürte, wie der Kampf den sie mit sich ausfocht, an seiner Fassade kratzte und seine Instinkte weckte. Aber er durfte diesen Instinkten nicht nachgeben, wenn er sich vor Amanda und Amanda vor sich selbst schützen wollte.

Reiß dich zusammen und bleib hart, Curan. Sie erträgt deine Liebe nicht, und du erträgst es nicht mehr, sie zu lieben. Sie muss diesen Kampf alleine kämpfen. Du hast sechs Jahre lang mit ihr gekämpft. Du hast ihr Leid getragen wie dein eigenes, und das hat weder ihr noch dir noch der Entwicklung eines Wir genützt. Es ist vorbei, Phil. Zieh endlich die Grenze. Bring es zu Ende.

»Wir müssen reden, Mandy«, begann Phil, und seine Stimme klang hohl. Das diffuse Licht der Nachttischlampe tauchte Amandas blasses Gesicht in einen goldenen Schimmer. Phil seufzte, als sie einander ansahen. Sie war schön, wunderschön. Die fettigen Haare, das aschfahle Gesicht und die schmierigen Mascara-Reste unter den blutunterlaufenen Augen, all das änderte nichts an ihrer göttlichen Schönheit. Amanda Curan strahlte selbst als seelisches Wrack noch eine Würde und Noblesse aus, die fast aristokratisch anmuteten, und Phil senkte beschämt den Blick, als er registrierte, dass sie ihn musterte.

»Ich hab dich vermisst«, flüsterte sie.

»Ich dich auch«, antwortete er automatisch, und der Anflug eines Lächelns erblühte auf ihren Lippen.

»Und jetzt sitzen wir hier und vermissen uns immer noch«, fügte er tonlos hinzu, und ihr Lächeln verwelkte.

»Ich werde mich trennen.«

Die Worte gingen Phil leichter von den Lippen, als er erwartet hatte. Die darauf folgende Stille aber kroch in seinen Körper, und er spürte, wie seine Nackenhaare sich aufrichteten. Amanda nickte kaum merklich, aber die Verwirrung in ihren glasigen Augen sprach eine andere Sprache. Phil starrte einen nicht vorhandenen Punkt auf dem Fußboden an und holte tief Luft, ehe er weitersprach.

»Du kannst hier wohnen bleiben, bis du was Neues gefunden hast. Ich packe meine Sachen und ziehe ins Hotel.«

*

Die Nüchternheit, mit der er das Ende ihres gemeinsamen Lebens heraufbeschwor, erschütterte Amanda bis ins Mark. Es gab also keine Erklärungen, keine Vorwürfe und keine Emotionen. Es gab nur reduzierte, kühle Sachlichkeit und eine unerträgliche Stille. Er warf ihr ihre Ehe einfach so vor die Füße, und die Art und Weise, wie er es tat, entzog ihr jegliche Kontrolle über die Situation. Amandas Seele lief Amok. Ambivalente Gefühle rasten mit der Intensität von frisch gepanschtem Crystal Meth durch ihren Körper, und ein unbändiger Hass explodierte in ihren Eingeweiden und hinterließ eine Trümmerlandschaft von tiefer, schwarzer Leere.

Verlass mich nicht, nein, um Himmels Willen, verlass mich nicht, dachte sie wieder und wieder, aber sie brachte nichts hervor außer einem eisigen »Ich hasse dich!«, als sie sich schweratmend vom Bett erhob und Phil den Rücken zuwandte.

Sie ertrug es nicht, ihn anzusehen. Ein Teil in ihr wollte mit ihm schlafen. Jetzt und hier. Ein Teil in ihr wollte den kümmerlichen Rest ihrer kaputten Existenz in ihm ertränken und ihm die Liebe schenken, die sie ihm all die Jahre über verwehrt hatte. Ein Teil in ihr war bereit loszulassen, und für ein paar Sekunden akzeptierte sie es. Sie akzeptierte die Hilflosigkeit, die Schutzlosigkeit, die Verzweiflung und das Ausgeliefertsein. Sie akzeptierte, dass es keine kontrollierten Kontrollverluste gab, und sie begriff, wer hier in Wahrheit das Opfer war. Doch sie begriff auch, dass es zu spät war für eine solche Erkenntnis. Was sie allerdings nicht begriff, war die Ruhe und Gefasstheit, mit der Phil ihre Beziehung beendete. Sie spürte seinen feuchten Blick in ihrem Rücken, und das Gefühl allumfassender Akzeptanz und Hingabe verwandelte sich in unbändige Wut. Eine Wut, die sie als so existenziell bedrohlich empfand, dass sie glaubte, von ihr zerschmettert zu werden, wenn sie sie nicht sofort kanalisierte. Eine Wut, die dringend nach außen gelassen werden musste, weil sie sonst nicht kontrollierbar war.

»Ich habe dich betrogen.«

Amanda drehte sich um, und in ihren moosgrünen Augen lag diese Seelenlosigkeit, die Phil so grauenhaft bekannt vorkam.

Porzellanpuppenaugen. Da sind nur schwarze, leblose Porzellanpuppenaugen.

»Der Masseur im Wellnesscenter. Mein Friseur. Mein Personal Trainer. Der Verlagsleiter. Das rothaarige Milchgesicht vom Pizzaservice. Sogar dein Klavierschüler. Dein fetter, notgeiler Chef, und …« Sie hielt inne, und ihr Körper wurde von einem irren Gelächter geschüttelt.

Phil rührte sich nicht. Wie in Stein gemeißelt verharrte er auf der Bettkante.

»Ich weiß«, entgegnete er schließlich, und in seiner Stimme schwang etwas mit, das sich nicht zwischen Boshaftigkeit und Mitleid entscheiden konnte. Amandas Gelächter verstummte, und gläsernes Entsetzen flutete ihren Körper.

»Ich weiß?!«, wiederholte sie fassungslos, und die zwei Worte umfingen sie wie eine feuchte, klebrige Blase.

Ist das alles, was du dazu zu sagen hast?! Ich vögele mich durch halb L. A., und du gottverdammtes Weichei hast dem nichts außer einem mickrigen »Ich weiß« entgegenzusetzen?

»Dann weißt du vermutlich auch, dass mein Psychiater seinen Schwanz regelmäßig und abwechselnd in all meinen Körperöffnungen versenkt, ja?!«, schrie Amanda in der Hoffnung, Phil irgendeine emotionale Reaktion zu entlocken. Er sollte sie anbrüllen, weinen, sie beschimpfen, sie verprügeln oder sie vergewaltigen. Vollkommen egal, Hauptsache, er hörte endlich damit auf, sich hinter dieser Mauer aus Wissen und Gleichgültigkeit zu verstecken. Warum spiegelte er ihre Emotionen nicht? Warum hörte er einfach auf zu kämpfen und verließ das Schlachtfeld ohne irgendeine Gefühlsregung? Warum verweigerte er ihr den Schuldspruch, den sie sich so sehr wünschte? Und warum um alles in der Welt bestrafte er sie nicht? Die Tränen, die in Amandas Augen schossen, spürte sie nicht, und ihr war, als wäre es nicht sie selbst, die schluchzend auf dem Fußboden zusammenbrach.

»Es ist nicht deine Schuld, Mandy.« Phil versuchte beschwichtigend zu klingen, doch seine Stimme zitterte, und er war nicht sicher, ob Amanda ihn gehört hatte. Ihr Schluchzen hatte sich gesteigert zu einem obsessiven Geheul, ihre Wirbelsäule zeichnete sich deutlich ab unter der bleichen Haut, und ihr Brustkorb hob und senkte sich in einer Geschwindigkeit, die den Ernst der Lage unmissverständlich deutlich machte. »Es ist nicht deine Schuld«, wiederholte Phil nachdrücklich und erstarrte, als Amandas Oberkörper ruckartig in die Höhe schnellte. Sie klapperte mit den Zähnen, zähflüssiger Speichel rann ihr das Kinn hinunter, und in ihren Augen wütete bodenloser Wahnsinn. Ein Wahnsinn, dem nichts Menschliches mehr innewohnte. Ein Wahnsinn von animalischer Intensität. Ein Wahnsinn, der Phil einen Moment lang alle Sinne raubte. Ein pathologisches, existenzielles, atemloses Entsetzen. Amanda heulte, sabberte und klapperte mit den Zähnen wie ein tollwütiger Hund – und Phil griff instinktiv nach seinem Blackberry.

Ruf den Notarzt! Ruf sofort den Notarzt! Um Himmels Willen, tu irgendwas!

Amanda schnappte nach Luft – und verstummte. Die Stille kam so plötzlich und unvermittelt, dass Phil für den Bruchteil einer Sekunde um ihr Leben fürchtete und schon im Begriff war, den Notarzt zu verständigen, als ihm ein manisches Gelächter entgegenschlug. Ein Gelächter, dessen Tonlage nicht im Entferntesten an die Stimme seiner Frau erinnerte. Phil war weder religiös noch glaubte er an Geister, aber das, was dort vor seinen Augen mit seiner Frau geschah, war so dämonisch und bar jeder Menschlichkeit, dass es ihm so vorkam, als hätte Satan persönlich Besitz von Amanda ergriffen. Ihr überirdisch schönes Gesicht hatte sich verwandelt in eine asymmetrische Fratze, und dieser Hauch von Göttlichkeit, mit dem sie ihre Umgebung stets in ihren Bann gezogen hatte, dieses engelsgleiche Charisma, war einer infernalischen Kraft gewichen, die direkt aus der Hölle kommen musste. Unwillkürlich fragte Phil sich, ob Gott und der Teufel in Wahrheit ein und dieselbe Person waren. Eine Person mit zwei Gesichtern. Eine Person, die in zwei Teile zerbrochen war. Eine Person, die Himmel und Hölle auf kranke Weise in sich vereinte …

»Es ist nicht meine Schuld?«, fragte Amanda schließlich, und ihr Gelächter erstarb. Sie wischte sich den Speichel vom Kinn. Phil schüttelte den Kopf und ließ das Blackberry in seine Jackentasche gleiten, als er etwas in ihren Augen aufblitzen sah, etwas, das ihm vertraut erschien. Es war eine seltsame Mischung aus Erkenntnis, kindlicher Panik und flehender Hilflosigkeit – kaum wahrnehmbar, aber Grund genug, um abzuwarten und darauf zu hoffen, dass sie sich wieder fing. Phil wählte seine Worte mit Bedacht, und in seiner Stimme lag eine väterliche Behutsamkeit, die nicht zur Kompromisslosigkeit dessen passte, was er jetzt sagte: »Nein, du kannst nichts dafür, Mandy. Schuld sind einzig und allein die, die dich kaputtgemacht haben.« Amanda schwieg und starrte zu Boden. Dachte sie nach über seine Worte? Hatte Phil ihre Schutzmechanismen durchdrungen und das misshandelte Kind in ihr berührt? Wenn er nur ihre Mauer einreißen und sie dazu bringen könnte, sich mit ihren Traumata auseinanderzusetzen, statt vergeblich zu versuchen, sie zu verdrängen. Wenn sie doch nur in der Lage wäre, ein klein wenig Kontrolle abzugeben … dann, ja dann bestünde wenigstens noch ein Funken Hoffnung. Wenn sie doch nur loslassen und Hilfe annehmen könnte … Vielleicht war es dann doch irgendwie möglich, ihre zerbrochene Psyche wieder zu reparieren. Vielleicht … Phil schnitt seine Gedanken abrupt ab und versuchte, sich auf das Hier und Jetzt zu konzentrieren. Er war schon wieder dabei, den Faden zu verlieren.

Dieses ganze »Wenn« und »Hätte« bringt dich keinen Schritt weiter. Vielleicht gäbe es Hoffnung, wenn … Vielleicht könnte ihr geholfen werden, wenn … Du fängst schon wieder an, dich selbst zu verscheißern, Curan! Hör endlich auf damit, dich immer wieder in deinem Wunschdenken zu verlieren! Hör auf damit, die Tatsachen beiseitezuschieben! Das hast du lange genug getan, und es hat euch beiden einen Scheißdreck genützt. Du hast eine Entscheidung getroffen. Steh jetzt dazu, verdammt noch mal!

»Geh jetzt bitte.«

Amanda stand auf, griff nach der Tagesdecke auf dem Fußboden und wickelte sich darin ein. Sie wirkte gefasst, beinahe beschämt, und die Selbstverständlichkeit, mit der sie sich binnen kürzester Zeit in eine augenscheinlich vollkommen kontrollierte, realitätsbezogene Frau verwandelt hatte, irritierte Phil. Er traute dem Frieden nicht, denn er kannte Amanda zu gut, um sich von ihren emotionalen Quantensprüngen täuschen zu lassen. Sie konnte binnen kürzester Zeit eine Fassade errichten, die so täuschend echt wirkte, dass niemand mit Sicherheit sagen konnte, was echt war und was nicht. Wahrscheinlich wusste sie es nicht einmal selbst. Oder sie wusste es, war aber nicht in der Lage, es zu kontrollieren, weil es unbewusst geschah, und dieser Umstand machte es Phil schwer, in diesem Moment auf sie zu hören. Andererseits wollte er ihr auch nicht widersprechen; also schwieg er zunächst und versuchte Zeit zu schinden, indem er erneut sein Blackberry aus der Jacke fischte und so tat, als schriebe er eine SMS. Amanda kehrte ihm den Rücken zu und nestelte an ihren Haarspitzen herum.

»Bist du sicher?«, fragte Phil schließlich und ärgerte sich über den unterwürfigen Ton seiner Stimme. »Offen gesagt fühle ich mich nicht besonders wohl bei dem Gedanken, dich allein zu lassen.«

Jetzt klang seine Stimme wieder fester, und Amanda drehte sich um. Sie sah ihn an, und aus dem satt leuchtenden Grün ihrer Augen spross ein Blick, der etwas transportierte, das Phil unweigerlich an ihre erste Begegnung vor knapp sieben Jahren zurückdenken ließ. Wieder spürte er ihren Hunger, als wäre es sein eigener. So wie damals, als sie mit gespreizten Beinen auf dem alten Steinway gesessen und mit verspielter Unschuldsmiene zu ihm aufgeblickt hatte. »Tatsächlich?« Jetzt lächelte sie. Sie lächelte ein vollkommen deplatziertes Lächeln, und Phil spürte kalten Schweiß in seinen Achselhöhlen. »Du willst mich also nicht alleine lassen?« Ihre Stimme klang fast versonnen, und ihm wurde flau im Magen. »Das hast du doch schon längst getan«, sagte sie, immer noch lächelnd, und Phil seufzte. Er wusste nicht, was er antworten sollte. Weil sie recht hatte. Seine Frau hatte ihn mit einem einzigen Satz mundtot gemacht. Phil musste sich eingestehen, dass ihn die Art, wie Amanda die Dinge ohne Umwege auf den Punkt bringen konnte, schon immer beeindruckt hatte.

Na? Wirst du wieder schwach, Curan? Jetzt ignorierte Phil die Stimme in seinem Kopf, die sich erneut zu Wort meldete, um ihn zu verwirren. Er straffte seine hängenden Schultern, hauchte einen pflichtschuldigen Kuss auf Amandas feuchte Stirn und drehte sich um. Er verließ das Schlafzimmer ohne ein Wort, und seine zügigen Schritte befanden sich im Einklang mit Amandas Herzschlag, als sein Körper vom drückenden Zwielicht des fensterlosen Flurs absorbiert wurde.

23

(FÜR-)SORGE

Wütend trommelt der Regen gegen das Schlafzimmerfenster. Amanda sitzt auf dem Bett und beobachtet die Schatten an der Wand. Es ist still geworden in ihr. Der emotionale Hurrikan, den Phil mit der unerwarteten Trennung heraufbeschworen hat, ist einer palliativen, fast zärtlichen Akzeptanz gewichen, und Amanda genießt die Windstille mit wachsender Erleichterung. Die Tatsache, dass der Sturm nicht vorüber ist, sondern sich lediglich im trügerischen Schweigen seines Kerns befindet, blendet sie aus. Es ist gemütlich im Auge des Sturms – und das ist alles, was zählt. Eine bodenlose Erschöpfung erfasst sie, und Amanda legt sich hin. Der Satinbezug des Federbetts empfängt ihren Körper mit behutsamem Rascheln, und Amanda fällt in ihn hinein wie in einen Abgrund von Wolken. Als sie die Augen schließt, um die warme, rettende Dunkelheit des Schlafes zu jagen, klopfen ihre müden Gedanken kurz an jene Tür, die das Ende vom Neubeginn trennt und sie spürt, wie eine trunkene Freiheit ihre kollabierenden Eingeweide streichelt. Der Regen rauscht in ihren Ohren wie die Statik in einer Telefonleitung. Sie wärmt ihre Gedanken am knisternden Kaminfeuer des Vergessens und ist gerade im Begriff, sich in Morpheus' Arme zu werfen, als ein diffuses Flüstern sie jäh aus ihrem wohligen Dämmer reißt. »Mandy …« Amanda richtet sich auf und sieht sich um, ehe sie aufsteht und das Bett umrundet. Sie lauscht. »Mandy …« Das Flüstern verklingt wieder in ihrem Kopf, doch sie spürt eine schwache Präsenz im Rücken – so, als ginge ein Kind hinter ihr. Ein unsichtbares Kind. Seine Füßchen tapsen in die klebrigen Fußabdrücke, die sie auf dem Laminatboden hinterlassen hat.

Langsam geht Amanda in den Flur. Sie blickt sich nicht um. Das unsichtbare Kind folgt ihr schweigend. Amanda spürt einen ozeanblauen Blick, der mit der verspielten Leichtigkeit einer Feder durch den dunklen Korridor gleitet, und schließlich gibt sie sich einen Ruck und fährt herum. Ihre Schläfen pochen und kalte Panik überwältigt sie, als sie den bleistiftdünnen Mädchenkörper auf der Türschwelle erblickt. »Das ist unmöglich. Das …« Amandas Stimme zittert und bricht. Mit wachsender Ungläubigkeit starrt sie das Mädchen an. Ihr Blick ist eine wortlose Frage, die das Mädchen mit einem ebenso wortlosen Lächeln beantwortet. Festes, blondes Haar umrahmt ihr symmetrisches Kindergesicht wie ein Heiligenschein, und in dem tiefen Blau ihrer großen Kulleraugen schimmert eine Mischung aus kindlicher Unschuld und abgründiger Obsession.

»Ana?«

Amanda kann nicht glauben, was sie sieht. Sie träumt. Sie muss eingeschlafen sein. Dieses Mädchen mit den festen blonden Haaren und den mandarinengroßen Fäusten und den großen Ozeanaugen … dieses Mädchen sieht aus wie …

»Ana?« Amanda taumelt rückwärts in den Flur. Sie schließt die Augen, in der Hoffnung, dass das Mädchen verschwunden ist, wenn sie sie wieder öffnet, aber Ana wird nicht verschwinden. Ana hat lange auf diesen Moment gewartet. Zu lange. Viel zu lange. Sie hat sich von Medikamenten, Psychotherapeuten, sorgenvollen Mitmenschen, gesellschaftlichen Konventionen und nicht zuletzt von Amanda selbst unterdrücken lassen. Sie wurde in Amandas Träume verbannt und verleugnet, weil man Angst vor ihr hatte. Angst ist mächtig, aber Ana ist mächtiger, und jetzt ist sie endlich frei. Hass ist der Schrittmacher ihres kleinen Kinderherzens, und der Wunsch nach Rache nistet in ihrem Gehirn wie ein Virus. Rache: Anas ABC besteht aus genau fünf Buchstaben, und ihre Sprache kennt nur ein einziges Wort.

»Wie bist du ins Haus gekommen?« Amandas Atem geht mühsam. Ana tritt aus dem Schatten der halbgeöffneten Schlafzimmertür. Sie wägt ihre Antwort ab, hält inne und lächelt das Lächeln eines Kindes, das seine Mutter gefunden hat. »Du hast mich hineingelassen.« Amandas Verstand entwirft Verleugnungsstrategien und entfacht eine hitzige Diskussion mit der immer stärker werdenden Kraft ihrer Gefühle. *Du verlierst den Verstand, Amanda! Das Mädchen ist nichts als eine fleischgewordene Erinnerung, und du willst dich nicht erinnern! Du darfst dich nicht erinnern! Bleib im Hier und Jetzt! Komm schon … wo sind deine Füße in diesem Moment? Konzentrier dich auf deine Füße. Spür den Boden. So ist es richtig! Spür den Boden und atme! Schließ die Augen, atme und lass deine Gedanken fließen. Lass sie vorbeiziehen wie Schäfchenwolken. Beobachte sie, aber bewerte sie nicht. Bleib im Hier und Jetzt. Bleib in der Wirklichkeit.*

Ich bin in der Wirklichkeit. Ich bin die ganze Zeit in der Wirklichkeit, verdammt noch mal! Dieses Kind ist genauso real wie ich es bin, und dieses Kind will zu seiner Mutter!

Schick sie weg! Du musst aufwachen, Amanda! Schick sie weg!

Aber wie soll ich das anstellen? Wie soll ich mich selbst wegschicken?

Um Himmels Willen! Du bist nicht sie! Hier läuft gerade ganz gewaltig was schief … Wenn du sie nicht wegschicken kannst, dann ignoriere sie. Sie wird verschwinden, wenn du dich abgrenzt. Du darfst nicht auf sie hören! Du darfst …

»Bitte schick mich nicht weg.« Ana sieht Amanda nicht an, sondern hängt ihr ihren Blick förmlich um den Hals. Das Flehen ihrer Ozeanaugen ist so ehrlich und existenziell, dass Amanda das tiefe Bedürfnis verspürt, sie in sich aufzunehmen. Sie will mit Ana verschmelzen, will sie unter ihrem Herzen tragen, sie nähren, lieben, beschützen. Sie will alles wieder gutmachen. Sie will die Zeit zurückdrehen und diesem kleinen, hilflosen Kind seine Unschuld und Würde zurückgeben. Sie will dafür sorgen, dass dieses Kind ganz und gar Mensch sein kann. Kein halber Mensch, kein Krüppelmensch, nein, ein vollständiger Mensch mit einer vollständigen Existenzberechtigung. Ana Schapmann ist kein Opfer. Ana Schapmann hat überlebt, und Ana Schapmann ist unschuldig.

Du kannst nichts dafür, Mandy. Schuld sind einzig und allein die, die dich kaputtgemacht haben …

Phils Stimme wirbelt in Amanda herum wie ein herbstliches Blatt. Unvermittelt ergreift sie Anas Hand, zieht sie zu sich, streichelt zärtlich über das feste, blonde Haar und drückt den bleistiftdünnen Körper fest an ihre Brust. Tränen kommen, und Amanda taucht in etwas ein, das sich für sie anfühlt wie Glück. Eine allumfassende Klarheit salbt ihre Seele. Ein tiefes, inneres Verstehen. Etwas Heiles. Etwas, das weder ein »Wenn« noch ein »Aber« kennt. Amanda Curan fühlt sich ganz. Amanda Curan ist ganz und gar Mensch. Sie fühlt ihr eigenes In-der-Welt-Sein und begreift, dass es kein Dazwischen gibt. Dass es niemals ein Dazwischen gegeben hat, und dass es niemals ein Dazwischen geben wird. Anas Atem streicht über ihre nackte Haut, als sich alles zusammenfügt: Vergangenheit und Zukunft, Wahn und Wirklichkeit, Emotion und Verstand, Anfang und Ende. Alles beugt sich einem kosmischen, universellen Sinn, und Amanda weiß, dass Ana weiß, was sie als Nächstes zusammen tun werden, als sie ihr Gesicht mit ihren Tränen mehrt und ihr festes blondes Haar küsst.

*

Topanga lag mitten in den Santa Monica Mountains. Der kleine Ort grenzte im Süden direkt an den Pazifik. Phil hatte das Fenster heruntergekurbelt, um seine erschöpften Gedanken mit einer salzigen Brise Luft zu beleben. Der Regen hatte nachgelassen, und die Scheibenwischer strichen träge über die Windschutzscheibe, als der Mustang eine scharfe Linkskurve nahm.

Phil verließ den asphaltierten Komfort der Straße, fuhr ein paar Meter über aufgeweichte Erde und parkte den Shelby schließlich auf einem provisorischen Parkplatz, der sich vor einem klassischen amerikanischen Holzhaus erstreckte. Das *Misty Mountain Inn* war eine kleine Unterkunft mit Motel-Charakter. Phil gefiel die Einfachheit und Abgeschiedenheit des Familienbetriebes. Vor zwei oder drei Jahren hatte er gemeinsam mit Gerry hier übernachtet. Ihre Wanderung durch die Berge war allerdings von einem monsunartigen Regenguss vorzeitig beendet worden, und der Ausflug hatte in einem muffigen Doppelzimmer des *Misty Mountain Inn* einen feuchtfröhlichen Ausklang gefunden.

Phil sehnte sich nach Ruhe. Er brauchte Zeit, um die Geschehnisse der vergangenen Tage zu verarbeiten, und er hoffte, dass der Frieden des kleinen Bergdorfes ihm wieder Bodenhaftung geben würde.

Das Gebäude wurde gesäumt von einer überdachten Veranda, und Phil schüttelte erleichtert den Regen von seiner Jacke, als er den hölzernen Vorbau erreicht hatte. Die Eingangstür war von einem weiß lackierten Rahmen umgeben. Der Anstrich war deutlich überholungsbedürftig. Dort, wo der Lack abgesplittert war, gab tannengrünes Plastik Aufschluss über die tatsächliche Bauqualität. Dieses windschiefe Gebäude mit der maroden Holzvertäfelung und der moosbewachsenen Veranda stand in schwindelerregendem Kontrast zu dem klinisch durchgestylten Designerbau, der in den vergangenen sechs Jahren Phils Zuhause gewesen war, und er genoss diesen Kontrast. Die bewusste Abwendung von allem, was auch nur im entferntesten an den Luxus seines alten Lebens erinnerte, würde ihm, so hoffte er, den Neuanfang erleichtern.

Im Fenster links neben der Tür kündete eine rote Leuchtschrift von freien Zimmern. Phil strich sein nasses Haar zurecht, inhalierte noch einmal den Duft von Wald und Meer, öffnete die Tür und trat ein.

An der Rezeption begrüßte ihn ein hochgewachsener Mann mittleren Alters. Er hatte ein markantes Gesicht, und ein grauer Dreitagebart unterstrich seine Züge. Er besaß, wie sich herausstellte, ein relativ simples Kommunikationsprofil und versprühte einen soliden, aber herzlichen Holzfällercharme. Phil bezahlte im Voraus.

Nur wenige Minuten später fand er sich wieder in einem muffigen Einzelzimmer mit grünem Teppichboden und Siebziger-Jahre-Tapeten. Eigentlich hegte Phil eine Aversion gegen Hotelzimmer. Sie wirkten auf ihn immer wie eine Nutte, die extra für ihn ihre Unterwäsche gewechselt hat. Doch in diesem Moment war die kühle Unpersönlichkeit des Hotelzimmers leichter zu ertragen als das emotionale Schlachtfeld, dass bis vor wenigen Stunden sein Zuhause gewesen war.

Auf dem schmucklosen Bett in der rechten Ecke des Zimmers lag eine zusammengefaltete braune Fleecedecke. Phil entledigte sich seiner Schuhe, legte sich auf die bretthharte Matratze und zog die Decke bis unters Kinn. Er war schmutzig und ihm war kalt, aber er fühlte sich nicht imstande zu einer ausgiebigen Rundumreinigung, und so beschloss er, die heiße Dusche bis auf Weiteres zu verschieben. Die Vorhänge, die wie schmutzige Handtücher neben zwei rechteckigen Fenstern hingen, erhaschten Phils Aufmerksamkeit und schickten seine Gedanken ohne Umwege zurück zu seiner Frau. Dieses Zimmer war mit an Sicherheit grenzender Wahrscheinlichkeit ein innenarchitektonischer Albtraum für Amanda, und Phil lächelte verträumt, als er sich vorstellte, wie sie in aufgebrachtem Gebaren durch den Raum stolzierte – fassungslos angesichts der stilistischen Bauchlandung, die das Interieur darstellte.

Die Dunkelheit zwischen ihren Schenkeln und das moosgrüne Licht in ihren Augen ...

Ob es ihr gutgeht? Vielleicht solltest du ... Er verspürte den Reflex, sie anzurufen. *Sie ist allein und extrem labil – und du bist nicht ganz unschuldig an dieser Tatsache. Ruf sie an! Nur ganz kurz. Nur um sicherzugehen, dass sie in Ordnung ist.*

Die mittägliche Sonne spähte schwach durch einen dunkelgrauen Wolkenvorhang. Phil setzte sich auf. Mit gebrechlicher Zurückhaltung beäugte er seinen Ehering, und eine saure Bitterkeit kroch in seiner Kehle empor. Es war die Bitterkeit, die einem aufsteigenden Tränenfluss vorausgeht, doch Phil versuchte sich zu beherrschen.

Ich hab die Sache beendet, und das war richtig. Das war vollkommen richtig, und dazu stehe ich auch … Aber deswegen kann mir doch nicht plötzlich egal sein, was mit ihr ist! Es ist doch natürlich, dass ich mir Sorgen mache! Sie ist in einem furchtbaren Zustand, und sie ist allein …

Merkst du was, Curan? Verdammt noch mal! Soll dieses Spielchen ewig so weitergehen? Wenn du sie jetzt anrufst, bist du spätestens heute Abend wieder zurück in deiner alten Rolle. Du wirst für sie da sein, bis es ihr besser geht, und …

Ich könnte sie zu Charlie Cooper bringen. Dann ist sie nicht so allein …

Du tust gar nichts, mein Lieber. Du hörst jetzt auf damit, so sentimental zu sein und betrachtest die Dinge, wie sie tatsächlich sind: Du hast sie verletzt, aber sie ist stark. Sei nicht so herablassend und hab etwas Vertrauen. Sie wird für sich sorgen.

Phil war aufgestanden und tigerte wie ein Löwe im Käfig im Zimmer auf und ab. Sehnsucht und Klage wirbelten in ihm durcheinander wie ein Orkan. »Sie wird für sich sorgen.«

Jetzt sprach er seine Gedanken laut aus – mit einem Anflug von Zorn in der Stimme. »Sie wird für sich sorgen …« Er blieb stehen. Seine Augen liefen über. Tränen tropften von seinem Kinn wie Wasser aus einem undichten Hahn.

Und wer sorgt für mich?

24

WILLKOMMEN IN DER WIRKLICHKEIT

Der Psychiater saß hinter seinem Schreibtisch und hackte mit knapper Effizienz auf der Computertastatur herum. Seine Elf-Uhr-Klientin, ein manisch-depressives Model mit einem Hang zu Kokain und Diätpillen, war nicht erschienen, und es ärgerte ihn ein wenig, dass sie es nicht einmal für nötig befunden hatte anzurufen. Er würde zwar keinen Honorarausfall zu beklagen haben, da er Termine, die nicht 48 Stunden im Voraus abgesagt wurden, grundsätzlich voll in Rechnung stellte, aber die Unhöflichkeit, die ihrem schweigenden Fernbleiben innewohnte, missfiel ihm und er fühlte sich auf den Schlips getreten. Seine Sekretärin hatte Urlaub genommen, und die Stille in der Praxis wurde nur vom stoischen Ticken der Standuhr neben seinem Schreibtisch unterbrochen.

Der Psychiater lehnte sich zurück und dachte nach. Tagein, tagaus sah er in diesem Zimmer den Aufmarsch des Menschlichen – nackt und ungeschminkt. Bei ihm auf dem Sofa entkleidete die Bevölkerung von Los Angeles Stück für Stück ihre Seele. Die Gespräche mit seinen Klienten waren wie ein fünfzigminütiger Striptease, und am Ende, wenn das Höschen gefallen war und die Essenz des Humanen im Schoß des Alltäglichen erblühte, am Ende war es sein Job, die Muschi des Menschlichen zu waschen und dafür zu sorgen, dass die Seele seiner Klienten wetterfeste Kleidung bekam. In allem liegt Poesie, dachte er und kritzelte ziellos auf einem Blatt Papier herum, um dem wachsenden Chaos seiner Gedanken Herr zu werden.

Das plötzliche Klopfen an der Tür klang dringlich und energisch und überlagerte das stoische Ticken der Standuhr. Robert Schwarzenberg fiel der Kugelschreiber aus der Hand, als er von seinem Gekritzel aufblickte und die Tür fixierte.

»Ja, bitte?« Er stand auf und starrte in Richtung Tür, als sich diese mit Schwung öffnete. Der Luftzug trug einen blumigen Damenduft in den Raum hinein. Der Psychiater erkannte ihn sofort und reagierte mit einem Gefühl angespannter Vorfreude. Die Flamme der Erregung begann in ihm zu lodern, wie es am Anfang der Fall gewesen war. Wie es am Anfang immer der Fall ist. Bevor sie dann verblasst und schließlich erlischt in einem Häuflein Asche.

Asche! Kalte, graue Asche …

Amanda löste sich aus dem Türrahmen. Ihre Bewegungen waren geschmeidig und selbstbewusst wie die eines Panthers.

Schwarzenberg wich unwillkürlich einen Schritt zurück. Er versuchte seine Gedanken zu organisieren, doch seine Kognition erlahmte, und er brachte keinen Ton heraus. Ein dunkelviolettes Lederkleid umschloss Amandas Körper wie eine zweite Haut. Ihre Beine steckten in gleichfarbigen Overknee-Stiefeln, auf ihren Wangenknochen schimmerte goldbrauner Highlighter, und ein akkurat gezogener Lidstrich verlieh ihrem Blick eine Katzenhaftigkeit, die scheinbar vollkommen natürlich mit ihren grazilen Bewegungen verschmolz. Mit einem einzigen Augenaufschlag raubte sie ihm den Verstand und er musste sich abwenden, ehe er in der Lage war, eine Frage zu formulieren.

»Was führt Sie her, Mrs. Curan?« Seine Stimme bebte. Ihr Duft vernebelte seine Sinne.

Amanda lächelte kokett und schürzte die Lippen. »Brauchen Sie Medikamente?« Schwarzenberg registrierte ein Kopfschütteln. Er hob die Augenbrauen und fuhr mit der Zunge über seine rissigen Lippen.

»Nein«, antwortete sie, und dann zauberte sie einen fünfunddreißigjährigen Port Ellen aus ihrer Handtasche. Die Flasche war unverpackt, schien aber nicht angebrochen. Der Psychiater runzelte die Stirn. »Ich will spielen.« Amandas Stimme klang kindlich. Sie traf Schwarzenberg mit der Wucht einer Gasexplosion. Da war es endlich – zunächst hinter Make-up-Schichten und inneren

Narben verborgen, jetzt erkennbar und im Begriff, ihn zu assimilieren. Es schien ihn förmlich anzuspringen und fuhr in ihn hinein wie Starkstrom, um sich seiner Gefühle zu bemächtigen und seinen freien Willen ein für alle Mal auszuradieren. Amanda hatte den Inbegriff ihrer Menschlichkeit entfesselt. Sie war in diesem Moment gleichermaßen Kind und Mutter, Schlampe und Schönheitskönigin, Betrügerin und Betrogene. Sie war die unschuldige Mörderin, die hilflose Helferin und so vollkommen zerbrochen, so komplett zersplittert, dass man sein eigenes Gesicht in einer nie da gewesenen Göttlichkeit in ihren Augen sah. Amanda war wie ein Spiegel, der demjenigen, der hineinsah, exakt das zeigte, was er sehen wollte.

Und Amanda fackelte nicht lange. Sie riss Schwarzenberg ohne Umschweife den Kittel vom Leib. Dann begann sie mit schelmischem Grinsen sein Hemd aufzuknöpfen, und ehe er sich versah, lag er rücklings und gänzlich nackt auf dem Behandlungssofa. Irgendwo an den Grenzen seines Bewusstseins registrierte er, dass er im Begriff war, die Kontrolle zu verlieren, doch er war nicht mehr in der Lage, auf den Gedanken zu reagieren. Amanda saß jetzt auf ihm. Sie rieb ihren nackten Arsch an seiner stetig wachsenden Erektion, öffnete die Whiskeyflasche, goss sich die goldbraune Flüssigkeit über ihren Oberkörper und beugte sich nach vorn, sodass der Scotch an ihren Brüsten hinabrann und direkt in Schwarzenbergs weit geöffneten Mund tropfte. »So ist's gut, Darling«, stöhnte sie.

Der Professor befand sich bereits auf der Zielgeraden und schoss einem galaktischen Orgasmus entgegen, als ihm schlagartig bewusst wurde, dass etwas nicht stimmte. Sein Schwanz erschlaffte und baumelte wie weich gekochte Makkaroni im Schatten von Amandas Schamhaar. Ihm wurde flau im Magen, und er spürte eisigen Schweiß auf der Stirn. Amandas Körper verschwamm vor seinen Augen, und ihre Stimme klang wie ein ausgeleiertes Souvenir aus einem verdorbenen Traum. »Trink!«, bellte sie. Wenige Sekunden, bevor er das Bewusstsein verlor, dämmerte Schwarzenberg, dass dieses Mal nach Amandas Regeln gespielt wurde. Game over, dachte er. Und dann dachte er gar nichts mehr.

*

Es war kurz nach eins. Der Himmel klarte zusehends auf, als Phil *Jane's Diner* betrat. Er hatte ein bisschen geschlafen, anschließend eine ausgiebige heiße Dusche genommen und fühlte sich nicht mehr ganz so elend wie bei seiner Ankunft in Topanga. Er war zwar weit davon entfernt, blühendes Leben auszustrahlen, aber mittlerweile doch wenigstens wieder in der Lage, einen klaren Gedanken zu fassen, und das genügte ihm. Sein Magen knurrte und er hatte beschlossen, die sich mehrenden Beweise für den Verrat an seinem Körper nicht länger zu ignorieren.

Das kulinarische Angebot im *Misty Mountain Inn* beschränkte sich auf zwei Automaten, die links neben der Rezeption vor sich hin brummten. Es gab gekühlte Softdrinks und verschiedene Süßigkeiten, doch Phil brauchte etwas Nahrhaftes und hatte sich an der Rezeption nach einem Restaurant in der Nähe erkundigt.

Jane's Diner war binnen fünf Minuten fußläufig erreichbar und Phil musste unweigerlich an die Eröffnungsszene von *Pulp Fiction* denken, als er die klischeehafte Inneneinrichtung des Ladens beäugte. Es roch nach Fast Food, und die Luft summte vor amerikanischer Verzweiflung. »Wir stehen Ihrem Dilemma mitfühlend gegenüber«, rezitierte Phil mit bitterem Lächeln, ehe er sich in eine rotgepolsterte Sitzgelegenheit fallen ließ. Auf den Tischen standen diverse Plastikflaschen, die mit Senf, Ketchup und Hamburgersauce gefüllt waren. Phil warf einen skeptischen Blick auf die Papierspeisekarte, die offensichtlich zugleich als Platzdeckchen fungierte.

Das Lokal war bis auf Phil und einen breitschultrigen Mann, der am Tresen saß, vollkommen leer. Der Kerl hatte einen Cowboyhut tief ins Gesicht gezogen und starrte missmutig in seine Kaffeetasse. Links vom Tresen stand eine kaputte Jukebox, und von der

Decke baumelte an einer Metallkette ein altmodischer Fernseher. Es lief irgendein Musiksender. Ein gealterter Johnny Cash performte mit bitterer Miene einen Klassiker, der eigentlich aus der Feder von Trent Reznor stammte, und die klagende Abgeklärtheit seiner Stimme ging Phil unter die Haut. Eigentlich gefiel das Original ihm besser, aber in dieser Situation funktionierte die Adaption der Countrylegende beispiellos gut:

Beneath the stains of time / The feelings dissapear / You are someone else / I am still right here.

*

Jane, die Inhaberin des Ladens, kam mit einem großen Tablett Cupcakes aus der Küche und drapierte sie in einer Glastheke. Sie war Ende fünfzig, und ihre Leibesfülle ließ darauf schließen, dass sie selbst ihre beste Kundin war. Ihre talgige Haut glänzte, und sie trug ein mintgrünes Kostüm, das durch ihre gigantischen Brüste auf eine harte Zerreißprobe gestellt wurde. Der Tod ihres Mannes hatte tiefe Sorgenfalten in ihr Gesicht gegraben, und sie lächelte das einsame Lächeln einer Witwe, die Sex durch Kuchenkonsum ersetzt hat. Ihre Augen waren braun, fast kreisförmig und erinnerten Phil an die Butterscotchpralinen, die er Amanda immer von *Candymex* mitgebracht hatte. Diese kleinen, blassbraunen Gaumenfreuden, von denen sie einfach nicht genug bekommen konnte … Ruckartig wandte er sich ab und vertiefte sich in die Speisekarte.

Hör auf an sie zu denken, Curan! Du bist hier, um zu essen. Du bist hier, um deinem Körper endlich wieder Nährstoffe zuzuführen. Wie wäre es mit einer ordentlichen Portion Rührei mit Speck und Pancakes zum Nachtisch?

Er ließ die Karte sinken, stieß einen gequälten Seufzer aus und fischte sein Blackberry aus der Jacke. Ob sie angerufen hatte? Vielleicht … Mit erwartungsvoller Miene musterte er das Display: keine

Anrufe in Abwesenheit, keine neuen Nachrichten. *Gott, bitte mach, dass es ihr gutgeht.* Phil verstaute das Blackberry wieder in seiner Jacke. Dann wandte er sich erneut der Speisekarte zu, konnte sich jedoch nicht entscheiden. Einer der Angestellten steuerte forschen Schrittes auf seinen Tisch zu und kam schräg hinter ihm zum Stehen. Er linste über Phils Schulter und trommelte mit einem Kugelschreiber auf einem Notizblock herum. Phil fuhr zusammen, als seine ungewöhnlich tiefe Stimme aus dem Hinterhalt an sein Ohr drang. »Was kann ich Ihnen Gutes tun, junger Mann?« Der Kellner war Phil so nah gekommen, dass er sein Aftershave roch – eine aufdringliche Zitronennote, die sich mit etwas mischte, das Phil mit Verwesung assoziierte. Vergammelte Zitrone, dachte er und atmete flach durch den Mund. Die aufgezwungene Intimität der Begegnung befremdete ihn, und er spürte eine Mischung aus Wut, Scham und Angst, als er sich zu dem Kellner umdrehte – Wut, weil der Mann sich angeschlichen hatte, als habe er ihn erschrecken wollen, und Scham, weil Phil sich aus unerfindlichen Gründen ertappt fühlte. Nur seine Angst konnte er nicht konkretisieren. Es war keine ausgewachsene Panik, sondern eher eine diffuse Beklommenheit. Ihm war dieses Gefühl nicht fremd, aber die Intensität, mit der es ihn in diesem Moment heimsuchte, erschütterte die marode Substanz seiner Persönlichkeit im ungünstigsten Augenblick. Die Angst war zu real, um sie als Hirngespinst abzutun, aber zu substanzlos, um wahrhaftig zu sein. Es war eine Angst zwischen Traum und Wirklichkeit. Eine Angst, die nicht greifbar war. Eine Angst, die ihm entglitt, sobald er versuchte sie festzuhalten, um sie zu begreifen und zu besiegen.

Phil musterte den Mann widerwillig. Sein Schädel war rasiert. Er hatte hohe Wangenknochen, eine unnatürlich spitze Nase und schmale Lippen. Seine Augen waren von einem ungewöhnlich hellen Grün, und er scannte die Plastikflaschen auf dem Tisch, ehe sich sein stechender Blick in Phils Gesicht festbiss. Phil schauderte und bestellte reflexartig einen Hamburger und ein großes Budweiser.

Dieser dämliche Tellerwäscher sollte wenigstens kurz aus seiner Nähe verschwinden.

Verschwinde, du Mistkerl! Verpiss dich, oder ich vergesse mich, und glaub mir, mein Lieber: Du hast keinen blassen Schimmer, wie ich sein kann, wenn ich mich vergesse. Das willst du nicht erleben. Oh nein, das willst du sicher nicht. Ich schlag dir deine Billardkugelbirne ein, wenn du mich noch eine Sekunde lang so anschaust. Hör auf, mich so anzustarren und verschwinde oder ich schwöre dir …

Phil fixierte das silberne Besteck neben den Plastikflaschen. Das Steakmesser mochte vielleicht nicht scharf sein, aber es war spitz und befand sich in seiner Reichweite.

Ich schwöre dir, dass ich dir deine verfickten Augen aussteche! Ich steche sie aus, gleich hier … und dann spieße ich sie auf einen Zahnstocher und garniere meinen Hamburger damit. Bei Gott, ich werd's tun, wenn du nicht sofort verschwindest! »Wird gemacht, Sir«, näselte der Kellner mit Akzent. Jetzt erschien ein lakonisches Lächeln in seinem Gesicht und sein linker Eckzahn stand etwas hervor. Der Makel verlieh seinem Lächeln etwas Unprätentiöses und brachte eine gewisse Lässigkeit in die femininen Züge seines Gesichts.

Phil entspannte sich etwas. »Engländer«, murmelte er kopfschüttelnd. Als der Kellner den Rückzug in Richtung Küche angetreten hatte, stand er auf und verließ das Lokal für eine Zigarettenlänge. Als er seine Nikotinsucht befriedigt hatte und an den Tisch zurückkehrte, stand ein volles Bierglas mit einer Bilderbuchschaumkrone auf der Papierspeisekarte.

Sieh einer an: Bier zapfen kann sie, die britische Billardkugel – immerhin, dachte Phil und nahm einen großen Schluck, bevor er sich setzte. So ein kühles Blondes war jetzt genau das Richtige. Er stieß einen befriedigten Seufzer aus, ehe er den Schaum von der Oberlippe leckte.

»Vorsicht! Heiß und fettig.« Die unheilvolle Stimme der britischen Billardkugel kam diesmal nicht aus dem Hinterhalt. Sie erklang in angemessenem Abstand schräg links von Phil, dem das

Wasser im Mund zusammenlief, als ihm der Duft von gegrilltem Rindfleisch in die Nase stieg. Sein Magen knurrte auf Raubtierniveau und Phil warf dem Kellner einen beschämten Blick zu. Das Curan'sche Nährstoffkonto befand sich hörbar in den roten Zahlen, und die Billardkugel quittierte diese Tatsache mit einem schiefen Lächeln. »Guten Appetit, Sir«, brummte der Kellner, während er einen üppig gefüllten Teller vor Phils Nase platzierte. Satte vierhundert Gramm gegrilltes Fleisch hatten es sich zwischen Salatblättern, Röstzwiebeln, Farmhouse-Cheddar und getoasteten Burger-Brötchen gemütlich gemacht. Daneben frohlockte ein Häuflein goldbrauner Kartoffelecken.

Der Anblick verleitete Phil fast dazu, alle Benimmregeln zu vergessen und über diesen Inbegriff des kulinarischen Amerika herzufallen wie ein Wettesser-Champion. Er hatte einen bulimischen Heißhunger und musste einiges an Selbstbeherrschung aufbringen, als er den Blick widerwillig von den goldbraunen Country-Potatoes und dem duftenden Burger löste, um den Kellner mit einer weiteren Bestellung zu betrauen. Postwendend zückte Mr. Billardkugel einen zerfledderten Notizblock aus der Seitentasche seiner Schürze, und Phil studierte das kleine Krokodil, das auf seinem mintgrünen Lacoste-Hemd prangte. *Was für ein Spießer, dieser Engländer*, dachte er. Und dann dachte er an Amanda. Ihre modischen In&Out-Listen hatten einen festen Platz in der *Teen Vogue*, und sie referierte dort liebend gern über den möglichen Zusammenhang zwischen Kleiderwahl und Persönlichkeit. Phil fand diesen Zusammenhang nicht nur fragwürdig, sondern etwas oberflächlich, aber letztendlich war auch er Hollywoods Modediktat zum Opfer gefallen, und die leidenschaftliche Überzeugung, mit der Amanda den Charakter ihrer Mitmenschen nach Markennamen sortierte, war so absurd, dass es Phil erheiterte. »Lacoste-Hemd-Träger gehen gar nicht! Das sind entweder Berufssöhne, steifärschige BWL-Studenten oder wunderliche Nerds mit Inselbegabung, die mit Anfang dreißig immer noch bei Mama wohnen«, hatte sie sich einmal echauffiert, und dann hatte sie Phils Lacoste-Shirts ohne Umweg in die Mülltonne geworfen. Seitdem hatte er einen großen Bogen um Klamotten mit Krokodilaufnähern gemacht und sich auf Amandas Geheiß zum Calvin-Klein- und Hugo-Boss-Hemd-Träger entwickelt.

»Bringen Sie mir 'nen Bourbon. Doppelt, ohne Eis.« Phil klang herrisch, und der Kellner quittierte den Befehlston mit einem gekünstelten Anstandslächeln. »Sie nehmen den Whiskey-Weg?«, fragte er und neigte den Kopf leicht zur Seite. Sein öliger Schädel glänzte im Licht der Deckenlampe.

Phil nickte. »Ist am sichersten«, antwortete er trocken.

»Sicherheit ist sehr wichtig für Sie, nicht wahr?«

Was ist denn das für eine beschissene Frage? Du sollst kein Psychogramm von mir erstellen, du sollst mir meinen gottverdammten Bourbon bringen! Was geht dich mein Bedürfnis nach Sicherheit an? Was zum Teufel soll die dämliche Fragerei? Willst du hier einen auf Dr. Freud machen? Da bist du bei mir an der falschen Adresse, du Idiot! Mach deinen Job und halt die Schnauze …

Die unverblümte Arroganz, mit der die Billardkugel in Phils Intimsphäre herumschnüffelte, machte ihn rasend, und der Ärger bohrte sich wie eine Nadel in den Nerv hinter seinem linken Auge.

»Tut mir leid, Sir. Das war sehr indiskret von mir«, versetzte der kahlköpfige Hobbypsychologe, doch sein Gesicht verriet, dass er kein Wort von dem meinte, was er sagte. Ihm tat überhaupt nichts leid. Im Gegenteil. Seine grenzüberschreitende Art war vorsätzlich. »Verkneifen Sie sich solche dämlichen Fragen und bringen Sie mir gefälligst meinen Whiskey, sonst …« Phil stockte und Mr. Billardkugel sah ihn herausfordernd an. In seinen hellgrünen Augen blitzte es auf, und er schleuderte Phil ein wortloses »Was sonst?!« entgegen. Dieser rang um Contenance, holte tief Luft und betrachtete das kulinarische Amerika vor sich auf dem Tisch. Ihm war der Appetit vergangen. Der Heißhunger hatte sich in Übelkeit verwandelt, und die blanke Angst, die sich hinter seiner Wut auf den Kellner versteckt hatte, drohte sich zu verselbstständigen. »Wem gehört dieser Laden?« Phil starrte gebannt auf seinen Teller. Er konnte das perfide Grinsen des Mannes mit dem mintgrünen Lacoste-Hemd einfach nicht mehr ertragen. »Ursprünglich dem alten Flynn, aber dem hat der Krebs das Licht ausgeknipst, und jetzt hat seine Witwe Jane das zweifelhafte Vergnügen …«

»Interessiert mich nicht«, sagte Phil scharf. »Aber Sie dürfte interessieren, was ich tun werde, wenn Sie ihren knochigen Hintern nicht sofort in Richtung Bar schwingen, um mir endlich meinen verfickten Whiskey zu bringen, Mr. …« Er hielt inne und suchte das mintgrüne Hemd seines Gegenübers nach einem Namensschildchen ab.

»Callahan. Mein Name ist Aiden Callahan. Aber Sie dürfen mich Aiden nennen«, erklärte die Billardkugel, und Phil erstarrte in atemlosem Schweigen.

A I D E N.

Sein Gehirn weigerte sich standhaft, die Information zu verarbeiten, und der Moment verknöcherte. So, als wäre die Zeit zu Stein geworden – hart, starr und unnachgiebig.

A I D E N.

Phil hob den Kopf und starrte den Kellner mit unverhohlener Verachtung an. Entweder, Amandas Romanfigur war kein Fantasieprodukt oder … Das ist doch Irrsinn! Das muss ein Traum sein, dachte er und kicherte wie eine Göre.

Lass los, Curan! Hör nicht auf deine Gefühle! Das ist alles nur ein Traum. Glaub mir: Deine Emotionen verscheißern dich, aber das geht vorüber. Gefühle sind wie Viren. Erkältungsbazillen. Wenn sie dich befallen, sind sie sind lästig, aber mit ein wenig Schonung verschwinden sie von selbst. Bleib ruhig. Bleib gelassen.

»Hast du sie gefickt?«, hörte Phil sich fragen, und dabei entdeckte er etwas in seiner Stimme, das da nicht hingehörte. »Hat sie dir gezeigt, was Liebe ist?«

Ihm war, als wäre der Wahnsinn in seinen Kopf eingezogen, und er fürchtete, dass dieser Wahnsinn bleiben würde, bis alle Lichter ausgegangen waren. Der Raum schien zu vibrieren, und ein höhnisches Lächeln spielte um Aiden Callahans Lippen. »Willkommen in der Wirklichkeit, Curan«, sagte er.

25

RACHE

Ein wolkenloser Himmel salbte das Innere des Behandlungsraumes mit reinem Licht. Robert Schwarzenberg erwachte in einem Albtraum. Zeigefingerdicke Seile banden seine Handgelenke an die Armlehnen des Schreibtischstuhls. Seine Hände waren taub und schimmerten in einem ungesunden Blau. Jemand hatte seine Beine gespreizt und sie an den hinteren Füßen des Eichenholzschreibtisches festgebunden. Er war hilflos, er war allein und er war vollkommen nackt. Die antike Standuhr tickte teilnahmslos vor sich hin, und er brauchte einige Minuten, um sich zu orientieren. Es war Nachmittag. Er war in seinem Sprechzimmer. In seinem Mund haftete der Nachgeschmack scharfen Whiskeys, und er konnte sich nicht rühren. Das heißt ... er konnte schon, aber dann schabten die kunstvollen Holzschnitzereien, welche die Füße seines Schreibtisches zierten, die Haut von seinen Knöcheln. Der Schmerz, den sein erster reflexartiger Befreiungsversuch durch seinen Körper schickte, verwandelte blinde Panik in lähmende Starre.

Schwarzenberg hielt den Atem an, als er den Blick kurz darauf ziellos durch den Raum schweifen ließ: Sein Kittel hing über der Lehne des Behandlungssofas. Hemd, Hose, Unterhose und Socken waren sorgfältig zusammengefaltet und stapelten sich neben seinen schwarzen Oxford-Schnürern von Church's auf dem Boden. Auf dem Fenstersims stand eine leere Flasche Scotch. Ein böiger Wind trug das Motorengeheul der angrenzenden Schnellstraße heran. Großstadtgeräusche stürmten gegen die Isolierverglasung der Fenster und mutierten zu einem diffusen Rauschen, das sich so selbstverständlich in seine Ohrmuscheln schmiegte, als wäre es immer schon da gewesen. Erinnerungen bahnten sich einen Weg durch den Nebel in seinem Kopf; zunächst nur dumpfe, zusammenhanglose Ahnungen, provisorische Skizzen, die sich aus dem milchigen Weiß seines getrübten Bewusstseins lösten. Er schloss die Augen und wartete geduldig, dass seine Gedanken Kontur annahmen, sodass er sie in einen Zusammenhang bringen konnte.

Er sah sich auf dem ledernen Behandlungssofa liegen, spürte Amanda Curans Arsch auf seinem Bauch und schmeckte die bittersüße Mischung aus ihrem Schweiß und dem fünfunddreißigjährigen Port Ellen, der von ihren steifen Nippeln direkt in seinen Mund tropfte. »So ist's gut, Darling! Trink!«

Ihre Stimme hallte in ihm wider, und als er die folgenden Sekunden rekapitulierte und sich erinnerte, wie seine rasende Wollust jäh ausgebremst worden und sein Geist plötzlich in Schwärze versunken war, kurz bevor seine Liebeskanone zum Schuss kommen konnte, stöhnte er auf. Amanda Curan hatte ihn ausgeknockt. Sie hatte ihn verführt, und dann hatte sie ihn ausgeknockt. Overknee-Stiefel, die klare Essenz eines Lachens, moosgrüne Katzenaugen, kirschrote Lippen, ein Arsch so rund und knackig wie ein Royal-Gala-Apfel und in Whiskey getränkte Torpedotitten – sie hatte alle Register gezogen, und als sein Schwanz vollständig die Kontrolle übernommen und sein Denken lahmgelegt hatte, da …

Die Schlampe hat Rohypnol in den Whiskey getan!

Die Erkenntnis schlug ein wie ein Meteorit und hinterließ einen Krater von Fassungslosigkeit. Schwarzenberg lachte auf in kranker Verzweiflung. K.-o.-Tropfen – wie simpel! Das war so simpel, dass er nicht im Entferntesten daran gedacht hatte. Dabei hätte er es ahnen müssen. Sie hatte nicht, wie üblich, um neue Rezepte gebeten, und ihr Verhalten war ungewöhnlich selbstbewusst gewesen. Die untypische Dominanz, die sie an den Tag gelegt hatte, hätte ihn stutzig machen müssen. Amanda Curan war eine versteckte Opferpersönlichkeit, und er selbst war derjenige, der diese Persönlichkeit ans Tageslicht therapiert hatte, um sie sich anschließend zunutze zu machen – verdienterweise, wie er fand. Frühkindlicher sexueller Missbrauch, ein Alkoholikervater, eine psychotische Mutter, Vernachlässigung und eine Doublebind-Dynamik wie aus dem Lehrbuch – sie war das perfekte Opfer. Unablässig pumpte ihr Herz geheime Sehnsucht durch ihr Blut. Tagein, tagaus rauschte sie durch ihre Venen und vergiftete ihren Verstand. Amanda Curan brauchte eine harte Hand, um sich fallenlassen und Kontrolle abgeben zu können. Ihre ausgeprägte Ich-Schwäche sowie die massive Affektlabilität luden förmlich dazu ein, sie zu konditionieren, und so hatte es von der ersten Sitzung an eine klare Hierarchie mit ebenso klarer Rollenverteilung gegeben: Sie war das Opfer, und er war der Erlöser. Sie war Starlet und er war Sugardaddy. Sie war Hure, und er war Heiliger. Das war der Deal, und es sah ihr nicht ähnlich, ihn in Frage zu stellen oder ihn gar in Eigeninitiative zu brechen. Der plötzliche Umschwung vom Passiven ins Aktive widersprach ihrer Psychodynamik so nachhaltig, dass man keine Fachkenntnis brauchte, um nahendes Unheil zu wittern. Warum um Himmels Willen hatte er nicht reagiert? Warum um Himmels Willen hatte er sich auf ihr Spielchen eingelassen? War er tatsächlich so tief gesunken? »Du schwanzgesteuerter Vollidiot«, zischte er sich selbst zu und verfluchte seine unersättlichen Gelüste.

Eine Mischung aus Blut und Lymphe sickerte in seine Fesseln, und er stöhnte, als er seine geschwollenen Knöchel sah. Hautfetzen klebten am Eichenholz des Schreibtischs und an den Außenseiten seiner Füße schimmerte rotmeliertes blankes Fleisch. Widerstand war zwecklos. Er würde sich an dem Eichenholz bis auf die Knochen wundschaben und am Ende immer noch als nackter Depp auf diesem Stuhl sitzen, ohne die Fesseln auch nur einen Zentimeter gelockert zu haben. *Bleib ruhig. Bleib ganz ruhig und schalte deinen Kopf ein.* Eine verstörte Besonnenheit legte sich auf sein Gemüt wie ein Schutzfilm. Mit herkulischer Willenskraft aktivierte er sein lösungsorientiertes Denken, aber sein Blick verlor sich am Horizont, wo eine dunklen Wolke von Möwen mit dem Luftstrom stieg und fiel.

*

Die Tür öffnete sich mit quälender Langsamkeit, und das Quietschen ihrer Scharniere schickte einen Schauer über Schwarzenbergs Rücken.

»Ausgeschlafen?« Amandas Silhouette schälte sich aus den goldgelben Überresten der Nachmittagssonne. Sie schloss die Tür mit genüsslicher Behutsamkeit und drehte sich mit einer pirouettenhaften Bewegung auf dem Absatz. Eine subtile Aura aus Distanz umwehte ihren Körper, und sie strahlte etwas aus, das Schwarzenberg nicht einordnen konnte. Eine Emotionslosigkeit, die auf seltsame Weise zugleich zärtlich anmutete. Ihre Augen wirkten riesig, ausdruckslos und leer. Ihr Lächeln jedoch hatte etwas Seliges, und ihre Bewegungen wirkten auf geisterhafte Weise beschwingt. Das Zusammenspiel von Mimik und Gestik war vollkommen aus dem Gleichgewicht, und Amanda wirkte auf ihn gleichzeitig so verletzt und gefährlich wie zerbrochenes Glas.

Als ihre Blicke sich trafen, spürte er eine innere Rastlosigkeit wie von Koffein, und sein Herz hämmerte gegen seine Rippen. Dieser eisige Schimmer in ihren Augen, diese wie ferngesteuerten Bewegungen, diese seltsam gefühllose Ausstrahlung und dieses gespenstische Lächeln: Woher kam das? Was war seit der letzten Sitzung geschehen, das sie so verändert hatte? Königin der Kälte, dachte er, und plötzlich wurde ihm klar, dass seine Rastlosigkeit in Wahrheit Angst war. Todesangst. »Ich hoffe, Sie sitzen bequem, Doc.« Amanda sprach mit Beamten-Timbre. »Und ich hoffe, Sie frieren nicht. Allerdings …« Sie setzte sich auf den Schreibtisch, schlug die Beine lasziv übereinander und schwenkte einen roten Blechkanister vor seinen Augen hin und her. »Allerdings wird es hier gleich auch wieder etwas wärmer.«

Amanda lächelte noch immer. Sie schraubte den Deckel ab und inhalierte die Benzindämpfe so genüsslich, als handle es sich um ihr Lieblingskörperpeeling statt um eine Gallone Premiumgas. Schwarzenberg erstarrte in atemlosem Schweigen. Was sollte das werden? Was zur Hölle ging in ihrem Kopf vor? »Sie fragen sich bestimmt, was das hier soll, richtig? Das interessiert Sie sicher …« Amanda machte eine dramatische Pause und betonte das folgende Wort mit übermütiger Ironie: »… *BRENNEND.*«

Der Inhalt des roten Kanisters gab leicht gluckernde Geräusche von sich. »Du bist ja vollkommen wahnsinnig, Amanda!« Schwarzenberg verzog das Gesicht, und ein unbändiger Zorn zerriss sein Inneres, als Amanda aufsprang und mit damenhafter Eleganz den Schreibtisch umrundete. Sie positionierte sich direkt hinter dem Stuhl und blickte spöttisch hinab auf sein entblößtes Geschlecht. »Für Sie, mein lieber Herr Doktor, bin ich immer noch Mrs. Curan! Auch wenn wir uns auf einer gewissen Ebene vergleichsweise nahe gekommen sind, ist es für ein stabiles Therapeuten-Patienten-Verhältnis unabdingbar, dass die Formalitäten gewahrt bleiben, nicht wahr?« Ihre Fingernägel pflügten durch sein graubraunes Haar, und Schwarzenberg sah sie an wie ein Vater, der sein Kind in unbeherrschter Wut beschimpft hat und jetzt nach einem Weg sucht, sich wieder mit ihm zu versöhnen. *Das Kind* … Der Gedanke erhellte die Aussichtslosigkeit in seinem Kopf wie eine plötzlich aufflammende Sternschnuppe. *Du musst ihr inneres Kind wecken. Du musst eine traumainduzierte Regression in Gang bringen, sodass ein Persönlichkeitswechsel stattfindet. Das Kind ist unschuldig. Das Kind ist hilflos. Das Kind hat Angst. Das Kind wird dir kein Haar krümmen. Es kennt Amandas Erinnerungen nicht, und es kennt dich nicht, und darum wird es dir nichts tun. Was auch immer Amanda geplant hat – das Kind hat keinen Zugriff darauf. Es weiß nicht, was Amanda denkt. Es fühlt nicht, was Amanda fühlt, und es wird dir nichts tun. Das Kind kannst du kontrollieren. Vielleicht kannst du es sogar dazu bringen, dich loszubinden. Du musst mit dem Kind sprechen.*

Amandas Krankenakte zog an seinem geistigen Auge vorüber, Protokolle der wenigen Therapiestunden, in denen er sie tatsächlich therapiert hatte.

Wie heißt das Kind? Denk nach, verdammt! Du brauchst den Namen! Du musst sie mit ihrem Kindernamen ansprechen, sonst funktioniert es nicht! Also, komm schon, wie heißt das verfickte Kind? Mit wachsender Unruhe blätterten seine Gedanken in der Akte umher: Anamnese, diagnostische Tests, Fragebögen, EEG, neurologische Untersuchungen, fünfzig Minuten Familienaufstellung, dreißig Minuten kognitive Verhaltenstherapie, Beratung auch mittels Telefon – bei genauer Betrachtung verdiente er gar nicht schlecht an ihr. Nur nützte ihm das gerade gar nichts. Doch Rechnungsposten waren wesentlich einprägsamer als tiefenpsychologische Details, und es war das erste Mal in seiner Karriere als praktizierender Arzt, dass er seine Geldgier gern gegen eine ordentliche Portion Gewissenhaftigkeit eingetauscht hätte. Dann würde er sich an den verdammten Namen erinnern. Dann könnte er wenigstens versuchen, sie aufzuhalten. Er könnte Zeit schinden und …

Der Benzingeruch wurde intensiver. Er umwob ihn wie ein Kokon des Grauens. Ein beißender, giftiger Duftkokon, der seine Sinne vernebelte und in den Augen brannte. Amanda Curan umrundete seinen Stuhl mit abgründiger Leichtfüßigkeit, während sie den Kanister leerte. Sie malte einen konzentrischen Benzinkreis um seinen gefesselten Körper und summte entrückt vor sich hin. Sie summte ihm ein Wiegenlied des Wahnsinns, und Schwarzenberg würgte, als sie sich jetzt vor dem Schreibtisch aufbaute und den leeren Kanister unter sich fallen ließ. »Wir haben Angst vor unserer Sehnsucht und sehnen uns nach unserer Angst.« Ihre Stimme klang mechanisch, doch ihre Unterlippe zitterte, und sie stützte sich mit beiden Händen auf den Schreibtisch. Schwarzenberg wusste nicht, warum sie ihn in diesem Moment rezitierte, aber die Erinnerung an den Tag, an dem diese Worte über seine Lippen gekommen waren, erfüllte ihn mit einem fast sentimentalem Mitgefühl.

Wir haben Angst vor unserer Sehnsucht …

Der Benzingeruch fräste sich in seine Nasenschleimhäute. Seine Hände waren taub. Seine Leisten schmerzten. Seine Knöchel schimmerten durch blutende Hautfetzen. Eine Gänsehaut richtete jetzt langsam alle feinen hellbraunen Härchen an seinen Armen und Beinen auf, und …

… und wir haben Sehnsucht nach unserer Angst.

Ihr Blick fing seinen auf und erschien ihm plötzlich fragil und erschöpft. Die insektenäugige Fremdartigkeit, die sie bis vor wenigen Sekunden ausgestrahlt hatte, ging unter in einem salzigen Kaleidoskop verdrängter Emotionen, und mit einem Mal war alles nur noch Heute und Jetzt – weder Zukunft noch Vergangenheit. Er ertrank in den moosgrünen Fenstern ihrer Augen. Er sah, wie ein Tränenbach des Zorns die Jahre aus ihrem Gesicht spülte, und den Bruchteil einer Sekunde lang empfand er sogar so etwas wie tiefe, aufrichtige Reue.

Amanda weinte schweigend. Ihr Hass war stumm und rann verstohlen über ihre bleichen Wangen. Er zersetzte die Make-up-Fassade, spülte die Kälte fort und schien die Zeit zurückzudrehen. Amanda die Studentin, Amanda die Abiturientin, Amanda der Teenager, Amanda … »Ana! Das Kind heißt Ana!« Schwarzenberg erstarrte, und etwas zuckte über sein Gesicht.

»Tränen sind die Blutspur, die zu der Leiche im Gebüsch führt.«

Er biss sich auf die Unterlippe. Amandas Geburtsname war Ana Schapmann; Ana Amanda Schapmann. Die erwachsene Frau, die ihm gegenüberstand, war Amanda, aber das misshandelte, hilflose Mädchen, das bleistiftdünne Kind mit den mandarinengroßen Fäusten – das war Ana. Und Ana konnte ihn retten. Er musste nur ihre schlummernde Kinderseele wecken, damit sie Amanda aus dem Haus ihres Körpers verjagte, um selbst einzuziehen. Ein bleistiftdünnes Mädchen im Körper einer Frau.

*

Um die innere Landschaft eines Menschen zu manipulieren, muss man sie zunächst verstehen. Man muss sich gleichsam blind darin zurechtfinden – ohne Landkarte, ohne Kompass. Man muss sämtliche Windungen des neuronalen Straßennetzes auch in vollkommener Dunkelheit fahren können, und man muss einen Blick in alle Abgründe werfen, ohne in sie zu stürzen. Wenn man das geschafft hat, ist man mächtig. Wenn man das geschafft hat, ist man Gott.

Schwarzenberg versuchte, sich auf sein Vorhaben zu konzentrieren. Er überlegte, wie er die Sache am geschicktesten ins Rollen bringen konnte, kam jedoch zu keinem Ergebnis. Angst hatte sich wie Stacheldraht um seine Gedärme gewunden. Schmerzhafte Angst. Sie besetzte, vereinnahmte seine Gedanken. Er musste sich von ihr lösen, wenn er agieren wollte. »Du kannst die Angst nicht unterdrücken, aber du kannst dich von ihr distanzieren.« Schwarzenberg versuchte, tief in den Bauch hinein zu atmen. Er musste die Angst anschauen, musste mit ihr kommunizieren. Er musste sie loben und sich dafür bedanken, dass sie ihn beschützte. Dann konnte er sie akzeptieren, ohne sich mit ihr zu identifizieren. Nur dann konnte er sie beiseiteschieben. Die Behandlung von Angst- und Panikstörungen lag zwar jenseits seines Spezialgebietes, aber der Umgang mit unerwünschten Emotionen spielte bei fast allen seelischen Krankheitsbildern eine entscheidende Rolle, und der Professor hatte seinen Beruf noch nie so geliebt wie in diesem Moment. Er hätte es nie für möglich gehalten, dass sein psychologisches Fachwissen einmal potenziell lebensrettend für ihn sein könnte. Es half ihm, seine Gefühle zu kontrollieren, und diese Tatsache gab ihm die Chance, die Situation wieder unter Kontrolle zu bekommen. Er atmete in tiefen Zügen, konzentrierte sich auf das Heben und Senken seines Bauches. Der Schmerz ließ nach, und sein Puls verlangsamte sich. Es funktionierte. Die Angst zog sich zurück in einen emotionalen Backstage-Bereich und ließ Raum für strukturiertes Denken. Er schloss kurz die Augen, sammelte sich, öffnete sie wieder – und dann fixierte er Amanda. Jetzt war er wieder vollständig im Berufsmodus. Jetzt war er ganz und gar Psychiater – bereit zu tun, was er am besten konnte: Er würde sich Zugang zu Amandas innerer

Landschaft verschaffen. Er würde sich elegant und zielgerichtet auf der Hauptverkehrsstraße ihres Gehirns bewegen, sich lässig in die Kurven schmiegen – und dann würde er die Ana-Abfahrt nehmen. Er würde auf der Lichtung ihrer welken Kinderseele Halt machen und den vertrockneten Boden düngen.

»Mrs. Curan?«

Der Professor klang routiniert. Amanda wirkte irritiert. *Sehr gut! Sie ist verunsichert. Das ist eine hervorragende Ausgangsbasis. Mein souveräner Habitus bringt sie durcheinander. Das ist gut! Weiter so.*

»Was auch immer Sie mit mir vorhaben …«, Schwarzenberg schnurrte jetzt in klassischer Therapeutentonlage, »es gibt nichts, was ich dagegen unternehmen kann, richtig?« Er machte eine Kunstpause, ehe er fortfuhr.

Amanda starrte ihn unverhohlen an. Wenn sie tatsächlich so unsicher war, wie er annahm, verbarg sie es gekonnt. Ihre Gesichtszüge wirken wächsern und in ihren Augen glomm Verachtung. *Nein, das war zu offensiv. Sie fängt an zu mauern. Du musst ruhiger werden, emotionaler. Du musst ihre Abwehrmechanismen außer Kraft setzen, aber dafür muss sie sich erst mal wieder sicher fühlen. Sei vorsichtiger. Sei behutsamer. Wenn ihr klar wird, was du vorhast, hast du verloren. Gib ihr Sicherheit!* »Ich bin Ihnen ausgeliefert. Und Sie werden tun, was auch immer Sie tun müssen. Ich habe keinen Einfluss darauf, was passieren wird. Ich kann nur loslassen und mich meinem Schicksal fügen. Sie haben die Kontrolle. Sie haben die totale Kontrolle. Sie sind alleinige Herrscherin über die Situation und ich werde mich Ihnen nicht in den Weg stellen. Man muss wissen, wann man verloren hat, richtig?« Amanda wischte die Tränen von den Wangen. Die Verachtung in ihrem Blick erlosch. Jetzt wirkte sie skeptisch. *Volltreffer! Das ist der richtige Weg, dranbleiben!* Er hatte bereits den Mund geöffnet, um weiterzusprechen, als sich Amanda unvermittelt bückte und ihre Handtasche vom Boden fischte. Die Umhängetasche von Guiseppe Zanotti passte farblich perfekt zu ihrem violetten Kleid.

Amanda stellte sie auf den Schreibtisch, öffnete sie und holte ein Schminktäschchen hervor. Was sollte das denn? Wollte sie ihren Lippenstift auffrischen? *Absurd! Das ist vollkommen absurd! Du sitzt nackt und gefesselt hinter deinem eigenen Schreibtisch, Mrs. Curan hat gerade einen ganzen Kanister Benzin vergossen, und jetzt kramt sie allen Ernstes in ihrem Schminktäschchen rum? Das darf doch alles einfach nicht wahr sein!*

Schwarzenberg öffnete den Mund, um etwas zu sagen, brachte jedoch keinen Ton heraus, als er sah, was sich in dem unschuldig anmutenden Täschchen befand. Zwischen Chanel-Lippenstift, Bobbi Brown Foundation, Highlighter, Rouge, Eyeliner und einer Extreme-Volume-Mascara von Guerlain schlummerte eine kleine, unscheinbare Packung. Eine Packung Streichhölzer.

Mit einer nonchalanten Handbewegung zog Amanda die Pappschachtel aus der Tasche und schüttelte sie mit schadenfrohem Vergnügen. Schwarzenberg begriff schlagartig, dass ihm keine Zeit für eine sensiblere, durchdachtere Vorgehensweise blieb. Er musste handeln, jetzt. Auch auf die Gefahr hin, dass Amanda ihn durchschaute. Wenn er therapeutisch Schiffbruch erlitt, würde seine Lage sich eklatant verschlechtern. Ana war sein einziges Ass im Ärmel, und wenn er unbesonnen an die Sache heranging, konnte dieses Ass sich blitzschnell in eine Rote Karte verwandeln, das wusste er. Aber er hatte keine Wahl.

Die Luft pulsierte. Schwarzenberg lag auf dem Chefsessel wie ein Schwein auf der Schlachtbank: die Beine gespreizt, den Mund weit geöffnet, Erkenntnis ins Gesicht gemeißelt und stumm vor Entsetzen. »Ein Zischen, ein brennendes Streichholz und eine Benzinlache«, erklärte Amanda mit sanfter Lehrerstimme, »das ergibt einen recht klaren Zusammenhang, nicht wahr?« Jetzt klang sie schelmisch und kicherte wie ein Kind nach einer erfolgreichen Klingelstreichtour. »Eine halbe Stunde … maximal … und der Herr Doktor ist ein Häuflein Asche.«

Kalte, graue Asche!

»Wie geht es Ana?« Schwarzenberg konnte nicht mehr klar denken. Seine Angst war zu einer waschechten Panik geworden. Wenn die Angst eine Raupe war, hatte sie sich in dem Moment, in dem Amanda die Pappschachtel vor seinen Augen geschüttelt hatte, in einen Schmetterling verwandelt. Ein riesiger, pechschwarzer Panikschmetterling, der den emotionalen Backstage-Raum verlassen hatte, um die Bühne seiner Wahrnehmung zu betreten. Der schnurrende Klang seiner Stimme, diese berufsmäßiger Souveränität, war verschwunden. Verzweifelt bemühte er sich, eine gewisse Autorität zu transportieren, aber seine Worte klangen nervös und flattrig. »Können Sie mir sagen, wo Ana ist? Ich würde gern mit ihr sprechen.« Schwarzenberg atmete flach. Ihm brach kalter Schweiß aus. Er hätte die Sache nicht ungeschickter angehen können. Die Gewissheit, dass er die Chance mit einem so plumpen, aus dem Kontext gerissenen Manipulationsversuch verspielt hatte, ernüchterte ihn. *Das war's*, dachte er, und sein adrenalingeschwängerter Kampfgeist wich dumpfer Resignation. Ihm ging die Luft aus. Robert Schwarzenberg fügte sich seiner Sprachlosigkeit, und seine Gedanken flohen ins Triviale. Sie verließen das Schlachtfeld, wissend, dass sie den Kampf verloren hatten. Sie strichen die Segel. Ja, die tapferen Gedankensoldaten zogen ab und fanden sich ein in der Kaserne des Banalen, um Kraft zu tanken und ihre Gewehre mit neuer Munition zu bestücken.

Schwarzenberg konnte der Situation physisch zwar nicht entkommen, aber die Psyche findet immer einen Ausweg. Sein Körper war gefesselt – aber seine Gedanken waren frei. Sie konnten das Schlachtfeld verlassen und sich in Sicherheit bringen. Schwarzenberg realisierte nicht, dass er zu dissoziieren begann. Er realisierte nicht, dass sein Geist im Begriff war, das Gleichgewicht zu verlieren und in den Wahnsinn zu stürzen. In diesem Punkt unterschied ihn nichts, rein gar nichts von seinen psychotischen Patienten. Wahnsinn regiert autonom. Wahnsinn findet unbewusst statt und entzieht sich der Kontrolle des Bewusstseins. Man kann ihn fühlen, aber nicht anfassen. Man versteckt sich in ihm, wird aber trotzdem entdeckt. Er ist eine reale Illusion. Ein Fluss, der das Ufer der Vernunft vom Ufer des Instinktes trennt. Und genau dieser Wahnsinn drohte Schwarzenbergs Geist jetzt fortzureißen und zu ertränken.

Das Zwielicht der Abenddämmerung spähte durch die verschlossenen Fenster. Der Psychiater starrte seine zusammengefaltete Kleidung an. Da waren Puddingflecken auf seinem Hemd. Schokobraune Puddingflecken, deren Form und Größe so ungleichförmig waren, dass sie an Minikuhfladen erinnerten.

Habe ich heute Pudding gegessen? Und wieso kann ich mich nicht erinnern, mich bekleckert zu haben?

Er studierte die Flecken, und seine Gedanken verloren sich in dem schmutzigen Braun. Sie verließen seinen gefesselten Schweinekörper und verschmolzen mit den Schokoladenkuhfladen auf seinem Lagerfeld-Hemd.

Amanda Curan lauschte dem beständigen Ticken der Standuhr.

Wie geht es Ana? Können Sie mir sagen, wo Ana ist? Ich würde gern mit ihr sprechen …

Gedankenverloren schob sie sich eine American Spirit zwischen die Lippen, holte ein Streichholz heraus und rieb es über die Anzündflache. Es zischte und knisterte. Schwefelgeruch mischte sich in die trockene Luft. Die Flamme tauchte ihr Gesicht in ein Licht, das Schwarzenberg an seine Kindheit erinnerte und das er im ersten Moment mit etwas Positivem assoziierte: ein brennender Kamin. Kerzenschimmer. Die Luft duftet nach Schwefel. Goldenes Licht flutet das Wohnzimmer. Das Lachen der Mutter perlt durch den Raum. Gemütlichkeit und Geborgenheit.

Amanda zog an ihrer Zigarette und schickte Rauchkringel in die Luft. Sie ließ sich Zeit mit ihrer Antwort. Die Flamme brannte das Streichholz nieder und erlosch, kurz bevor sie ihre Finger erreichte. Sie ließ den verkohlten Stängel zu Boden fallen. Die Wirklichkeit traf den Psychiater mit der Wucht eines Vorschlaghammers, als er Amandas Stimme hörte. »Ana geht es gut«, sagte sie, »Ana ist hier.«

Sie hielt inne und deutete auf ihre Brust. »Ana ist hier bei mir, und ich beschütze sie.« Schwarzenberg schauderte, als er begriff, was das bedeutete. Das Grauen kroch durch seine Knochen in ihm hoch, und sein Herz wappnete sich. Für die Welt dort draußen war Amanda Curan in diesem Moment unwiderruflich zerbrochen, aber ihre innere Welt war wieder ganz geworden, und sie spürte, dass es so etwas wie Anwesenheit gab – zum ersten Mal vielleicht.

»Was werden Sie tun?«

Schwarzenberg ahnte die Antwort, aber die Hoffnung, dass er sich irrte, starb zuletzt. Es war das erste Mal in seinem Leben, das er sich wünschte, im Unrecht zu sein. Er war Psychiater, aber er war nicht Gott – auch wenn er immer gern so getan hatte. Irren war menschlich. *Ich bin nur ein beschissener kleiner Mensch und beschissene kleine Menschen irren sich*, dachte er. *Ich bin ein Sandkorn am Strand der Menschen. Ich bin weder ein Weiser noch ein Hellseher. Ich bin nur ein beschissener kleiner Mensch, und dieses Mal irre ich mich bestimmt. Ich muss mich einfach irren.*

Agonie ist ein wirksames Mittel gegen Arroganz. Erniedrigung schrumpft das Ego, und erst, wenn wir unser eigenes Ende in den Augen eines anderen erkennen und darin vom König zum Bettler werden, begreifen wir, was Leben heißt.

Schwarzenberg hob den Kopf. Er schickte einen flehenden Blick zu Amanda empor, und sie lächelte. Es war ein liebevolles Lächeln. Ein Lächeln voller Mitgefühl und Hingabe. Der Professor wusste, dass es nicht für ihn bestimmt war.

*

Amanda beugte sich langsam zu ihm herunter. Ihr heißer Atem strich über seinen Dreitagebart und verlor sich in seinem rechten Ohr. »Ich tue, was ich schon längst hätte tun sollen«, flüsterte sie. »Ich werde meinem Kind eine Mutter sein.« Der Zigarettenfilter, der noch immer zwischen ihren Fingern steckte, fiel zu Boden und sog sich voll mit Benzin. Ihre Wangen glühten, und als Schwarzenberg unter der harten Sonne ihres jahrelangen Überlebenskampfes eine bedingungslose Liebe sprießen sah, wusste er, dass er sterben würde.

Ein Flammenkreis umschließt seinen geschundenen Körper. Ein knisternder, goldroter Kreis, der die Grenze zur Welt markiert.

Amanda griff nach der kleinen, rechteckigen Pappschachtel.

Hitze schlägt in sein Gesicht und raubt ihm den Atem. Er späht durch die Feuerwand. Sie lächelt noch immer. Ihre moosgrünen Augen spiegeln die lodernden Flammen, und er spürt, wie ihr Rachedurst seine Haut versengt. Eine Mutter, die ihr Kind rächt, ist die grausamste Mörderin von allen. Eine Mutter, die ihr Kind rächt, tötet nicht aus Hass; sie tötet aus Liebe.

Das Streichholz flammte auf mit einem forschen Zischen, und eine vollkommen neue Dimension der Sehnsucht dehnte sich in Amandas Brust. Anas mandarinengroße Fäuste wärmten sich an der Feuerwand, die das Innen vom Außen trennte, und sie berauschte sich an der lärmenden Kakophonie des Schmerzes, die aus der Mitte des Kreises drang.

Die Kornfelder in seinen Augen sind niedergebrannt und haben kreisrunde Schwärze hinterlassen. Der Tod ergießt sich in Myriaden von Farben und Gerüchen über den Boden: Schwefel, verkohltes Haar, goldenes Feuer, schwarzes Fleisch. Robert Schwarzenberg fährt zur Hölle. Das Feuer zerfrisst seine Identität. Kurz bevor sein physisches Sein ausbrennt, verändert sich der deformierte Körper und Amanda erkennt das Gesicht ihres Vaters in den Flammen: Die Rotweinflecken in den Mundwinkeln, die ein Grinsen in seine verbitterten Züge gemalt haben und die tintenblauen Zähne … Dann sieht sie Mama: Die zum Kussmund geformten, zitternden Lippen in ihrem verhärmten Nussknackergesicht … Und dann sieht sie Beimer: Er streckt seine fleckigen Hände aus, und seine schwarzen Augen rotieren auf der Suche nach dem Ausweg, den es nicht gibt. Er winselt um Gnade. Er heult, schreit und bettelt, aber Amanda kennt keine Gnade. Nicht für Beimer, nicht für ihren Vater, nicht für ihre Mutter und nicht für Schwarzenberg. Sie will, dass niemand davonkommt. Amanda hat verdrängt, aber nie vergessen, und als alles Leben im Raum zu Asche wird, findet das bleistiftdünne Mädchen, das Amanda unter der Lichtung ihres Herzens trägt, endlich Frieden.

26

GAME OVER

Die LAPD-Community in der Butler Avenue war nur spärlich besetzt. Deputy Riley musterte den Bildschirmschoner des Office-Computers. Seine mausgrauen Augen verfolgten den Schriftzug, der mit einschläfernder Gemächlichkeit auf dem Bildschirm hin- und herglitt: *To protect and to serve.* Für Kenneth Riley hatte es in den vergangenen Tagen nicht viel zu beschützen gegeben, und der Office-Dienst hatte bereits nach einem Tag begonnen, ihn zu langweilen. Nach drei Tagen im Büro spürte er eine zunehmende Unruhe, und nach einer knappen Woche fiel ihm auf, dass er in immer regelmäßigeren Abständen sehnsüchtig zu seinem Pistolenhalfter linste. Deputy Riley hatte Hummeln im Hintern. Er brauchte Action. Er sehnte sich nach diesem Moment der vollen Konzentration, in dem seine schweißnassen Hände den kühlen Griff der Waffe umschlossen. Er sehnte sich nach dem spannungsgeladenen Klicken, wenn er sie entsicherte und nach dem Rückschlag, der wie eine stimulierende Vibration durch seinen Körper schoss, wenn er abdrückte …

Rileys Frau verweigerte sich ihm seit zwei Monaten, und seine Gewaltbereitschaft stieg parallel zu dem Druck, den die unfreiwillige Sexabstinenz mit sich brachte.

Es war kurz nach 21 Uhr, als das Telefon klingelte. Der Deputy schob sich ein paar dunkelgelbe Pommes in den Mund und schluckte die kalten Überbleibsel seines Mittagessens fast unzerkaut hinunter. Er hustete kurz, räusperte sich und hob ab. Die Stimme am anderen Ende der Leitung war schwer zu verstehen, da sie von einer Mischung aus Sirenengeheul, Stimmengewirr und Motorengeräuschen überschattet wurde. Kenneth Riley realisierte zuallererst die Dringlichkeit, die in ihr mitschwang, und sein Adrenalinpegel stieg, als er den Telefonhörer fester an sein rechtes Ohr presste. Er konnte die Stimme nicht sofort zuordnen, vermutete aber, dass es sich bei dem aufgeregten Anrufer um Tamara Greenwood handelte.

Die Polizeiwache von West L.A. beschäftigte nur drei Frauen. Lindsay Corner hatte sich nach der Geburt ihrer Zwillinge in den Mutterschutz zurückgezogen, und Phoebe McAllister war nach einem unschönen Fall von Selbstjustiz mit Todesfolge vom Dienst suspendiert worden. Blieb also nur noch Tamara. »Officer Greenwood?« fragte er vorsichtig und bekam eine laute und deutliche Gegenfrage zur Antwort, die sämtliche Zweifel ausräumte.

»Riley?« Tamara schrie beinahe. »Ich bin in Bel Air …«

Der Deputy rutschte nervös auf seinem Stuhl herum und bewaffnete sich mit einem stumpfen Bleistift, als Tamara ihren genauen Standort durchgab. Mit seiner freien Hand schob er die leere McDonalds-Tüte beiseite und kritzelte hastig eine Adresse auf die ausgefranste Papierunterlage. Die Sirenen am anderen Ende der Leitung verstummten, und Kenneth lauschte Tamaras stichpunktartigen Informationen mit wachsender Aufmerksamkeit.

»Gibt es Tote?«, fragte er schließlich, und Tamara antwortete mit postwendender Routine: »Jawoll. Wir haben hier eine herrlich verkohlte Leiche.« Sie hielt kurz inne, und das sensationsgeile Grinsen, welches typisch für Tamara war, leuchtete vor Rileys geistigem Auge wie die Morgensonne am strahlend blauen Himmel. Wenn er auch keine Action bekommen würde, so bekam er wenigstens Entertainment, und das war besser als nichts. »Vermutlich männlich. Könnte sich um den Praxisinhaber handeln … dieser Promi-Psychiater«, setzte Tamara hinzu. »›Vermutlich‹ und ›könnte‹ sind Begriffe, die ich in diesem Zusammenhang unfassbar gerne höre, Tammy.« Tamara quittierte sein Gestichel mit einem Seufzer. »Hör mal zu, du Klugscheißer,« sie klang geladen, »wir haben hier nicht mehr als den gegrillten Rest eines menschlichen Wesens vorgefunden, und dieser Rest ist nicht so ohne Weiteres zu identifizieren. Allerdings …«

»Allerdings was?«

Der Ärger in ihrer Stimme verschwand ebenso schnell, wie er gekommen war; in geschäftsmäßigem Ton fuhr sie fort: »Allerdings haben wir die Täterin bereits, was uns die Sache wesentlich erleichtert.«

»Wie jetzt?«, fragte Riley ungläubig. Eine ausgeräucherte psychiatrische Praxis, eine Brandstifterin, die es offenbar nicht für nötig befunden hatte, den Tatort zu verlassen, und ein abgefackelter Torso, der nicht identifiziert werden konnte – das klang nach einem Fall, der Schlagzeilen machen würde.

»Ihr Name ist Amanda Curan.«

Der Name kam Riley bekannt vor, er brauchte jedoch ein paar Sekunden, um sich die zugehörige Person ins Gedächtnis zu rufen. »Diese komische deutsche Schriftstellerin?«, murmelte er schließlich und Tamara bejahte.

Der Deputy hatte Amanda Curans Kolumne in der *Teen Vogue* nie gelesen, aber seine Tochter war ein großer Fan ihres – wie sie es nannte – »endgeilen« Schreibstils. Für sie war Amanda Curan die Carrie Bradshaw von Los Angeles.

Riley hatte mit diesem neumodischen amerikanischen It-Girl-Gewese nie viel am Hut gehabt; er hätte auf dem Nachttisch seiner Tochter lieber eine Ausgabe von Salingers *Der Fänger im Roggen* gesehen als einen ganzen Stapel ausgefranster *Teen Vogue*-Ausgaben.

»Lass mich raten … Sie ist bei diesem High-Society-Seelenflicker in Behandlung?«

»Zumindest war sie das bis vor wenigen Stunden«, bestätigte Tamara.

»Hat sie explizit gesagt, dass sie ihren Therapeuten gegrillt hat?« Riley war die Sache zu vage. Er wollte mehr Details. Er wollte Fakten.

»Nicht direkt, aber ihr Zustand spricht Bände.«

»Inwiefern?«

Tamara lachte auf. »Wir haben hier den personifizierten Wahnsinn sitzen. Ein Paradebeispiel für Unzurechnungsfähigkeit. Die landet ohne Umwege in der Forensik, so viel ist sicher.«

»Hier ist gar nichts sicher«, entgegnete Riley scharf, »nicht, bis du mir ein Geständnis auf Band und die Identität der Leiche geliefert hast! Dann sehen wir weiter.«

*

Amanda saß auf dem Beifahrersitz des parkenden Polizeiwagens und malte mit ihren Pfennigabsätzen Kreise auf den schmutzigen Fußraumteppich. Die Nacht war hereingebrochen und der kühle Abendwind liebkoste die Palmen am Wegrand. Das Rascheln der Blätter dämpfte den harten Klang der Realität und das Gemurmel der Schaulustigen, die sich vor der Absperrung drängten. Es klang ebenso fern und nichtig wie die knarzigen Funksprüche, die in regelmäßigen Abständen aus den Walkie-Talkies der Polizeibeamten drangen. Die Lichter der Stadt schwebten wie bunte Glühwürmchen durch das bedächtige Dunkel, und durch das halbgeöffnete Beifahrerfenster strömte eine frische Brise. Der Geruch von Benzin und verbranntem Fleisch hatte sich verflüchtigt, und die Luft schmeckte anders als gewöhnlich. Amanda schmatzte, als probiere sie teuren Rotwein. Tatsächlich: Der Aschegeschmack war verschwunden. Sie drehte den Kopf und öffnete den Mund. Dann nahm sie einen großen Schluck Nachtluft und wartete auf Rückmeldung ihrer Geschmacksknospen. Sie wartete auf das bittere Aschearoma, das irgendwo zwischen Sterilisationsmittel und Fäulnis angesiedelt war, doch die Luft schmeckte anders. Amanda schloss die Augen und schmatzte erneut. Sie probierte die Luft und schmeckte nichts als eine unschuldige, erfrischende Süße. Sie schmeckte Klarheit, Ruhe und Frieden. Das Gemurmel der blonden Polizistin, die sich offenbar in Aufbruchsstimmung befand und ihr ausladendes Heck unbeholfen in den Fahrersitz plumpsen ließ, erreichte Amanda nicht. Amanda stand am Abgrund der Welt, berauschte sich am Geschmack der Lebendigkeit, spürte den mandarinengroßen Faustschlag ihres Herzens und lauschte ihrem eigenen sehnsüchtigen Flüstern: »Spring, Mama! Spring!«

*

Deputy Riley rückte seinen Stuhl näher an den quadratischen Metalltisch heran und musterte sein Gegenüber. Das Verhör (oder vielmehr das, was eigentlich ein Verhör hatte werden sollen) dauerte jetzt schon gute zwanzig Minuten, doch die junge Frau gab sich wortkarg. Sie gab sich so wortkarg, dass Riley einen Polizeipsychiater herbestellt hatte und nun ungeduldig auf dessen Eintreffen wartete. Wenn er Amanda Curan so ansah, war es ihm, als stünde er vor dem Eingang einer Höhle, die er ohne Taschenlampe nicht zu betreten wagte. Umdrehen und fortgehen konnte er aber auch nicht, weil die Schwärze, die ihn aus der Höhle angähnte, eine sonderbare Anziehungskraft ausübte. Tamara Greenwood spähte durch ein Fenster zum Flur zu ihnen hinein. Ihr Blick war stechend und sachlich zugleich. Rileys Haar war fettig und hing wie ein ausgefranster Krähenflügel über seiner mehrstöckigen Stirn. Auf dem Tisch befand sich nichts außer einem Diktiergerät, das seit ziemlich genau zweiundzwanzig Minuten angestrengte Stille aufzeichnete – unterbrochen nur von vergeblichen Kommunikationsversuchen des Deputys. Amanda Curan hatte kein Wort gesprochen, und Riley glaubte auch nicht mehr daran, dass sich das ändern würde. Er gestand sich seine Überforderung ungern ein, und Tamaras beobachtende Argusaugen erleichterten ihm ein solches Eingeständnis auch nicht. Aber hier ging es nicht um einen Kampf zwischen seinem und Tamaras Ego, sondern um einen ungeklärten Mordfall. Alles sprach dafür, dass es sich bei der jungen Frau hier um die Täterin handelte. Nur das Geständnis fehlte. Der Deputy lehnte sich zurück und hob den Kopf. Das Licht der drei Strahler an der Decke blendete, und er schloss einen Moment lang die Augen. Verdammt, wieso singst du nicht endlich? Du könntest uns eine Menge überflüssige Arbeit ersparen, dachte er seufzend, ehe er sich die brennenden Augen rieb und den Blick erneut auf Amanda richtete. Ihr Mund stand offen, ihr Gesicht wirkte unfertig, und ihre Augen spiegelten ein Panorama aus Lösung und Auflösung. Ein Teil von ihr schien zu begreifen, was hier vor sich ging, und Riley fragte sich zum wiederholten Mal, ob sie nicht reden konnte oder es schlicht und ergreifend nicht wollte. »In Ordnung. Hier übernimmt gleich mein Kollege von der Polizeipsychologie«, erklärte er nüchtern. Über Amandas Gesicht flog die Ahnung eines Lächelns.

»Wahrscheinlich fühlen Sie sich in seiner Gegenwart wohler. Ich meine …« Er hielt inne und rieb sich das Kinn. »Ist für Sie ja schließlich bekanntes Terrain, nicht wahr?« Sie leckte sich die Lippen. In ihren Mundwinkeln klebte weißer Schaum. Man konnte spüren, wie sie innerlich in Aufruhr geriet. Rileys bissiger Kommentar hatte seine Wirkung nicht verfehlt, und diese Tatsache beruhigte ihn. Wenn er sie schon nicht hatte zum Reden bringen können, hatte er sie wenigstens verunsichert, und das würde es seinem Nachfolger leichter machen. *Du wirst gestehen, Schätzchen. Darauf kannst du deinen Knackarsch verwetten*, dachte er und lächelte selbstzufrieden.

Die schweren Schuhe des Polizeipsychiaters hallten im Flur und das Geräusch seiner Schritte sickerte durch die Wände. Riley stand auf und verließ den Raum, ohne Amanda noch eines Blickes zu würdigen. Die Tür fiel mit Rums ins Schloss und Riley steuerte auf Tamara zu, die den Psychiater mit einem verbindlichen Händedruck begrüßte. Er hatte schütteres Haar, und zwischen seinen buschigen Brauen und der markanten Nase klemmte eine dunkelbraune Ray-Ban-Brille. Es folgte ein kurzer Wortwechsel zwischen ihnen, ehe Tamara ihm Amanda Curans Krankenakte aushändigte. Riley schlenderte betont lässig auf die beiden zu, doch sein übertriebenes Bemühen um Souveränität und Coolness war so offensichtlich, dass Tamara Mühe hatte, sich ein Lachen zu verkneifen.

Sie gluckste hinter vorgehaltener Hand und schüttelte den Kopf. »Ich hab sie ordentlich rangenommen – verbal, meine ich«, erklärte er. Es klang wie eine Rechtfertigung. Der Doktor bedachte ihn mit einem sanftäugigen Blick. »Du sollst nicht reden. Du sollst zuhören«, entgegnete Tamara mit frostiger Dezemberstimme. Eine scharlachrote Mischung aus Wut und Scham schoss in Rileys Gesicht. »Da gibt's aber nichts zu hören, Officer Greenwood! Die Alte ist stumm wie 'n Fisch!«, brauste er auf.

Der Psychiater hob beschwichtigend die Hand. »Liebe Leute«, begann er, »wir wollen doch hier nicht unsere Contenance verlieren.« Da war etwas in seiner Stimme, das Riley verunsicherte. Ein Grundton, der etwas vom Schnurren einer Katze hatte. Dieses subtile Schnurren in Verbindung mit seiner opioiden Intonation funktionierte so gut, dass Riley wie hypnotisiert an seinen Lippen hing. Es kostete ihn Willenskraft, sich diesem Bann zu entziehen.

Das kannst du dir sparen, du Schwuchtel! Die Nummer zieht bei mir nicht! Du solltest diesen Gehirnwaschgang besser bei der Irren drüben im Vernehmungsraum anwenden, als mir mit deinem Weichspülergeschwätz auf die Nüsse zu gehen, dachte er.

»Gut, ich bin sowieso raus an dieser Stelle«, kommentierte der Deputy die Situation, während er sich aus dem Bann des Doktors löste, »da muss ein Fachmann ran.« Er klopfte dem Psychiater auf die Schulter, schenkte Tamara ein schiefes Grinsen und hastete mit großen Schritten in Richtung Ausgang. »The deputy has left the building«, konstatierte Tamara, und der Doktor zwinkerte ihr zu.

*

»Na, dann wollen wir mal.« Der Psychiater lächelte ein mildes routiniertes Lächeln und nickte aufmunternd, während er die junge Frau, die ihm gegenüber saß, über den Rand seines dunkelbraunen Ray-Ban-Brillengestells musterte. In seinem Blick lag etwas Väterliches – zumindest empfand sie das so.

EPILOG

Phil fuhr bei Stille. Er hatte das Radio ausgeschaltet, klammerte sich mit beiden Händen an das Lenkrad und reckte den Hals, um etwas zu sehen. Träge strichen die Scheibenwischer über die Windschutzscheibe, und ein gleichförmiger Passantenstrom floss am Fahrerfenster vorüber. Er hatte jegliches Zeitgefühl verloren und wusste weder, wohin er fahren würde, noch hatte er eine Ahnung davon, wie lange er schon unterwegs war. Waldgesäumte Landstraßen gingen scheinbar nahtlos über in mehrspurige Highways, und er registrierte den Kulissenwechsel lediglich als ein diffuses Changieren zwischen Grün und Grau. Vereinzelte Leuchtstoffreklamen brachten hier und dort etwas Leben in die zweifarbige Ödnis, doch in Phils Wahrnehmung war kein Platz für Details. Sein Gehirn hatte auf Autopilot geschaltet. Er starrte mit schlitzäugigem Tunnelblick ins Leere.

Das Rot der Ampel an der nächsten Kreuzung erreichte ihn nicht. Er fuhr einfach weiter. Er musste in Bewegung bleiben.

Nicht anhalten, Curan. Einfach immer weiter geradeaus fahren. Ganz simpel. Es ist alles in Ordnung. Die Maschine brummt, der Tank ist voll, und du brauchst dir keine Gedanken zu machen. Alles ist gut. Einfach weiterfahren. Immer geradeaus.

Ein sonnenblumengelber Chevrolet schoss von rechts auf die Kreuzung zu. Der Fahrer reagierte in Sekundenbruchteilen, als er den silbernen Mustang im Augenwinkel wahrnahm. Bremsen quietschten, Reifen kreischten in Zahnschmerztonlage, Qualm stieg empor, und es roch nach verbranntem Gummi. Der Chevy kam vertikal zum Stehen und blockierte die Straße.

Mit weit geöffnetem Mund starrte der Fahrer durch die Windschutzscheibe seines qualmenden Wagens. Seine Pupillen waren geweitet, und in seinem bleichen Gesicht gähnten Augen wie schwarze Löcher. Es dauerte Sekunden, ehe er realisierte, dass seine Geistesgegenwart gerade eine unschöne Kollision mit einem silbernen Mustang verhindert hatte. Sein Bewusstsein brauchte weitere Sekunden, um zu begreifen, dass der Mustang über Rot gefahren war und ihm mit lebensmüder Ignoranz die Vorfahrt genommen hatte.

Phil war bereits außer Sichtweite, als der hünenhafte Mann die Tür öffnete und unbeholfen wie ein Kleinkind aus seinem Chevy kletterte. Die Cops trafen wenige Minuten später ein, und der aufgebrachte Hüne zitterte am ganzen Leib, als er mit ausladender Gestik von den Geschehnissen berichtete. Er wirkte gebrechlich wie ein Parkinson-Kranker, und die Cops hatten Mühe, ihn zu beruhigen. Die Fahndung nach einem fahrerflüchtigen silbernen Shelby GT-500 mit unbekanntem Kennzeichen wurde via Funk an die Zentrale übermittelt.

Phil Curans Auto raste durch die zunehmende Dunkelheit und verschlang mit seinen Scheinwerfern die gelbe Mittellinie. *Immer geradeaus.*

Irgendwann wurde das Gewusel am Rande der Einkaufsstraßen abgelöst von der metallenen Grobschlächtigkeit parkender Lastwagen – schwerfällige Ungetüme im Vergleich zur wendigen Eleganz des Mustangs, der lässig an dem Schwertransporter-Parkplatz vorbeischoss. »Sie kriegen dich nicht«, sagte Phil. Sein Gesicht war geisterhaft blass. Blass und anorektisch. Er grinste ein diabolisches Grinsen und tätschelte das Armaturenbrett. »Du findest immer einen Weg raus, nicht wahr, mein Kätzchen?« Ein Lastwagen setzte sich in Bewegung, rollte vom Parkplatz und beschleunigte rapide.

Phil betrachtete den nahenden Koloss im Rückspiegel und gab Gas. Der Fahrtwind flatterte durch den Spalt des halbgeöffneten Fahrerfensters und riss seine Gedanken in Fetzen. Erschöpfung durchströmte seine Adern und Nerven, und der Mustang raste unter einem gleichgültigen Nachthimmel dahin. *Hast du sie gefickt?*

Sekundenschlaf überfiel Phil wie ein Engel, dem man Flügel aus Pappe angeklebt hatte. Ein falscher Engel, der ihn vor Wahrheit und Nostalgie bewahren will. Ein Engel, der die zankende, kunterbunte Armee seiner pürierten Emotionen Huckepack nehmen und mit ihnen emporsteigen will.

Die Hand in Phils Nacken war kalt. Er riss die Augen auf, fuhr herum und sah ihm direkt in die hellgrünen Augen. Der falsche Engel war weiß wie ein Schneeglöckchen in der Morgensonne, und sein Lächeln entblößte einen schräg stehenden Eckzahn.

Hast du ihr gezeigt, was Liebe ist?

Ein letzter Erkenntnisschub donnerte durch Phils Eingeweide. Sein Innerstes wurde hart wie Beton, und ein Schrei vibrierte in seinen Gedärmen:

»AIDEN!«

*

Es war nicht Phils Hand, die das Lenkrad herumriss. Es sah aus wie Phils Hand, aber es war nicht Phils Hand.

Willkommen in der Wirklichkeit, Curan.

Der Mustang jagt durch die pulsierende Vene der Straße. Die Wirklichkeit schält sich in Form einer meterhohen Spiegelwand aus Phils Tunnelblick. Verzweifelt klammert er sich fest am ferner werdenden Hauch seines eigenen Atems. *Ich dachte, ich bin allein in meinem Körper.*

Der Aufprall hallt in ihm wider wie das Echo eines Urknalls. *Ich hatte Unrecht.*

Panik blubbert in seinem Kopf wie kochender Teer. Die Hitze des Todes ist so sengend, dass sie mit ihrem forschenden Licht alle Gedanken wegbrennt. Gott reckt seine geballte Faust empor. Der falsche Engel hockt auf dem Rücksitz und wartet bis alle Lichter ausgegangen sind. Phil wird von geröteten Feuerfingern ergriffen. Sie umhüllen ihn, entflammen ihn mit einem Nimbus unweltlichen

Lichts. Das Sein wird leer. Blutleer. Lebensleer. Es hinterlässt nichts als eine Ansammlung von schwarzen Knochen, und …

Asche! Kalte, graue Asche!

Umhüllt von einem mintgrünen Textilschleier erhebt sich ein Körper über dem Schlachtfeld. Mondrunde Ozeanaugen spiegeln ein Flammenmeer. Ein Flüstern manifestiert sich im verbrannten Raum. Ein Flüstern, das widerhallt. Es hallt wider im weißen Licht, das langsam herangleitet. Ein Flüstern, längst schon fortgetragen vom Rauschen des Windes. Ein Flüstern am Ende der Existenz.

GAME OVER.

NEBELLEBEN

Im Chaos einer Persönlichkeitsstörung – eine Betroffene berichtet

NEBELLEBEN
Im Chaos einer Persönlichkeitsstörung
Von Michelle Berger
456 Seiten, Taschenbuch
ISBN 978-3-86265-630-1 | Preis 9,99 Euro

Das Leben ist bitter, die Liebe ist süß, sanft ist der Tod. Doch egal, wann du gehst, das Wichtigste ist, deine eigene Lebensfreude zu finden. Nichts auf der Welt besitzt mehr Faszination als der Tod. Doch was ist, wenn der Tod zu sehr ein Teil von dir ist und dich vom Leben abhält? Wie kann man lernen, das Leben zu lieben?

Diese und andere Fragen beschäftigen die junge Michelle, die unter einer Persönlichkeitsstörung leidet. Sie versucht, sich im Chaos der Welt und des Lebens zurechtzufinden, wird aber immer wieder von Hass- und Schuldgefühlen eingeholt.

In NEBELLEBEN beschreibt die Autorin ungeschönt und offen den Kampf gegen sich selbst – für einen Platz im Leben, ohne Psychiatrie, ohne Medikamente, ohne Angst.

Die offene Sicht auf das Leben mit einer Persönlichkeitsstörung.

WWW.SCHWARZKOPF-SCHWARZKOPF.DE

QUELLENANGABEN DER ZITIERTEN SONGTEXTE

S. 36: Monster Magnet: *Space Lord* (1998), written by David Wyndorf, © Universal Music Publishing Group

S. 49: Urge Overkill: *Girl, You'll Be a Woman Soon* (1992), written by Neil Diamond, © Universal Music Publishing Group

S. 59: Nine Inch Nails: *Right Where It Belongs* (2005), written by Trent Reznor, © Kobalt Music Publishing Ltd.

S. 70/71/83: One Inch Punch: *Pretty Piece of Flesh* (1996), written by Justin Warfield, Marius de Vries, Nellee Hooper, © Sony/ATV Music Publishing LLC, Warner/Chappell Music, Inc., Universal Music Publishing Group, FOX Music, Inc.

S. 132: R.E.M.: *Leave* (1996), written by Bill Berry, Peter Buck, Mike Mills, Michael Stipe, © Warner/Chappell Music, Inc., Universal Music Publishing Group

S. 227: Johnny Cash: *Hurt* (2003), written by Trent Reznor, © Kobalt Music Publishing Ltd.

Shirin Vorsmann
SEELENFRAKTUR
Roman

ISBN 978-3-86265-631-8

VERLAG
Schwarzkopf & Schwarzkopf Verlag GmbH
Kastanienallee 32, 10435 Berlin
Telefon: 030 – 44 33 63 00
Fax: 030 – 44 33 63 044

INTERNET | E-MAIL
www.schwarzkopf-schwarzkopf.de
www.facebook.com/schwarzkopfverlag
info@schwarzkopf-schwarzkopf.de